Le Pion

Skye Warren

Chaque pion a le potentiel de devenir une dame.
James Mason

PROLOGUE

La soirée déborde de vie, de la salle de réception au jardin situé à l'avant de la demeure. Il fait nuit, mais toutes les lampes sont allumées et la maison brille de mille feux. Des diamants scintillent tout autour de moi. Nous avons atteint ce moment charnière où les gens sont assez soûls pour tous se sourire entre eux, mais pas suffisamment pour s'insulter. Il y a presque trop de monde, presque trop d'alcool. Presque trop de riches réunis dans une seule pièce.

Ça me rappelle Icare, avec ses ailes faites de plumes et de cire. Si Icare avait invité cinq cents personnes à sa fête de fin d'études, cela dit. Ça me fait penser que je vole bien trop près du soleil.

Je récupère une flûte de champagne sur le plateau de l'un des serveurs, qui fait semblant de ne pas le voir. Les bulles me chatouillent le nez alors que je fais un détour par la cuisine. Rosita se tient devant la gazinière, à remuer son célèbre jambalaya dans une grande marmite en fonte. L'odeur d'épices m'attire jusqu'à elle.

Je prends une cuillère.

— C'est prêt ?

Elle me donne une tape sur la main.

— Tu vas en mettre plein ta jolie robe. Ce sera prêt quand il le faudra.

Ce sont des traiteurs qui préparent le repas de chaque événement que nous organisons, mais comme c'est ma fête de fin d'études, Rosita a accepté de cuisiner mon plat préféré. Elle va en mettre un peu dans de la pâte feuilletée et présenter ça comme des bouchées.

J'essaie de faire la moue, mais tout est trop parfait pour ça. Il ne manque qu'une seule chose à ce tableau. Je dépose un baiser sur sa joue.

— Merci, Rosita. Saurais-tu où est papa ?

— Là où il est toujours fourré, très probablement.

C'est ce qui me fait peur. Je n'attends pas et traverse la porte battante qui mène à l'aile privée de la maison. Je croise Gerty, notre organisateur d'événements, en train de marmonner que certains des invités ne sont pas sur la liste.

Je grimpe l'escalier en chêne que je connais bien, respirant le parfum de notre maison. Il a quelque chose de tellement réconfortant ! Tout ça va me manquer quand je serai partie pour l'université.

En haut de l'escalier, j'entends des voix d'hommes.

Ça ne m'étonne pas. J'arrive au bout du couloir qui mène au bureau de papa. Beaucoup de personnes viennent le retrouver ici. La moitié de celles avec lesquelles il fait des affaires se trouvent en bas, en ce moment. Sauf qu'il m'a promis de ne pas travailler ce soir, alors je vais l'obliger à tenir sa parole, même si je dois le traîner moi-même jusqu'au rez-de-chaussée.

— Comment osez-vous m'accuser de…

Le fiel dans ces mots m'arrête net sur le palier. Ça ne ressemble pas à une réunion de travail ordinaire. Conclure un contrat peut créer des tensions, mais que ce soit avant ou après la signature, ses collaborateurs parlent de football et se donnent de grandes tapes dans le dos.

D'autres paroles emplies de colère se mêlent au bruit de la fête, menaçantes et inaudibles. Je me tords les mains, prête à tourner les talons. Je ne vais pas le déranger, finalement.

Un homme apparaît au détour du couloir et me rentre presque dedans.

J'ai le souffle coupé, je recule d'un pas. Il n'y a rien derrière moi. *L'escalier !* Quelqu'un m'attrape par les bras et me stabilise. J'ai tout juste le temps d'apercevoir des yeux dorés furieux, presque félins, pleins de hargne. L'homme me dépasse alors, puis s'élance dans l'escalier. Je m'accroche à la rampe sculptée, les jambes tremblantes.

Il me faut encore une minute avant de pouvoir me détacher de la main courante en bois. Je ressens encore le frisson de cet accident manqué, des mains de cet inconnu sur mes bras nus. Je découvre papa en train de faire les cent pas dans son bureau. Quand il lève les yeux vers moi, il arbore une étrange expression – presque de la panique.

— Papa ?

— Te voilà, Avery ! Je suis désolé. Je sais que je t'avais dit que je ne travaillerais pas…

— Qui était-ce ?

Un voile sombre trouble son regard. Ce n'est que maintenant, à la sinistre lueur de la lampe, que je remarque à quel point son visage est marqué. Plus que jamais auparavant.

— Ne te préoccupe pas de lui. Cette soirée, c'est ta soirée.

Maintenant que j'ai commencé à le dévisager, je ne peux plus m'arrêter. Ses cheveux. Plus blancs que gris, aujourd'hui.

— Tu sais que je n'ai pas besoin de tout ça. Cette fête. Tout ce foin. Tu n'as pas besoin de travailler si dur.

Un sourire plein de nostalgie étire ses lèvres.

— Que ferais-je, sinon ?

Je hausse les épaules, car ça n'a aucune importance. Le père de mon amie Krista fait du golf tous les jours. La mère de Harper en est à son quatrième mari. Tout sauf devoir rester derrière son bureau, les yeux rougis par la fatigue.

— Tu pourrais aller à des rencards, ce genre de choses.

Il éclate de rire, et j'ai l'impression de retrouver

l'homme que j'ai toujours connu.

— Tu es la seule femme de ma vie, chérie. Allez. Descendons donc profiter de la fête, avant qu'ils ne saccagent tout.

Il passe son bras autour de mes épaules et m'attire contre lui, alors, je me blottis contre sa veste. J'inspire son odeur réconfortante : un léger parfum de fumée de cigares, même s'il jure qu'il a arrêté. Je pose ma tête sur son épaule au moment où nous dépassons l'échiquier sur lequel nous avons l'habitude de jouer.

— Nos parties vont me manquer.

Il dépose un baiser sur ma tempe.

— Pas autant que toi.

— Tu pourrais télécharger une application sur ton portable. On pourrait jouer en ligne.

— J'ai déjà de la chance lorsque j'arrive à passer des appels avec ce satané truc, répond-il en riant.

Son expression s'assombrit lorsqu'il regarde l'écran de son téléphone, lisant le texto qui apparaît sur fond blanc.

— Chérie, je dois appeler quelqu'un.

La déception me brûle la gorge. Bien sûr, c'est un homme occupé. La plupart de mes amis connaissent à peine leur père. Je suis chanceuse qu'il ait si souvent pris du temps pour moi. Peu importe les choses incroyables qui se produisent dans son travail, il trouve toujours du temps pour nos parties d'échecs. Toutes les semaines.

Je lui fais un bisou sur la joue, découvrant pour la

première fois les taches de vieillesse sur sa peau tannée.

Au rez-de-chaussée, je retrouve Justin au son de son rire si particulier. Du genre à résonner dans toute la pièce, et je me doute qu'il s'est entraîné dessus. Quoi qu'il en soit, c'est communicatif. Je souris déjà au moment où j'entre dans la pièce.

Il me tend la main.

— La femme de la soirée.

Je me blottis contre lui, réchauffée par l'alcool dans mon sang et le soulagement d'être là. La situation là-haut, dans le bureau, était tendue. Sinistre.

— Je suis juste allée voir comment allait papa.

— Il bosse, devine Justin.

— Malheureusement.

— Eh bien, j'imagine que tu es coincée avec moi, maintenant, s'amuse-t-il en lançant un clin d'œil au couple avec qui il discutait.

Je les reconnais : il s'agit d'un neurochirurgien célèbre et de sa femme. Ils sont les parents d'un homme candidat au siège du sénat de notre État.

Je me présente. Évidemment, cette soirée n'est pas seulement dédiée à l'obtention de mon baccalauréat. Comme toutes les autres fêtes de la communauté de Tanglewood, il s'agit d'entretenir son réseau. Pour mon père. Pour Justin, qui a de grands projets : il veut marcher sur les traces de son père et s'engager en politique.

— Elle est deuxième de sa promotion, précise celui-ci. Vous auriez dû entendre son discours, lorsqu'elle a expliqué la manière dont toutes les choses que nous accomplissons actuellement sont le terreau des mythes à venir.

L'homme lui lance un sourire complaisant.

— Elle sera un grand atout pour toi, fiston.

Je réussis à garder un air aimable, même si j'espère être plus qu'un atout pour lui. Je veux être sa compagne. Il le sait, n'est-ce pas ? Justin arbore ce sourire qu'il réserve pour les apparitions publiques, celui qui est trop éblouissant, trop blanc. Celui qui ne laisse rien paraître.

Lorsque nous nous excusons enfin pour filer, j'ai mal aux joues à force d'avoir trop souri.

Justin me tire derrière un paravent et plonge le nez dans mon cou.

— Peut-être que nous pourrions nous faufiler dans ta chambre.

— Oh, lancé-je, prise de court. Je crois que papa va bientôt descendre…

— Il n'en saura rien, murmure-t-il tout en glissant ses mains sur ma robe, sous ma robe.

Aucun des invités ne peut nous voir ici, mais n'importe qui pourrait venir. Mon cœur bat la chamade. Ses mains sont douces et fermes… Et pour une étrange raison, je me mets à penser à l'homme sur le palier de l'escalier, à sa poigne assurée.

— Justin, je…

— Allez. Tu as eu dix-huit ans il y a deux semaines.

D'accord, j'ai effectivement utilisé cette excuse. Parce que je ne me sentais pas prête. Et ça n'a rien à voir avec mon âge ou avec l'amour que je lui porte. Peut-être que si ma mère était encore en vie, elle aurait pu me révéler tous les secrets de la vie des femmes. Internet est un piètre professeur.

Je me retourne dans ses bras, mettant de la distance entre nous.

— Je t'aime.

Il fronce les sourcils.

— Avery.

— Mais ce n'est pas seulement parce que j'avais dix-sept ans. Ce n'est pas juste ça. Je veux… Je veux attendre.

Il plisse les yeux, et je suis certaine qu'il va refuser. Il va s'emporter et partir en coup de vent. *Et si j'avais tout gâché ?*

Petit à petit, il semble se détendre.

— OK ?

— OK ?

Il soupire.

— Ça ne me plaît pas, mais je suis prêt à attendre. Tu vaux la peine d'attendre.

J'ai la gorge nouée. Je sais que c'est beaucoup demander, mais c'est le meilleur petit ami dont je puisse rêver. Et papa l'apprécie, ce qui est un énorme avantage.

Cet automne, je vais entrer au Smith College, la même université privée pour filles que celle où va Harper. Tout est parfait.

C'est ce que je ressens, en ce moment, comme si je volais dans le ciel.

Je ne pouvais pas imaginer que, moins d'un an plus tard, la chute serait rude.

CHAPITRE UN

LE VENT ME fouette les chevilles, fait claquer le bas de mon *trench* noir. De minuscules gouttes d'eau naissent sur mes cils. Le temps des quelques pas qui me séparent du taxi au perron, ma peau s'est recouverte de l'humidité laissée par la pluie.

Des vignes et des feuilles de lierre sculptées décorent la porte en bois ouvragé.

Je m'y connais un peu en antiquités, mais je ne peux m'imaginer le prix de celle-ci – qui est particulièrement exposée aux éléments et aux lubies des vandales. J'imagine que même les criminels en savent suffisamment pour ne pas toucher au Den.

Officiellement, il s'agit d'un *gentlemen's club* à l'ancienne, où les participants fument des cigares et où il est nécessaire de recevoir une invitation d'un membre pour entrer. Officieusement, ce club rassemble les hommes les plus puissants de Tanglewood. Des hommes dangereux. Des criminels, même s'ils portent un costard lorsqu'ils enfreignent la loi.

Un lourd heurtoir en laiton en forme de lion au regard dur dissuade les visiteurs de frapper. Je suis suffisamment désespérée pour ignorer cet avertissement. Mon cœur s'emballe et se propage dans tout mon corps, je le sens alors battre dans mes doigts, mes orteils. Les pulsations s'attaquent à mes tempes, noyant le bruit de la circulation derrière moi.

Je saisis l'épais anneau et je frappe… Une fois, deux fois.

Une partie de moi a peur de ce qu'il m'arrivera lorsque je passerai cette porte. Une partie plus importante encore de moi a peur que cette porte ne s'ouvre pas du tout. Je ne vois aucune caméra installée dans l'enclave de béton, mais quelqu'un surveille forcément l'entrée. Vont-ils me reconnaître ? Je ne suis pas certaine que ça arrangerait mes affaires si c'était le cas. Il est sûrement préférable qu'ils ne voient en moi qu'une fille aux abois, car c'est exactement ce que je suis à l'heure actuelle.

Un grattement étouffé s'élève de derrière la porte. Qui s'ouvre ensuite.

Je suis frappée par ses yeux, d'un ambré profond, comme un *brandy* de luxe presque translucide. J'en ai le souffle coupé, je n'arrive pas à prononcer les mots « *s'il vous plaît* » et « *aidez-moi* ». D'instinct, je sais que ça ne marchera pas avec lui ; ce n'est pas un homme prompt à la pitié. La coupe ajustée de sa chemise et ses manches négligemment retroussées me font comprendre que cela m'en coûterait. Un prix que je ne peux pas me permettre de payer.

Je me rends compte qu'il aurait dû y avoir un serviteur. Un majordome. N'est-ce pas ce qu'on trouve dans les *gentlemen's clubs* raffinés ? Ou peut-être un agent de sécurité, quelque chose comme ça. Même chez nous, c'était la gouvernante qui répondait à la porte – du moins, avant. Avant que nous tombions en disgrâce.

Avant que mon monde ne s'effondre.

L'homme ne fait aucun geste qui montre qu'il s'apprête à parler, à m'inviter à entrer ou à me dire de déguerpir. À la place, il me regarde avec une vague curiosité, avec une pointe de pitié, comme s'il observait un animal au zoo. C'est peut-être ainsi que le monde entier voit ces hommes plus riches que Dieu, plus puissants que le président.

C'est peut-être ainsi que je voyais le monde, avant.

Ma gorge est nouée, comme si mon corps m'empêchait de bouger, même si mon esprit sait que c'est ma seule option.

— Je dois parler à Damon Scott.

Scott est l'usurier le plus célèbre de la ville. D'énormes sommes d'argent passent entre ses mains et je ne pourrais pas m'en sortir autrement qu'en passant par lui. Je l'ai déjà rencontré, puis il a quitté la bonne société lorsque j'ai eu l'âge de pouvoir régulièrement prendre part à certains événements. Des rumeurs couraient sur ce jeune homme ambitieux. À l'époque, il avait des liens avec la pègre et, maintenant, il en est le roi.

L'homme hausse un sourcil épais.

— Qu'est-ce que tu lui veux ?

Un sentiment de familiarité apparaît entre nous, même si je sais que nous ne nous sommes jamais rencontrés. Cet homme est un étranger pour moi, mais il me toise comme s'il souhaitait apprendre à me connaître. Comme s'il savait déjà qui j'étais. Son regard est intense lorsqu'il me dévisage, un geste aussi dur et éloquent qu'un contact physique.

— J'ai besoin…

Mon cœur bat la chamade quand toutes les choses dont j'ai besoin défilent dans mon esprit – une machine à remonter dans le temps. Un citoyen qui ne me détesterait pas juste à cause de mon nom.

— J'ai besoin d'un prêt.

Il me reluque lentement, de la langue que je passe nerveusement le long de mes lèvres jusqu'à mon décolleté. J'ai essayé de passer une tenue professionnelle : un pull noir à col boule et une jupe crayon. Son étrange regard ambré déboutonne mon manteau, en arrache le coûteux coton, puis le tissu de mon soutien-gorge et de ma culotte. Il lit à travers moi et je frissonne au moment où une certaine prise de conscience me submerge.

J'ai rencontré un million d'hommes dans ma vie. Je leur ai serré la main, j'ai souri. Je ne me suis jamais sentie aussi à nue qu'en cet instant. Je n'ai jamais eu cette sensation, l'impression que quelqu'un m'a retournée comme un gant, exposant chacun de mes sombres secrets en pleine lumière. Il perçoit mes faiblesses et, vu son sourire cruel, il adore ça.

Il plisse les yeux.

— Et que proposes-tu en garantie ?

Rien, sauf ma parole. Qui ne vaudrait rien s'il connaissait mon nom. Je déglutis malgré la boule dans ma gorge.

— Je ne sais pas.

Rien.

Il fait un pas en avant et, soudain, je me retrouve coincée contre le mur de briques, à côté de la porte, son grand corps empêchant la lumière chaude de l'intérieur de me parvenir. J'ai l'impression qu'une vraie fournaise se tient devant moi ; la chaleur qui émane de lui contrastant terriblement avec la pierre froide dans mon dos.

— Comment t'appelles-tu, ma petite ?

Les mots *« ma petite »* me donnent l'impression de recevoir une gifle. Je me force à ne pas flancher, mais c'est difficile. Tout chez lui me bouleverse : sa taille, sa voix grave.

— Je ne déclinerai mon nom qu'à monsieur Scott.

Dans l'espace sombre qui nous sépare, je le vois sourire plus largement, un sourire éclatant et narquois. Le plaisir qui illumine ses étranges yeux dorés est presque sensuel, comme si je le caressais.

— Tu vas devoir me passer sur le corps.

Mon cœur bat la chamade. Il aime être défié et, Seigneur, c'est pire encore ! Et si j'avais déjà échoué ? Je suis piégée dans une chute sans fin, comme si je tombais dans un trou noir, sans le moindre espoir de trouver une ancre à laquelle me raccrocher. Où irai-je s'il me refuse d'entrer ? Qu'arrivera-t-il à mon père ?

— Éloignez-vous de moi, murmuré-je juste avant que mes espoirs se brisent.

— La petite Avery James a bien grandi, rétorque-t-il d'un air menaçant.

J'émets une exclamation de surprise qui retentit entre nous. Il connaît mon nom. Il sait donc qui est mon père. Ce qu'il a fait. Je m'apprête à nier, à le supplier de se montrer clément. Son regard dur, ses épaules larges et puissantes me laissent entendre qu'il n'est pas un homme de pitié.

Je me redresse. Je suis désespérée, mais pas à ce point-là.

— Si vous connaissez mon nom, vous savez que j'ai des amis haut placés. Un réseau. Ma famille a participé à l'histoire de cette ville. Ce qui possède en soi une certaine valeur. C'est ça, ma garantie.

Ce réseau ne répondra peut-être même pas à mes sollicitations, mais je dois bien tenter quelque chose. Je ne sais pas si ça suffira pour obtenir un prêt ou même pour entrer dans la demeure. Malgré tout, un léger sentiment de fierté familiale m'envahit. Même si cet homme me refuse le passage, je garderai la tête haute.

Ses yeux dorés m'étudient. La manière dont il a dit *la petite Avery James* m'a semblé familière, pourtant, je ne l'ai jamais rencontré. Du moins, je ne crois pas. Quelque chose dans l'éclat de ces yeux surnaturels m'appelle, comme une mélodie qui ne me serait pas tout à fait inconnue.

Sur son permis de conduire est probablement inscrite une couleur banale, genre marron. Mais ce mot ne pourra jamais décrire la façon dont ses yeux paraissent presque lumineux, tels des orbes ambrés qui renfermeraient en eux les secrets de l'univers. Le mot *marron* ne pourra jamais décrire cette profonde teinte dorée, l'indéniable magnificence de son intense regard.

— Suis-moi, m'ordonne-t-il.

Une vague de soulagement me submerge, secoue mes membres engourdis, me donne un coup de fouet, et je me demande ce que je fais ici. Ce ne sont pas des hommes, ce sont des animaux. Ce sont des prédateurs et je suis une proie. Pourquoi est-ce que j'entrerais de mon propre chef ?

Ai-je vraiment le choix ?

Je franchis le seuil de marbre veiné.

L'homme ferme la porte derrière moi, nous coupant du bruit de la pluie et de la circulation ; un simple tour de clef et la ville tout entière s'évanouit. Sans rien ajouter, il s'avance dans le couloir, s'enfonçant plus profondément dans l'obscurité. Je me hâte derrière lui, le menton relevé, les épaules en arrière, pour que tout le monde pense que je suis une invitée ici. Est-ce que c'est ça que la gazelle ressent quand elle gambade dans la plaine, comme touchée par la grâce, juste avant de se faire abattre ?

Nous dépassons un escalier, tout devient noir, ne reste que notre souffle, nos corps dans la pénombre. Puis il ouvre une autre lourde porte en bois, révélant une pièce faiblement éclairée, un univers de merisier et de cristal, de cuir et de fumée. Je distingue à peine les yeux foncés, les costumes sombres. Les hommes de l'ombre.

J'ai soudain envie de me cacher derrière l'inconnu aux yeux dorés. Il est grand, large d'épaules et pourrait enrouler ses grandes mains autour de ma taille. Cet homme est un géant, brut de décoffrage et dur comme la pierre.

Sauf qu'il n'est pas là pour me protéger. Il pourrait même être la personne la plus dangereuse de cette pièce.

Un homme souffle, laissant la fumée s'élever en volutes hors de ses lèvres. Il porte un gilet gris ardoise et une cravate lavande. Une telle tenue aurait donné à quelqu'un d'autre une *aura* plus douce, mais avec la barbe de trois jours qui dévore sa mâchoire carrée et la lueur diabolique dans ses yeux noirs, il respire la masculinité pure et dure.

Damon Scott.

— Qu'avons-nous là ? s'enquiert-il.

Il y a d'autres hommes présents dans la pièce, d'autres silhouettes costumées, mais je ne m'intéresse pas à eux.

L'inconnu s'installe à la droite de Damon, encore un peu plus profondément dans l'obscurité, et ses yeux se parent alors de la couleur du bronze. Comme s'il nous observait tous, comme s'il se distinguait des autres. Je me détourne également de lui.

— Je suis Avery James, me présenté-je en relevant le menton. Je suis ici pour requérir un prêt.

Damon pose son cigare dans un cendrier en céramique sur la table d'appoint. Il se penche en avant, les doigts pressés les uns contre les autres.

— Avery James, je n'arrive pas à le croire. Je ne m'attendais pas à ce que tu me rendes visite.

Comme ma situation délicate n'est un secret pour personne, je dis :

— Aux grands maux…

— …les grands remèdes, termine-t-il lentement, comme pour goûter ces mots, les savourer. Je n'ai pas l'habitude de prêter de l'argent sans raison, même à de belles femmes.

Je me surprends à sonder les ténèbres à la recherche de Regard-Doré. Pour me donner du courage ? Quoi qu'il en soit, cette vision me revigore comme une bonne gorgée de cognac.

— En échange de quoi acceptez-vous de prêter de l'argent ?

Damon éclate soudain de rire, un son puissant qui emplit la pièce. Ses compères gloussent avec lui. Je suis une source de divertissement pour eux. Mes joues brûlent.

L'homme aux yeux dorés n'esquisse aucun sourire.

Damon se penche en avant, ses yeux d'obsidienne scintillent.

— En échange d'encore plus d'argent, ma belle. C'est pour ça que tu risques d'avoir un problème. Ton diplôme de fin d'études ne vaut pas grand-chose, même s'il t'a été délivré par la meilleure école privée de l'État.

Évidemment. Qui offrirait un prêt à un membre de la famille James alors que son patriarche vient d'être condamné pour fraude ? Une partie de moi refuse toujours d'accepter la vérité. Je n'arrête pas de me dérober face à la réalité. C'est trop douloureux.

— Je suis intelligente. Je suis déterminée à trouver du travail. Je vais trouver une solution. J'ai juste besoin de temps.

Pour éloigner les créanciers de mon père, pour payer ses factures médicales. Pour prier les cieux, car je n'ai pas d'autre solution.

— Du temps, reprend-il en me lançant un sourire en coin. Et combien est-ce que ça vaut, pour toi ?

La vie de mon père. C'est ça qui est en jeu.

— Tout.

Des yeux dorés m'observent à intervalles réguliers, me jaugeant. Me testant.

Monsieur Scott souffle avec un air amusé.

— Pourquoi te prêterais-je vingt mille dollars alors que je n'en reverrai jamais la couleur, sans parler de mes intérêts ?

Plus de vingt mille dollars. Il m'en faut cinquante. *J'ai besoin d'un miracle.*

— S'il vous plaît. Si vous ne pouvez pas m'aider...

— Je ne peux pas, rétorque-t-il sur un ton catégorique.

Regard-Doré s'incline, le visage à moitié dans l'ombre.

— Ce n'est pas tout à fait vrai.

Tout le monde retient son souffle. Même Damon Scott s'immobilise, comme s'il considérait cette annonce avec un grand sérieux. Damon Scott est l'homme le plus riche de la ville, le plus puissant. Le plus dangereux. Qui pourrait bien lui dire ce qu'il devrait faire ou non ?

— Qui êtes-vous ? demandé-je d'une voix à peine tremblante.

— Est-ce vraiment important ? m'interroge Regard-Doré d'une voix moqueuse.

Une colère légitime se mêle au désespoir. Je suis déjà piégée dans une chute sans fin... pourquoi ne pas étendre les bras ?

— Qui êtes-vous ? répété-je. Si vous devez décider de mon sort, je devrais au moins connaître votre nom.

Il se penche en avant et son regard étincelant retrouve de sa lueur ambrée à la lumière de la pièce.

— Gabriel, dit-il simplement.

Mon cœur s'arrête.

Scott sourit, les yeux plissés par le plaisir. Il se régale, il anticipe la suite. Il me regarde d'une façon presque sexuelle, puis complète :

— Gabriel Miller. L'homme que ton père a volé.

Gabriel Miller lui jette un petit sourire et corrige :

— Le *dernier* homme qu'il ait volé.

Oh oui ! Il a fait en sorte que mon père ne puisse plus jamais voler qui que ce soit.

Qu'il ne puisse plus jamais *rien* faire.

Je sens mes yeux me piquer. Non, je ne peux pas pleurer devant eux. Je ne peux absolument pas m'effondrer, car mon père est alité, incapable de se lever, tout juste capable de bouger... À cause de ce que cet homme a fait.

C'est lui qui a livré mon père aux autorités.

C'est à cause de lui que ma famille est tombée en disgrâce.

Je passe outre le nœud dans ma gorge.

— Vous...

Je prends une profonde inspiration, car seul mon sang-froid m'empêche de me jeter sur lui.

— Vous êtes un meurtrier.

Si Scott est le roi de la pègre, Gabriel Miller est un dieu. Son empire s'étend sur tous les États du sud des États-Unis et même jusqu'à l'étranger. Il achète et vend tout ce qui se monnaie à prix d'or : de la drogue, des armes. Des êtres humains. Mon père m'avait dit de rester loin de lui, alors pourquoi a-t-il secrètement accepté des pots-de-vin ? Pourquoi a-t-il trahi Gabriel Miller, sachant combien il était dangereux ?

Mon père n'est pas mort, mais sans la forte dose d'antidouleurs qu'on lui administre, il supplierait de l'être.

— J'ai déjà tué des hommes, confirme Gabriel en se levant pour me dominer de toute sa hauteur.

Je ne peux pas m'empêcher de reculer. Oserait-il me frapper ? Ou pire ? Il plisse les yeux.

— Ceux qui m'ont menti. Ceux qui m'ont volé.

Comme mon père.

Cette familière sensation de chute me retourne l'estomac. Je sais que je devrais être terrifiée, et je le suis, mais j'ai été recluse toute ma vie. Une partie de moi apprécie de ressentir le souffle du vent sur mon visage.

— Je ne vous ai pas volé, moi.

Scott fait un petit signe de tête, avant de me rappeler une horrible vérité :

— C'est tout de même avec son argent que tu as acheté ces magnifiques chaussures, n'est-ce pas ? Ou payé les cours de yoga qui ont modelé ce joli corps ?

Et mon père en a payé le prix, un prix terriblement élevé. Je me souviens encore de lui... ensanglanté, détruit. Quelqu'un a envoyé des hommes le tabasser. Est-ce que ce sont ceux que mon père avait engagés pour trahir Gabriel Miller ?

Ou est-ce Gabriel Miller qui leur a ordonné de le passer à tabac ?

Je me force à redresser les épaules.

— Vous avez dit que vous pouviez m'aider.

Quoi qu'il arrive ensuite, je l'affronterai avec dignité, avec courage. Avec la même force que, je crois, mon père possédait. Comment a-t-il fait pour m'apprendre à être honnête tout en mentant continuellement ? Notre nom de famille signifiait quelque chose, avant, et j'ai envie d'essayer de défendre les derniers lambeaux de notre dignité.

— Retire ton manteau, m'ordonne Gabriel d'une voix presque douce.

Je me refroidis de l'intérieur, mon sang se glace, et l'air qui sort de mes poumons est froid.

— Pourquoi ?

— J'ai besoin de jeter un œil à la marchandise que je vais refourguer. Ne t'inquiète pas, ma petite, je ne te toucherai pas.

Les mains tremblantes, je déboutonne mon manteau et le laisse glisser le long de mon corps. Les hommes autour de moi laissent échapper des murmures indistincts… et approbateurs, preuves de leur intérêt. J'ai soudain l'impression d'être un taureau de *corrida* dans une arène pleine à craquer de spectateurs assoiffés de sang.

Je croise enfin les yeux de Gabriel et y découvre un désir brûlant, un véritable brasier tout en nuances de rouge, d'orange et de jaune. L'incendie dans son regard m'enflamme, malgré le bon mètre de distance qui nous sépare. La tenue professionnelle que j'ai choisie ne dévoile pas beaucoup de peau, mais elle révèle toutes mes courbes. Ses prunelles incandescentes détaillent ma poitrine, ma taille et descendent le long de mes jambes.

— Charmant, murmure Damon Scott. Mais il ne suffit pas d'avoir une belle plastique. Il faut savoir s'en servir.

Je frissonne. Il possède plusieurs clubs de *strip-tease* dans toute la ville.

— Je peux… apprendre.

Quelque chose s'allume dans les yeux de Gabriel.

— Tu ne sais pas comment donner du plaisir à un homme, ma petite ?

J'ai connu les baisers volés, les caresses discrètes dans les couloirs obscurs des soirées mondaines. Justin m'a poussée jusque dans mes retranchements, mais je l'ai toujours repoussé. Quelque chose m'a toujours retenue de faire l'amour avec lui. Et puis mon nom de famille a été traîné dans la boue.

Comprends-moi, Avery. Je veux être sénateur, un jour. Je n'y arriverai pas si je me marie avec une James.

Il m'a dit ça le lendemain de la mise en examen de mon père.

À la lumière de ce coup de fil impersonnel, j'ai su que notre relation n'était pas basée sur le respect. Ni sur l'amour. Et certainement pas sur le plaisir. Non, je ne sais pas comment donner du plaisir à un homme.

— Je suis vierge, lâché-je d'une petite voix triste.

Car même si ça gâche tout, je ne peux pas mentir à ce sujet. Pas alors que Gabriel Miller a avoué avoir tué de ses mains certains de ceux qui lui ont menti.

Pas alors qu'il serait si facile de le vérifier.

Damon Scott écarquille les yeux et quelque chose s'y éveille. De l'intérêt, et non plus le mépris qu'il me réservait avant.

— Avery James, vierge ? Tu es sérieuse ?

J'ai les joues en feu. Ça peut sembler étrange qu'une femme de dix-neuf ans n'ait pas eu de relations sexuelles, mais j'étais inscrite au lycée Sainte-Marie, une école catholique pour filles. Mon père était du genre protecteur et m'autorisait à sortir le soir uniquement pour assister aux soirées mondaines auxquelles il allait également. Quand je suis partie à l'université, j'étais déjà fiancée à Justin.

Gabriel émet un son grave, presque un grognement.

— Elle est sérieuse.

Damon Scott semble partagé.

— Elle est trop jeune.

— Des filles bien plus jeunes qu'elle dansent dans tes putains de clubs.

Sauf qu'ils ne parlent pas vraiment de danse. À cette pensée, mon cœur s'arrête. Ils envisagent de vendre mon corps contre des services sexuels. De marchander ma virginité.

— Non, chuchoté-je. Je ne ferai rien de tout ça.

— Tu vois, fait Damon. Elle ne le fera pas.

Gabriel m'observe de haut en bas. Il croise mon regard, l'air résolu.

— Elle n'a pas le choix. C'est la chose la plus précieuse qu'il lui reste.

Ce n'est pas une *chose,* j'ai envie de hurler. C'est mon corps.

Pourtant, il a raison. C'est la chose la plus précieuse qu'il me reste – le dernier objet de valeur encore en ma possession, vu que toute notre fortune est passée dans les amendes, les dommages et intérêts, les avocats et les huissiers.

Une lueur de défi flamboie dans les yeux de Gabriel. Il sait à quel point je suis désespérée. C'est à cause de lui que je suis dans cet état. Est-ce qu'il aime que je sois rabaissée comme ça ? Ce n'est pas moi qui l'ai trahi, mais comme l'a dit Scott, c'est quand même grâce à l'argent de mon père que j'ai pu payer mes frais de scolarité ou mes vêtements.

— Combien ? demandé-je.

Le terrible nœud que je ressens dans l'estomac me prouve que j'ai déjà perdu la partie. Damon Scott esquisse un petit sourire.

— Nous organiserons une vente aux enchères.

J'ai déjà assisté à des ventes aux enchères… de peintures, de meubles anciens. Avec son public armé de verres de vin et des panneaux numérotés qui permettent d'enchérir. Je m'imagine sur l'estrade.

— Quel genre de personnes y viendrait ?

Un éclat sauvage passe dans les yeux de Damon Scott.

— Je connais beaucoup d'hommes qui adoreraient t'enseigner l'art des plaisirs charnels.

Je doute sérieusement que je ressente un quelconque plaisir dans les bras d'un mec tordu qui préfère acheter une femme plutôt que de l'inviter à sortir avec lui.

— Combien de temps devrais-je…

— Un mois, répond Gabriel avec un regard brûlant.

Scott se tait un instant.

— Ça te rapporterait plus d'argent.

Un mois ? Seigneur, que pourrait me faire subir un homme durant un mois entier ? L'idée même de me retrouver avec un étranger le temps d'une seule nuit me retourne l'estomac. La bile me remonte dans la gorge.

Aurait-il envie de coucher avec moi tous les jours ? Plus encore ?

— Et si…, commencé-je avant de déglutir difficilement. Et s'il me faisait du mal ?

Scott hausse les épaules.

— Ça fait toujours mal la première fois. Du moins, c'est ce qu'on dit.

J'ai toujours imaginé que je n'aurais des relations sexuelles qu'avec mon mari, qu'il ferait attention à être le plus doux possible avec moi. Un homme qui payerait pour avoir ce privilège n'aurait aucune raison de se retenir.

— Je parle de choses pires que ça. Vous savez… des trucs bien plus pervers.

— Des trucs bien plus pervers, répète Gabriel avec un sourire en coin. Qu'est-ce que tu y connais au juste ?

Je sens tout mon visage chauffer.

— J'ai vu le film, d'accord ? J'en sais quelque chose.

C'est un mensonge. Je suis restée mal à l'aise durant tout le film, bouche bée sous l'effet de surprise. Comment les gens avaient-ils imaginé ce genre de choses ? Quelle femme pourrait aimer ça ? D'autant plus que je ne suis pas une simple inconnue, en ville. On a publié ma photo dans les journaux mondains. Tout le monde connaît mon père. Peut-être qu'il a dupé d'autres hommes, à l'instar de Gabriel. Ceux-là aimeraient-ils se venger de lui en me blessant ?

— Raconte-moi donc ce que tu sais, demande Gabriel.

J'entends la moquerie dans sa voix, mais quelque chose se réveille en moi.

— Je sais que certains hommes aiment faire du mal aux femmes. Que frapper quelqu'un de plus faible qu'eux leur donne l'impression d'être forts et puissants.

— Et es-tu quelqu'un de faible, ma petite vierge ?

Non, ai-je envie de répondre. Sauf que j'ai tout perdu, ces deux derniers mois. Ma vie, mon école. Mes amis. Je ne suis plus que l'ombre de moi-même. Mais ce *« ma petite vierge »* me pousse à répliquer. Gabriel me pousse à répliquer.

— Je fais ce qu'il faut pour survivre. Est-ce que c'est ça, être faible ?

Ses yeux s'attardent sur mon corps, ses iris dorés s'illuminent à la lueur de la lampe. Quand il croise mon regard, je comprends qu'il éprouve malgré lui un certain respect pour moi.

— Scott filtrera les invités.

— Naturellement, répond ce dernier. Je ne peux pas te promettre que ces hommes n'auront pas des trucs pervers en tête, mais ils ne dépasseront pas la limite du raisonnable.

Ça me semble un peu vague… Quelle est cette limite exactement ? Dans tous les cas, ce serait entrer dans leur monde, un monde bardé d'épines et d'ombres ténébreuses. Ce serait dangereux de faire ça.

Ce serait immoral. Papa m'a appris à me préserver, mais il n'a pas réussi lui-même à me protéger. Je ne sais plus quoi croire.

— Je ne sais pas... Je ne sais pas si je peux faire ça.

Scott agite la main comme si ça n'avait aucune importance pour lui. Peut-être que c'est le cas.

— Rentre chez toi, réfléchis-y. Repasse demain si la proposition t'intéresse.

Je recule d'un pas, soulagée d'être remerciée. L'idée de devoir prendre une décision me donne la nausée, mais, au moins, j'ai un peu de répit.

— Oh, et, Avery, reprend Scott avec un air pensif. Si tu reviens, apporte de la lingerie. Il faudra que nous fassions circuler quelques photos pour susciter l'intérêt des acheteurs.

Je m'imagine uniquement vêtue de mon soutien-gorge, de ma culotte. Plus exposée encore que je ne le suis actuellement. D'autant plus je ne pourrai jamais faire disparaître ces photos par la suite. Et ce ne serait que le début, car lorsque l'un des enchérisseurs aura acheté ma virginité, il pourra me voir entièrement nue. Toucher chaque centimètre carré de ma peau. Pénétrer les parties de mon corps qu'il souhaite. Je sens mes yeux brûler sous l'assaut des larmes. Je ne peux rien faire d'autre que leur adresser un brusque signe de la tête, puis je m'enfuis presque de la pièce.

J'atteins enfin le couloir quand je sens une main me saisir le poignet. Quelque chose explose en moi, alors je me retourne en hurlant de colère, de chagrin. Comme quelqu'un qui a perdu. Je balance ma main, doigts écartés, pour essayer de le frapper, de lui *faire du mal*.

Gabriel me maîtrise en m'attrapant par le poignet.

Il s'avance, me fait reculer contre le mur. Les luxueux lambris de bois me rafraîchissent à travers le tissu de ma chemise, alors que devant moi, son corps irradie de chaleur. Je me rencogne contre le mur comme si je pouvais me dérober. Il réduit la distance qui nous sépare jusqu'à ce que son visage ne soit plus qu'à quelques centimètres du mien.

— Je venais juste te rapporter ton manteau, murmure-t-il.

Je vois alors mon *trench* drapé sur son bras. Il se comporte gentiment et moi, je panique. Seigneur, je suis tellement perturbée… la peur et la honte bondissent en tous sens dans mon ventre.

— Désolée.

— Tu as raison de m'attaquer. Je ne suis pas quelqu'un de bien.

Sans compter que c'est lui qui a suggéré cette vente aux enchères. Il maintient encore mes poignets contre le mur et je me rends compte d'à quel point je suis à sa merci.

— Est-ce que vous voudriez bien me lâcher ?

Il frôle ma tempe de ses lèvres.

— Bientôt, ma petite vierge.

— Ne m'appelez pas comme ça.

Ma voix tremble peu, mais suffisamment pour révéler mon trouble intérieur.

— Quel surnom devrais-je te donner, alors ? Princesse ? Chérie ?

— Vous pourriez m'appeler par mon nom.

Il baisse la tête, approche sa bouche de mon oreille, et sa voix n'est alors plus qu'un souffle :

— Il n'y a qu'un mot par lequel j'accepterai de te désigner. *Mienne.*

Cette marque de possessivité me fait frissonner.

— Jamais.

Pourtant, une petite voix dans ma tête me rétorque : *« Pas tout de suite. »*

Il recule en se fendant d'un rire silencieux.

— Tu peux bien t'enfuir maintenant, ma petite vierge. Mais tu reviendras.

J'ai bien peur qu'il ait raison.

CHAPITRE DEUX

Autrefois, des jardiniers travaillaient à l'extérieur de la maison et nous employions un chef à temps partiel en cuisine. Les femmes de ménage répondaient aux ordres de la gouvernante. Les mille mètres carrés de notre splendide demeure à l'architecture française n'allaient pas s'entretenir tout seuls.

Lorsque le scandale a éclaté, les choses ont pris encore plus d'ampleur.

Le téléphone sonnait en permanence, assailli par les avocats et les associés de papa. La longue rue qui débouche sur notre allée dallée s'est transformée en une haie d'honneur grouillante de journalistes. Il y a même eu une manifestation un jour et, sur certains panneaux, on pouvait lire « *Nettoyez la ville de cette corruption* » et « *Quittez Tanglewood* ».

Nos buissons jadis proprement taillés ont poussé comme ils l'entendaient, projetant des ombres irrégulières sur les trottoirs vides.

Personne ne me salue quand je passe la porte d'entrée. Je m'avance dans le couloir en direction du léger bourdonnement des machines qui s'élève de la chambre de mon père, où un lit d'hôpital a remplacé les chaises en cuir craquelé devant la cheminée.

Rosita lève les yeux de son livre, l'air inquiet.

— Comment ça s'est passé ?

— Oh, très bien.

Je lui ai dit que j'avais rendez-vous avec des hommes d'affaires.

Elle n'est pas au courant de tout, mais elle sait que nous sommes désargentés. Les salles vides où siégeaient tapis orientaux et meubles anciens en sont la preuve. J'ai tout vendu, négociant le moindre centime de chaque pièce de la charmante décoration de ma défunte mère. Seule la chambre de mon père est restée intacte, à l'exception de la perfusion et des moniteurs de santé qui permettent de le maintenir en vie.

Je touche la main de papa, sa peau parcheminée.

— S'est-il réveillé ?

Elle regarde les traits détendus du visage de mon père avec un air triste.

— Il a été conscient quelques minutes, peu après ton départ, mais les médicaments l'ont rapidement replongé dans le sommeil.

Il vaut bien mieux éprouver de la tristesse que de la méfiance ou, pire encore, de la haine – comme l'ont fait la plupart de ses anciens employés durant ces heures sombres. Il avait offert à chacun une petite indemnité de départ, qui a été annulée par le tribunal une fois le montant des dommages et intérêts prononcé. Des millions de dollars d'indemnités qui ont vidé tous ses comptes.

Et puis on l'a tabassé, battu à mort ou presque.

Je sais que d'un certain côté, il méritait tout ça. La condamnation, la ruine. Peut-être même le passage à tabac, selon certains standards moraux. C'est pourtant difficile à croire lorsque je le vois lutter pour respirer.

Je fouille dans mon sac à main pour récupérer les billets qui s'y trouvent.

Rosita pose sa main sur la mienne.

— Non, mademoiselle Avery. Ce n'est pas nécessaire.

Il est plus facile de me forcer à sourire, vu que j'ai pu m'entraîner ces derniers temps.

— *Si*, ça l'est. Tout va bien. Ne t'inquiète pas pour moi.

Elle secoue la tête, ses yeux sombres emplis de tristesse.

— Je ne suis pas aveugle, rétorque-t-elle en me scrutant de haut en bas. J'ai vu à quel point tu avais maigri.

Je pose un regard inquiet sur mon père, mais il dort toujours.

— S'il te plaît.

— Non, je ne peux pas accepter cet argent.

Elle hésite ensuite avant de poursuivre :

— Tout comme je ne pourrai plus veiller sur ton père.

J'ouvre la bouche, mais mes suppliques se coincent dans ma gorge. Comment oserais-je lui demander de revenir ? Elle est déjà la seule de nos anciens employés à continuer de venir. Et puis elle n'a pas tort quand elle dit que je n'ai plus assez d'argent pour la payer. Ce n'est pas sa faute si je suis à court d'options.

— D'accord, dis-je alors que ma voix se brise.

— Ta mère...

Elle émet un petit son plein de tendresse.

— Ça lui aurait brisé le cœur de voir ça.

Je le sais, et c'est le seul réconfort que j'aie à la savoir morte. Elle n'aura jamais eu à subir la déchéance de son mari. Ni à voir sa petite fille chérie se prostituer.

— Elle me manque.

Le regard de Rosita se dirige vers mon père, presque furtivement.

— C'était quelqu'un de loyal, murmure-t-elle. Comme toi.

Je hoche la tête, car ce n'est un secret pour personne. Tout le monde sait qu'elle était une épouse et une mère aimante. Une véritable pro lorsqu'il s'agissait de se socialiser : la grâce personnifiée, elle était capable de se lier d'amitié avec n'importe qui. J'ai toujours rêvé de devenir comme elle un jour, mais je sais, vu les gens que j'ai rencontrés un peu plus tôt, que ma vie va irrémédiablement prendre un autre tournant.

— Fais attention à toi, ajoute Rosita en me tapotant

la main.

Elle pose un dernier regard sur mon père.

— Monsieur Moore t'attend dans le petit salon.

Mon rythme cardiaque s'accélère.

Oncle Landon est un ami de mon père et son conseiller financier depuis des années. Ils jouaient au golf et en bourse. Pourtant, même s'ils étaient proches, papa ne l'invitait pas dans le petit salon. Il était réservé uniquement aux membres de la famille – ce qui explique que le canapé confortable et recouvert de peluches qui s'y trouvait ne valait pas un rond.

J'arbore une expression nonchalante.

— J'irai lui parler quand j'en aurai fini ici.

Sans un mot, Rosita quitte la pièce. Des bips réguliers comblent le silence qu'elle a laissé derrière elle, un rappel médical que la vie de mon père ne tient qu'à un fil.

Je déglutis avec difficulté et prends sa main. Cette main qui m'a bercée pour m'endormir et m'a lancé tant de balles de *softball*. Là, elle est si froide et frêle ! Je peux sentir chaque veine sous la peau si fine.

Les larmes me montent aux yeux, mais je lutte pour les retenir.

— Oh, papa !

Aujourd'hui, j'aurais vraiment besoin de celui qui m'a toujours soutenue. J'ai besoin que quelqu'un me dise que tout ira bien. Il ne me reste plus personne. La seule chose qui puisse m'aider, maintenant, c'est le coup de fil de l'un des barons de la pègre de la ville. Un homme assez riche pour se payer les services d'une femme une nuit entière.

Des veines bleu-vert parcourent ses paupières. Elles s'ouvrent lentement, révélant le regard vide qu'il a depuis sa condamnation.

— Avery ?

— Je suis là. Tu as besoin de quelque chose ? Tu as faim ?

Il ferme à nouveau les yeux.

— Je suis fatigué.

Il dort, la plupart du temps.

— Je sais, papa.

— Tu es quelqu'un de bien, dit-il d'une petite voix en papillonnant des paupières.

J'ai un nœud dans la gorge.

— Merci, chuchoté-je.

— Mon petit pion infernal.

Sa phrase meurt sur la fin, mais je sais ce qu'il a dit. Il m'appelait comme ça quand j'étais petite, débordante d'énergie comme le sont toutes les petites filles. Il m'a appris à jouer aux échecs pour m'aider à me concentrer. Ensuite, il a trouvé le temps de faire une partie avec moi chaque semaine, quoi qu'il arrive. Il travaillait toute la nuit et le week-end, mais il prenait toujours le temps de s'asseoir face à moi autour de l'échiquier.

Dans la quiétude ponctuée de bips qui s'ensuit, je comprends qu'il s'est à nouveau endormi. Je ne passe finalement que quelques minutes par jour avec lui. Le reste du temps, les médicaments le maintiennent en vie, mais sans eux, il souffre énormément. Il a toujours été très enjoué, dynamique. Les multiples fractures et l'éprouvante nuit qu'il a passée dans la ruelle sombre dans laquelle ses agresseurs l'ont laissé lui ont fait prendre vingt ans. C'est tout ce qu'il lui reste : la sécurité de cette chambre et les antidouleurs. Je ne peux lui retirer ça.

— Tout ira bien.

J'ai prononcé cette phrase à voix haute parce que j'ai besoin d'y croire. J'ai besoin de croire que je vais faire ça pour une bonne raison. Que ça suffira.

Il n'y a plus personne pour nous sauver, à part moi.

CHAPITRE TROIS

Je me souviens de trois moments avec ma mère et l'un d'eux se déroule dans le petit salon. C'était une magnifique riche héritière, la parfaite petite épouse. Ce n'est que dans l'intimité du petit salon qu'elle s'asseyait par terre pour jouer à Candy Land avec moi.

Mes pas résonnent dans le couloir maintenant vide, car j'avais tant besoin d'argent. Des rectangles plus foncés parsèment le plancher, des endroits où un tapis, un meuble est resté durant une ou deux décennies. Entre la vente de nos meubles et le remboursement de mes frais d'université, il y a de quoi nous maintenir à flot pendant encore un mois, mais il ne restera bientôt plus rien. L'infirmière qui rend visite à mon père une fois par jour, le médecin qui réapprovisionne son stock d'antidouleurs. Ils me demandent tous de l'argent, à la fois pour leurs services professionnels et pour s'assurer de ne pas nourrir les commérages en ville. Ce qu'il reste de la dignité de mon père vaut bien ça.

La porte du petit salon est ouverte. Landon Moore est assis sur le canapé couvert de bouloches, les jambes croisées, vêtu de son impeccable veste et de chaussures de ville. Sa chevelure grise lui recouvre le crâne, tandis que barbe et moustache mangent la partie inférieure de son visage ; des yeux d'un bleu incroyable complètent le tout. Il me fait penser à un *gentleman* anglais, même s'il n'a pas l'accent.

Une partie de moi enrage qu'il soit installé sur la seule chose qu'il reste de mon père. Une partie plus pragmatique de moi sait qu'il n'y a pas d'autre canapé disponible dans la maison. Ni de meubles. Il n'y a plus rien. Je sens la panique monter dans ma poitrine.

Il est là pour t'aider, me remémoré-je.

— Oncle Landon, lancé-je. Ça me fait plaisir de te voir.

Il se lève, l'air sombre.

— Ma très chère enfant. Ça doit être une période si éprouvante pour toi !

Pour des raisons que je ne saurais expliquer, ma lèvre inférieure se met à trembler. Sa sympathie est plus difficile à encaisser que l'expression de défi sur le visage finement ciselé de Gabriel Miller. Je ne peux pas me permettre de m'apitoyer sur mon sort. Je ne peux pas me permettre de craquer, pas tant que je ne sais pas si je serai capable de me reprendre ensuite.

— Je vais bien, le rassuré-je. Tu n'as pas à t'inquiéter pour moi.

— Oh, pourtant, c'est le cas, d'autant plus maintenant que ton père est alité. Comment va-t-il ?

Sa peau pâle, ses faibles mouvements. La douleur atroce que je peux lire dans son regard entre deux doses d'antidouleurs.

— Il s'améliore de jour en jour. Je suis tellement heureuse qu'il commence à guérir !

— Bien, bien.

Il désigne le canapé d'un geste – le canapé de ma mère.

— Assieds-toi avec moi. Je dois te parler.

Le grand salon a été soigneusement conçu pour respecter une certaine étiquette, pour laisser de la distance entre les gens. J'aurais pu m'asseoir dans l'un de nos beaux fauteuils écossais, une petite table en chêne disposée entre nous. J'aurais pu réussir à continuer de sourire.

Sauf que le petit salon n'est là que pour offrir un espace confortable. Intime. Alors quand je m'assieds, les coussins sous moi s'affaissent sur le côté, me rapprochant ainsi de Landon. Il ne s'écarte pas. Au contraire, il pose sa main sur mon genou en le pressant doucement. Chaque muscle de mon corps se fige cependant que je contemple les petites taches de vieillesse sur sa peau, incapable de comprendre ce qu'il se passe, peu disposée à réfléchir à la raison pour laquelle il se permet de me toucher ainsi.

— Ma chère, nous devons discuter de ton avenir. Nous devons discuter de la maison.

— La maison...

Ma voix se brise. Je prends une profonde inspiration. Cette maison ne m'appartient pas. Elle n'appartient même pas à mon père. Il l'a fait construire pour ma mère. Il lui en a fait cadeau. Quand elle est morte, elle m'a été transmise en fidéicommis.

— Tu m'as dit que nous pourrions garder la maison.

— Oui, elle est protégée par le fidéicommis. Mais l'entretien d'un tel domaine est, je suis désolé de le dire, un luxe que tu ne peux plus te permettre.

Il jette un regard désapprobateur par la fenêtre. Les buissons étaient autrefois parfaitement taillés en arrondi. *Des boules de barbe à papa verte*, ai-je pensé un jour. Maintenant, ils poussent dans tous les sens, et des branches sauvages recouvrent la fenêtre.

La maison n'est pas un luxe. C'est la seule chose qu'il me reste. Je ne peux pas perdre la maison. Ça détruirait mon père de l'apprendre si nous tombions si bas. Ça *me* détruirait.

— J'espérais pouvoir garder papa ici. C'est important.

Landon arbore une expression légèrement empreinte de pitié.

— Malheureusement, il va bientôt falloir payer la taxe foncière. Ça fait des années que nous n'avons pas mis d'argent en mains tierces, car la fortune familiale couvrait facilement de telles dépenses. Mais vu le montant des dommages et intérêts…

Sous l'effet de la peur, je ressens soudain un goût de métal dans ma bouche.

— À combien s'élève cette taxe ?

Il attrape son portfolio en cuir et en sort un papier plié. Je le saisis de mes mains tremblantes. Elles tressautent tellement que les chiffres sont flous un moment. Lorsque j'arrive enfin à les lire, j'en ai le souffle coupé.

— Oh mon Dieu !

— Oui, en convint-il. C'est louable de ta part de vouloir garder ton père ici, mais j'ai bien peur que ce soit impossible. J'ai déjà appelé un agent immobilier et lui ai expliqué qu'il fallait vendre au plus vite.

Il poursuit sur les détails de la vente, mais tout ce que j'entends, ce sont les faibles paroles de mon père. *Tu es quelqu'un de bien.* Durant toutes ces années, il a pris soin de moi. C'est à mon tour de le protéger.

— Attends, le coupé-je.

L'expression de Landon s'adoucit, les muscles de son visage se détendent.

— Je sais combien ça doit être difficile pour toi. C'est pourquoi je voulais te proposer quelque chose.

— Pour sauver la maison ?

Pour sauver mon père.

— J'ai bien peur que non, répond-il d'une voix douce. Mais tu sais que je t'aime profondément. J'ai le plus grand respect pour toi.

Je cligne des yeux, car je n'arrive pas à cerner la direction qu'est en train de prendre cette conversation.

— Bien sûr, oncle Landon. Tu as toujours été là pour nous. Et tu m'as bien aidée à maintenir les finances à flot dernièrement.

Il me fait un grand sourire.

— Bien, bien. Alors j'espère que tu seras réceptive à ma proposition.

Je retiens mon souffle. Étrangement, je me méfie. Même si oncle Landon nous rendait visite de temps en temps, même s'il était toujours gentil avec moi, quelque chose en lui m'a toujours mise mal à l'aise.

Il prend ma main dans la sienne pour la poser sur ses genoux.

Sous l'effet de la surprise, je sens mon ventre se tordre. Je garde le silence sans comprendre ce qu'il se passe.

— J'ai eu le plaisir de te voir grandir et devenir une belle jeune femme. La grâce et la force vive dont tu as fait preuve durant le procès de ton père étaient admirables. Ce serait un grand honneur pour moi si tu acceptais de m'épouser.

J'ai l'impression que l'oxygène a disparu de la pièce, mes poumons me semblent rigides, vides.

— Quoi ?

— Je sais bien que je ne suis pas ton premier choix…

— Oncle Landon. Pour moi, tu fais partie de la

famille.

Sans compter qu'il est aussi vieux que mon père. Ils sont allés à l'école ensemble. Comment peut-il me faire pareille proposition ?

— Nous continuerions d'être une famille, Avery. Je prendrai grand soin de toi.

Les conséquences d'une telle chose me glacent le sang. L'oncle Landon s'est enrichi par ses propres moyens, grâce à son héritage familial et son travail de conseiller financier auprès des riches de la ville. L'idée d'accepter sa proposition me tord le ventre, mais je ne peux pas refuser.

— Pourrais-tu garder la maison ? demandé-je avec prudence, la gorge nouée.

Il se lève et se dirige vers le manteau de cheminée, où sont exposées des photos de famille. Le visage souriant de ma mère y est bien visible. Il n'y a que comme ça que je peux me souvenir d'elle. Oncle Landon prend l'un des cadres et touche le verre, le caresse presque.

— Savais-tu que c'est moi qui ai rencontré ta mère en premier ? Avant que Geoffrey ne pose les yeux sur elle.

Je frissonne.

— Mon père m'a dit qu'ils avaient eu un coup de foudre.

— Oui, dit-il d'une voix sombre que je ne lui connais pas. C'était une belle plante et il l'a cueillie dès qu'il l'a rencontrée. Il a conçu cette maison comme un temple en son honneur.

Je réussis à reprendre mon souffle. C'est pour ça qu'il ne supporterait pas de déménager, malgré toutes ces pièces dont nous n'avons plus l'utilité. Cette maison n'est pas seulement liée à mon père. C'est un sanctuaire dédié à la mémoire de ma mère.

— Alors, tu vas m'aider à la garder ? je m'enquiers, presque avec désespoir.

Il me jette un regard perçant.

— Ce ne serait pas très approprié.

Comme s'il se rendait compte de la dureté de son ton, il m'offre un sourire.

— Et ce serait du gaspillage. J'ai une très grande maison qui serait parfaite pour toi.

— Mais mon père…

— Il est à peine conscient, reprend brusquement Landon. Nous lui réserverons une chambre tout à fait confortable au sein de notre demeure. Et nous pourrons engager une infirmière à plein temps pour s'occuper de lui.

Une partie de moi a envie de lui demander pourquoi il refuse d'embaucher une infirmière sur-le-champ, vu notre absence de ressources. N'est-il pas censé être le meilleur ami de mon père ? Il arbore tout sauf une expression compatissante, actuellement. Il semble presque amer. Jaloux ? En veut-il encore à mon père, depuis tout ce temps, d'avoir été choisi par ma mère ?

Et puis, ne serait-ce pas terriblement glauque d'épouser l'oncle Landon en sachant cela ? Ç'aurait déjà été horrible, vu notre énorme différence d'âge et le fait qu'il m'a vue grandir, mais savoir en plus de ça qu'il voit là l'opportunité de remplacer ma mère…

— Je ne peux pas, chuchoté-je.

Il revient vers le canapé, reste debout à côté de moi, me toise de toute sa hauteur. Il passe un doigt sur ma joue, ce qui me donne la chair de poule.

— Tu as toujours été quelqu'un d'intelligent. Tu te rends certainement compte que tu n'as pas d'autre option.

En levant la tête pour le regarder, les yeux dorés de Gabriel apparaissent brusquement dans mon esprit. N'est-ce pas l'option la plus sûre ? Je connais l'oncle Landon depuis toujours. Je pourrais vivre confortablement, dans le luxe auquel je suis habituée. Et il prendrait en charge les frais médicaux de mon père.

Une petite partie de moi, celle qui est brisée, veut tout abandonner et laisser quelqu'un d'autre s'occuper de remettre ma vie sur les rails. Il m'a fallu garder la tête froide pendant si longtemps, alors que mon univers tout entier s'effondrait sous mes yeux. L'idée de finir sous le corps de l'oncle Landon me répugne, mais ce serait probablement tout aussi horrible de me retrouver avec un inconnu présent à la vente aux enchères.

Son pouce effleure mes lèvres et tout en moi me

hurle de reculer. Je reste parfaitement immobile, retiens même mon souffle. C'est un test, je m'en rends compte. Pour voir si je peux supporter un contact physique avec lui.

— Tu lui ressembles tellement ! murmure-t-il.

Je sais qu'il parle de ma mère.

— Tu as le même âge que lorsque je l'ai rencontrée.

Un frisson me traverse.

— Non, chuchoté-je.

Savoir qu'il pense à ma mère est impossible à encaisser. Le considérer comme mon époux l'est tout autant.

— Avery, j'essaie de t'aider.

— J'ai un autre plan, rétorqué-je en ressentant de nouveau cette sensation de chute sans fin.

Je tombe, encore et encore. Oncle Landon est la seule ancre à laquelle je pourrais me raccrocher, mais j'ai décidé de la laisser me filer entre les doigts.

— Quel plan ?

— Damon Scott va me faire un prêt.

Sous le coup de la surprise, Landon se recule.

— L'usurier ?

— C'est un homme d'affaires. Il me prêtera assez pour couvrir la taxe foncière. Et le salaire de l'infirmière. Je vais pouvoir garder la maison.

C'est le désespoir qui me pousse à mentir, à prétendre qu'il s'agit d'un prêt et non d'une vente aux enchères, en priant pour que la somme en question suffise à payer tout ça.

— C'est beaucoup d'argent, lâche lentement Landon. Es-tu sûre qu'il n'attend pas quelque chose de... peu recommandable en retour ?

C'est exactement ce que tu attends toi-même de moi. Je pince les lèvres, priant pour avoir la force d'aller jusqu'au bout. Je sais à quel point l'oncle Landon se montre clément en me faisant cette proposition. Non seulement il me soutiendrait financièrement, mais sa position au sein de la ville pourrait suffire à redorer publiquement mon blason.

Sauf que je serais mariée avec lui jusqu'à la fin ma vie. Étant donné qu'il a trente ans de plus que moi, il est plus probable que je le sois jusqu'à la fin de *sa* vie. Ce serait long.

Bien plus loin qu'un mois.

Vendre ma virginité à un inconnu me terrifie, mais ça ne durerait qu'un mois. Je pourrais y survivre. Et peut-être qu'avec le temps et un peu de chance, j'arriverais sans doute à oublier ce qui risque de se passer. Oncle Landon me sauverait la mise, mais ça me coûterait plusieurs années de vie. Je décide de lui mentir :

— Nous avons déjà passé notre accord. Je dois repasser demain pour signer le contrat.

— Je te déconseille de faire ça. Le taux d'intérêt qu'il propose est sans doute scandaleux, voire illégal. Et comment vas-tu faire pour réunir les fonds nécessaires pour le rembourser ?

— Ne t'inquiète pas, oncle Landon. J'ai tout prévu.

Parce que je n'aurai rien à rembourser, du moins pas d'argent. Je vais utiliser mon corps pour payer cette taxe foncière, pour embaucher l'infirmière. Alors même que je prends la décision, je suis déchirée par les regrets et la peur. Aurais-je dû dire oui à oncle Landon ? Je n'arrive pas à m'imaginer écarter les jambes pour lui. Pour autant, je n'arrive pas à m'imaginer le faire devant un inconnu.

CHAPITRE QUATRE

Cette nuit-là, je rêve qu'un brasier me dévore la peau et, quand je me réveille, mes draps sont humides de transpiration. Mon matelas est au sol, c'est la seule chose qui reste dans la pièce après que tous mes meubles de style victorien ont été vendus par un antiquaire. Je ne veux plus replonger dans les rêves, alors je me lève et erre dans les couloirs. Le clair de lune passe à travers la masse des branches, dessinant des motifs géométriques sur le plancher dénué de toute décoration.

Je descends et me verse un verre d'eau. Je la sens me glisser dans la gorge ; fraîche, elle m'aide à me concentrer. Quoi qu'il arrive durant cette vente aux enchères, j'y survivrai. Un mois seulement à passer et ce sera fini.

Je fais le bon choix, n'est-ce pas ?

Une ombre à la fenêtre attire mon regard, mon sang se glace. Il doit s'agir d'une branche sauvage de l'un des buissons. C'est ce qu'il se passe quand personne ne les taille. Je m'écarte quand même tout en fixant l'extérieur. Seules les ténèbres m'observent en retour.

Je lâche un petit rire inquiet.

— Tu deviens parano, Avery.

Ce rendez-vous avec des membres de la pègre a dû me rendre méfiante.

Une autre ombre passe devant la fenêtre. Mon cœur bondit dans ma gorge, soudain nouée et palpitante. Oh, Seigneur ! Ai-je aperçu quelqu'un dehors ? Mon imagination se déchaîne – je vois des monstres sauvages et des êtres fantastiques. Les mythes de mes vieux livres prennent vie.

Il est plus probable que ce soit un cambrioleur inconscient de notre ruine.

Ou peut-être que quelqu'un a appris que nous étions tombés en disgrâce auprès de la ville… et que je suis seule et sans défense dans la maison. Mon sang ne fait qu'un tour. Comme l'a souligné Gabriel Miller, une seule chose possède encore un peu de valeur ici. Mon corps. Ma virginité. C'est peut-être ce que désire cet homme dehors.

Je m'approche de la fenêtre, en essayant de voir ce qu'il se passe à l'extérieur. La lune se cache derrière un nuage, la végétation masque la lumière au sol, plongeant la pelouse dans une pénombre presque totale.

Est-ce que quelqu'un se cache, là dehors ?

Est-ce qu'il est en train de crocheter la serrure tandis que je me tiens ici, sans défense ?

Mon imagination a pris le dessus. Il n'y a sûrement personne. Toute ma vie, je l'ai passée en sécurité. Je n'avais pas réalisé que quelqu'un pourrait nous faire du mal jusqu'à ce que la police m'appelle. C'est un plongeur qui a trouvé mon père derrière leur restaurant.

Ses agresseurs ont balancé son corps là-bas après l'avoir tabassé.

Et s'ils étaient revenus pour finir le travail ?

Mon sang se glace, je me précipite dans l'escalier. Mon téléphone est posé à côté du matelas. Je l'attrape et commence à composer le numéro de l'oncle Landon. C'est le seul à Tanglewood qui me parle encore.

Puis je me souviens de la lumière étrange dans ses yeux lorsqu'il parlait de ma mère.

La lueur de désir qui s'y trouvait m'a surprise, mais il y avait quelque chose de bien plus sombre caché derrière. De la rancœur. Peut-être de la colère.

Finalement, je compose le numéro de mon amie Harper. Je regarde l'heure pile au moment où elle décroche. Deux heures du matin passées. Elle est sans doute encore debout. Je ne sais pas à quelle heure elle se couche. C'est ma blonde préférée, mon phare dans la tempête. Ma meilleure et seule vraie amie.

— Avery ! s'exclame-t-elle d'une voix essoufflée. Seigneur, j'ai l'impression que tu débarques de nulle part !

Vu le timbre de voix à l'accent traînant, j'en conclus qu'elle est complètement bourrée. Le rythme sourd d'une lointaine musique accompagne ses paroles, ce qui me rappelle nos séances d'études tardives et les soirées à la fraternité de l'université voisine. C'est ça, la vie que je devrais mener aujourd'hui.

Au lieu de ça, je me blottis contre le mur d'une maison enténébrée et vide.

— Je suis désolée de ne pas avoir appelé plus tôt, mais j'ai l'impression de perdre la tête.

— Moi aussi, répond-elle en riant. Tu reviens bientôt ? Tu m'as manqué !

Un bruit s'élève depuis l'extérieur – un grattement. Ma respiration s'accélère.

— Je crois qu'il y a quelqu'un dehors.

J'entends du mouvement et le son d'une porte qui claque à l'autre bout du fil. Immédiatement, le volume musical baisse.

— Attends, qu'est-ce qui se passe ? s'inquiète-t-elle, l'air soudain plus sobre. Est-ce que ça va ?

J'avais trop honte de la déchéance de ma famille pour appeler Harper et lui raconter jour après jour le procès de mon père. Elle m'a laissé quelques messages vocaux, mais comment pouvais-je lui expliquer que je ne retournerais plus jamais à l'université ? J'arrivais à peine accepter la vérité. La vie que je menais quand je l'ai connue est loin derrière moi aujourd'hui.

— Je ne sais pas, murmuré-je, le dos au mur situé à côté de la fenêtre. Je suis peut-être en train de devenir folle.

Un homme m'a proposé de vendre ma virginité, un autre m'a proposé de l'épouser, tout ça le même jour.

C'est suffisant pour faire péter un plomb à n'importe qui. Oui, j'ai perdu la boule. Il me faut prier pour que ces bruits et ces ombres ne soient que le résultat de mon imagination.

— Explique-moi ça plus clairement. Tu m'as dit que tu étais chez toi. Chez ton père, non ?

Elle est au courant des accusations dont il a fait l'objet. C'est tout ce que j'ai réussi à avouer lorsque j'ai quitté l'université, le semestre dernier. Il se peut même qu'elle sache à quoi il a été condamné si elle a suivi le procès. Par contre, l'attaque qu'il a subie n'a pas été rendue publique.

— Il est malade, lâché-je – ce qui est un euphémisme. Nous ne sommes plus que tous les deux, ici. J'ai cru apercevoir quelque chose dehors, mais… je n'en suis pas sûre.

— Est-ce que tu peux appeler les flics ?

Nous ne sommes pas vraiment dans les petits papiers des policiers, vu que mon père a été inculpé pour de multiples chefs d'accusation de fraude et de détournement de fonds. J'ai envie de tout, sauf de les appeler et de les faire déplacer pour un simple raton laveur. Ils m'arrêteraient probablement en prétendant que je leur ai fait un canular. Et puis, qui s'occuperait de papa ?

— Je crois que j'aimerais d'abord m'assurer qu'il y a vraiment quelqu'un avant de les appeler. J'ai eu une journée assez mouvementée, alors peut-être que c'est juste dans ma tête.

— OK. Bon, évidemment, je veux tout savoir de cette journée mouvementée, mais est-ce que tu ne pourrais pas appeler les hommes de main de ton père ? Il avait un genre de sécurité rapprochée, non ?

Chaque fois que nous allions au zoo ou au musée, des hommes nous suivaient. Ils faisaient des efforts pour se rendre discrets, mais je me disais que c'était normal. Ce n'est qu'en vieillissant que j'ai réalisé à quel point c'était étrange. Mon père m'a dit que c'était une simple précaution pour garantir notre sécurité après la mort de ma mère dans un accident de voiture impliquant un taux élevé d'alcoolémie.

Puis le scandale a éclaté.

L'entreprise de papa a perdu tous ses contrats avant même qu'il soit reconnu coupable. Et il n'avait plus les moyens d'engager des agents de sécurité au moment où il en avait le plus besoin. Il ne pouvait pas se le permettre au moment où il avait le plus besoin de protection.

— Tout ça n'existe plus. Après les procès…

Je me souviens de l'horreur lorsque j'ai vu mon père à l'hôpital, le visage à moitié couvert de bleus, l'autre moitié de bandages. Ce fut pire encore quand les médecins lui ont annoncé qu'il ne marcherait probablement plus jamais.

— … les choses se sont empirées.

Elle émet un petit son pour manifester son empathie.

— Tu aurais dû m'appeler.

— Je sais. J'étais juste… gênée. Peut-être un peu dans le déni.

— Bon, écoute. Est-ce que les projecteurs extérieurs sont allumés ? Peux-tu en allumer un ou deux pour avoir une meilleure vue ?

— C'est pour ça que je t'ai appelée.

Je suis tellement perturbée par l'oncle Landon que je suis incapable de penser correctement. Non, c'est faux. C'est Gabriel qui m'a empêché de trouver le sommeil, me poussant à me tourner et retourner dans mon lit.

— Je dois pouvoir allumer quelque chose.

Je n'ai jamais eu l'occasion d'utiliser ces projecteurs, mais je me dirige dans le vestibule et découvre une longue rangée d'interrupteurs. La voix familière de Harper a déjà commencé à calmer mes tremblements. Nous avons tracé notre route au fil des années telles des princesses américaines, intrépides et certaines d'être acceptées dans le grand monde. Une partie de ce vieux quotidien si rassurant me parvient *via* ce coup de téléphone.

— J'allume, lui dis-je en posant ma paume contre les interrupteurs pour tous les enclencher en même temps.

Des lumières blanches aveuglantes inondent la pelouse comme si c'était une piste d'atterrissage. Et c'est là que je le vois. Un homme se trouve près du boîtier électrique, quelque chose de brillant à la main. Est-ce qu'il est en train de couper le courant ? Oh, Seigneur ! Je sens mon pouls s'accélérer tandis que mes pieds se figent sur le sol carrelé.

— Avery ? Avery !

La voix de Harper semble venir de si loin.

— Il y a quelqu'un dehors, annoncé-je d'une petite voix.

L'homme recule, surpris par les projecteurs. Il porte une veste à capuche noire et un jean foncé. Je ne peux voir son visage.

— Avery, tu m'entends ? Va dans ta chambre et ferme la porte à clef.

Mes pieds me portent tous seuls – non pas jusque dans ma chambre, mais dans celle de mon père. Je ferme la porte à clef et m'effondre à terre, écoutant Harper récupérer le téléphone d'un ami pour appeler les flics. Elle continue de me parler plusieurs minutes après, me promet que tout ira bien.

Je sais qu'elle a tort. Même si je survis à cette nuit, ma vie est finie.

Mon père ne se réveille pas, les bips réguliers m'indiquent qu'il va bien.

Les policiers se présentent en frappant un grand coup contre la porte. Ils font le tour des grands jardins, mais ne trouvent pas de signe d'intrusion. Ils me regardent avec incrédulité quand je leur décris ce que j'ai vu, mais ça plus aucune importance. Je sais maintenant que nous ne sommes pas en sécurité ici. Nous ne serons en sécurité nulle part. Pas tant que nous n'aurons pas d'argent.

CHAPITRE CINQ

Le problème lorsqu'on est vierge, c'est qu'on a rarement de la lingerie affriolante. Personne n'a jamais vu mes sous-vêtements, sauf les autres filles dans le vestiaire du gymnase. Je porte des soutiens-gorge robustes couleur chair et de jolies culottes décorées de beignets roses et de papillons bleus. Rien qui comporte de la dentelle ou de la soie.

Je regarde ce qu'il me reste dans mon tiroir à sous-vêtements, pas très inspirée, au moment où la lumière du soleil passe par la fenêtre. La nuit dernière, le jardin me semblait si menaçant, à cacher les intrus au cœur de la pénombre ! À la lumière du jour, je redécouvre le même endroit radieux où je jouais quand j'étais enfant. Ce serait presque suffisant pour me faire oublier l'intrusion d'hier, si je n'avais pas trouvé le petit fermoir métallique du boîtier électrique cassé. Les policiers m'ont assuré qu'un orage un peu violent aurait pu le faire sauter, mais je sais très bien ce que j'ai vu.

Il n'y a qu'une seule façon de garantir notre sécurité.

De toute façon, il est trop tard pour se procurer un ensemble *sexy*. En outre, ma carte de crédit serait refusée.

Je mets un simple soutien-gorge immaculé et une culotte de la même teinte avec un joli bord festonné.

Si c'est une vierge qu'ils veulent, alors ils s'accommoderont très bien de mes sous-vêtements.

Il me reste quelques robes de soirée du temps où j'assistais aux galas d'ouverture et aux opéras, que je n'ai pas pu vendre parce qu'elles étaient abîmées ou trop vieilles. Pourtant, je ne peux me résoudre à me vêtir avec ce rouge osé ou ce noir mystérieux. Ce sont des robes que je portais lorsque je me tenais au bras de Justin, la coqueluche des soirées mondaines. Cette fille n'existe plus.

À la place, j'enfile une robe blanche. Au moins, elle épouse mes courbes.

Je mets la main sur des sandales et une pochette assorties, comme si je me préparais à un *brunch* entre amis.

Je ne participerai peut-être plus jamais à aucun *brunch*. Je n'aurai peut-être plus d'amis. Et je ne reverrai plus jamais Justin. Le sentiment qu'on m'enfonce un couteau dans la poitrine me rappelle que je l'aime, que je suis amoureuse d'un homme qui m'a considérée comme un tremplin pour sa carrière.

Le Den me paraît changé, aujourd'hui, il ressemble davantage à l'un de ces bâtiments historiques qui parsèment le centre-ville de Tanglewood. Il est quatorze heures, des magasins, des bureaux et autres cabinets bourdonnent de vie.

J'aurais peut-être dû attendre ce soir pour venir.

J'actionne l'anneau en cuivre piégé dans la gueule du lion, sans succès.

Je dois faire ça avant de perdre mon sang-froid. Je frappe plus fort, cette fois-ci, me blessant presque les doigts contre le lourd battant de bois. Pourquoi ne répondent-ils pas ? Peut-être qu'ils ne sont pas là, mais je ne peux plus faire demi-tour, maintenant. Je me suis trop impliquée dans cette affaire.

Sur un coup de tête, je pose la main sur la poignée. Elle pivote.

Pourquoi la porte n'est-elle pas fermée à clef ? Le malaise s'agite dans mon ventre. Je m'attendais à ce que Gabriel m'ouvre la porte, comme hier. Il m'avait fait peur, mais étrangement, j'aurais préféré qu'il soit ici, là tout de suite.

Je longe le couloir jusqu'à rejoindre la grande salle bardée de fauteuils en cuir moelleux et de tables débarrassées des cendriers et des verres à moitié remplis. Il ne reste que leurs surfaces lisses, qui étincellent dans la faible lumière. Je fais un pas en arrière, puis un autre – pour finalement sortir de cette pièce dans laquelle je ne devrais pas me trouver.

Un léger son me parvient et je fais volte-face. Le large couloir est vide.

Une porte au bout du corridor m'attire avec un

étrange magnétisme. Mes pieds s'activent d'eux-mêmes, m'entraînant vers l'interdit. Je ne devrais même pas être au Den, et encore moins errer seule dans les couloirs. Ma curiosité m'a toujours attiré des ennuis, sauf qu'avant, mon nom de famille me garantissait une certaine sécurité. Maintenant, je suis sans filet.

La porte s'ouvre sur un escalier en bois sombre. Les appartements des domestiques, sans doute. Ces vieilles maisons étaient divisées par classe sociale. L'escalier mène à une autre porte, devant laquelle seules les deux dernières marches permettent de patienter. Les coups que je frappe résonnent dans le couloir sombre, à un volume sonore très élevé qui me surprend, même si c'est de mon fait.

Je jette un coup d'œil dans l'escalier, sur le palier enténébré en contrebas. Des vagues de vertige s'écrasent sur moi. Je suis comme projetée dans l'un de ces dessins étranges où les escaliers se croisent et se décroisent, dans un labyrinthe infini. Je ne retrouverai jamais mon chemin.

La porte s'ouvre, puis un large corps me percute – aussi dur et solide que l'escalier sous mes pieds. Je perds ma prise sur la rambarde et tombe à la renverse ; je ne distingue plus le plafond du sol. *Oh, mon Dieu, je chute !*

J'agite mes bras dans le vide, tout sens de l'équilibre perdu, sans rien à quoi me raccrocher. Des mains fermes me saisissent les bras, presque au point de me faire mal.

Elles me soulèvent jusqu'à ce que mes orteils frôlent à peine les marches. Je croise alors un regard sauvage et entends un grondement.

Sauvage. C'est le seul mot qui puisse décrire l'homme qui me tient tête. De lourds sourcils plongent au-dessus d'yeux cuivrés, aux pupilles suffisamment grandes pour lui donner un air presque sauvage, indompté. De près, je vois mieux ses traits, éclairés par la lumière au-dessus de lui au lieu de la lueur sombre de l'autre pièce. Il a un nez et une bouche aussi bruts que si on les avait gravés dans la pierre et non dans la chair. L'effet est d'autant plus inquiétant qu'il arbore une légère entaille sur la joue et la lèvre supérieure, une cicatrice si profonde et si ancienne qu'elle fait maintenant pleinement partie des traits de son visage, comme un mince filet d'eau dans la paroi d'un canyon.

— Waouh, souffle-t-il.

Comme si c'était moi l'animal, comme si j'avais besoin de me calmer. J'entends trop tard la légère lamentation que je produis. Je me tais.

— Désolée.

Il me tire à l'intérieur et, lorsqu'il me repose à terre, les semelles de mes sandales émettent un claquement sourd. Mes chevilles ploient dangereusement. Il fronce les sourcils devant les lanières de cuir blanc de mes chaussures, comme si elles n'avaient rien à faire là – et Seigneur, il aurait raison ! Elles sont les vestiges d'une autre vie. Elles appartenaient à une autre fille, qui n'aurait jamais mis les pieds dans un tel endroit.

La voix coupante de Gabriel fend l'air.

— T'aurais-je fait mal ?

Je peux encore sentir l'étreinte de ses doigts sur mes bras, les muscles fermes de sa poitrine lorsqu'il s'est jeté sur moi. J'ai eu mal, oui. Mal de sentir ces rayons de soleil percer le brouillard de torpeur dans lequel je vis.

— Ça va.

Un simple mensonge.

Il plisse les yeux, admirant le fin tissu de ma robe, la pochette de créateur. Je suis trop fauchée pour me payer ne serait-ce qu'une contrefaçon – quelle ironie !

— Je suis prête.

Je suis toujours en pleine chute libre. N'oublie pas de me rattraper. Sauf qu'il n'est pas mon preux chevalier. Personne ne va venir me sauver.

— Prête ?

Il émet un bruit rauque, peut-être pour montrer son amusement. Peut-être du plaisir.

— Pour les photos.

Mon souffle se prend dans ma gorge.

— C'est bien vous qui allez les prendre ?

— Nous avons engagé un photographe. Il est excellent. Damon aurait bien aimé être là aussi pour s'assurer qu'il va prendre le bon type de photos et que tu te montreras... coopérative, mais il avait d'autres engagements.

Il y a quelque chose de presque carnassier dans son sourire.

— Je me suis porté volontaire pour le remplacer.

L'orgueil me noue la gorge.

— Vous aimez me voir perdre pied.

J'aurais peut-être dû m'y attendre, vu que mon père l'a escroqué. Sauf qu'il l'a déjà dénoncé aux autorités, vu que ce sont ses éléments de preuve qui ont accéléré sa mise en accusation. Je suppose que pour un homme comme lui, ce n'est pas suffisant. Est-ce lui qui a ordonné à ces hommes de tabasser mon père ?

En a-t-il envoyé d'autres chez moi hier soir ?

Il répond sur un ton neutre.

— Ou peut-être que j'aime juste contempler les belles femmes.

Vu sa fortune et son physique dévastateur, il pourrait avoir toutes les femmes qu'il veut. Après ce qu'il a fait à mon père, aucune chance que j'en fasse partie.

À moins qu'il n'achète ta virginité durant la vente aux enchères, me nargue une petite voix.

Il ne ferait pas une telle chose, n'est-ce pas ?

Je jette un regard par-dessus mon épaule en direction de l'escalier, comme si j'avais une chance de m'échapper.

— Le photographe est déjà en train de s'installer ? Comment est-ce que vous avez su que je viendrais ?

— Aux grands maux…

Les hommes du Den contrôlent cette ville avec leur argent, en exerçant leur influence. Leur pouvoir.

— Vous êtes fin connaisseur des grands remèdes, hein ?

— J'en ai fait mon gagne-pain.

— La drogue, rétorqué-je sur un ton accusateur. Les armes aussi ?

— Le sexe, précise-t-il d'une voix moqueuse.

Certes, je ne suis pas une blanche colombe, mais là, je débarque dans un univers qui m'est totalement inconnu. J'ai peut-être profité des affaires criminelles secrètes de mon père, mais je n'en savais rien.

— Oui, chuchoté-je.

— Tu es si innocente ! murmure-t-il. Ce monde est tout nouveau pour toi, n'est-ce pas ?

Il ne me demande pas ça avec sympathie. Je suis un sujet de curiosité pour lui, une chose avec laquelle jouer, comme une souris entre les griffes d'un chat.

— Vous n'avez pas besoin de vous assurer que je sois coopérative. J'irai jusqu'au bout.

Il esquisse un sourire presque triste.

— Je sais, ma petite vierge. Tu n'as pas le choix.

Sur ces mots, il se détourne et me précède le long d'un couloir.

La peur me noue l'estomac, mais il a raison. Je n'ai pas le choix.

Une partie de moi se demande pourquoi ils ne veulent pas prendre ces photos en bas, dans la salle aux somptueuses moulures et au mobilier raffiné. J'ai la réponse dès que j'entre dans la petite pièce. C'était peut-être une chambre de bonne, avec ses deux lits étroits de chaque côté et le plafond mansardé. La fenêtre date de l'époque où le verre était encore dépoli, ce qui donne un aspect onirique à la lumière du jour, presque comme si nous étions sous l'eau.

Des réflecteurs blancs placés dans la pièce semblent amplifier cet effet. Dans un coin, un homme manipule un gros appareil photo sur un trépied. Il lève les yeux quand nous entrons et hausse ses sourcils touffus.

— C'est le modèle ?

Je déglutis avec difficulté, choquée par son manque de politesse. Je ne suis plus qu'un objet à photographier pour une vente aux enchères, tels une chaise ou un tapis. Tout sauf un être humain.

— Elle va retirer sa robe, lui apprend Gabriel.

Je reprends mon souffle.

— Est-ce que c'est vraiment nécessaire ? Je me suis dit que cette petite robe pourrait être…

— Provocatrice ? propose Gabriel avec ennui. Excitante ? Certes, mais pour certains des hommes inscrits sur la liste des invités, ça a plutôt tendance à… tomber sous le sens. Ils préféreraient voir un peu de chair.

— Très bien, j'admets en déglutissant de nouveau. C'est juste que je n'avais pas de… de lingerie *sexy*. Juste mes sous-vêtements de tous les jours.

— Tes sous-vêtements de tous les jours ? s'enquiert Gabriel en arquant un sourcil. Montre-moi ça.

Ce n'est qu'alors que je me rends compte que je vais devoir me déshabiller devant deux hommes, dont un que je viens tout juste de rencontrer. Je réalise seulement à cet instant que montrer mes sous-vêtements de tous les jours est en quelque sorte plus intime qu'un ensemble assorti en dentelle.

Je croyais que seul mon mari verrait ça un jour.

Je tends mes mains tremblantes dans mon dos pour défaire la fermeture éclair de la robe. Les bretelles glissent de mes épaules d'un simple mouvement. Je reste comme ça un moment, le souffle court, paralysée, sachant que je ne pourrai plus revenir en arrière après ça.

Il n'y a même pas besoin de tirer sur la robe. Mes mains retombent contre mes flancs et le tissu fluide coule contre mon corps ; une caresse aussi pure que le regard doré de Gabriel.

— Seigneur ! murmure le photographe en fixant mon soutien-gorge et ma culotte immaculés.

Je me retiens à grand-peine de frémir. Ce n'est pas ce que porterait une femme fatale. Ce n'est pas ça qui fera monter les enchères.

— Désolée, murmuré-je avec un air misérable.

Je fais mes premiers pas dans ce nouveau monde et j'échoue déjà.

— C'est parfait, intervint Gabriel, avec une expression presque révérencieuse plaquée sur le visage. Tu es parfaite.

J'ai la chair de poule. J'use de tout mon sang-froid pour me retenir de récupérer ma robe et de m'enfuir sur-le-champ. Il a peut-être en effet besoin de s'assurer que je vais me montrer coopérative. Je tremble déjà comme une feuille, juste parce qu'ils m'observent. Comment vais-je réussir à supporter qu'un inconnu se glisse entre mes cuisses ?

Je détourne le regard, fixe un point sur l'un des murs blanchis à la chaux.

— Quel genre de position est-ce que je dois prendre ?

Ma voix est rauque, trahissant ma nervosité.

Des pas se rapprochent, et je sais sans même jeter un œil qu'il s'agit de Gabriel. Ce qui pourrait s'expliquer à sa démarche particulière, élégante et assurée, mais c'est plutôt à la façon dont mon corps s'électrise chaque fois qu'il est à proximité et que je sais que c'est lui.

Il me touche le menton et tourne mon visage vers lui.

— Je vais te guider.

Il y a quelque chose de presque encourageant dans son regard, une étrange lueur audacieuse. Je ne devrais pas faire confiance à ce que je vois là, je ne devrais pas *lui* faire confiance, et pourtant je me redresse.

— D'accord.

— Nous allons commencer par quelques clichés de

face.

Il se tient derrière moi, ramène mes cheveux sur le haut de ma poitrine et ajuste d'épaisses mèches autour de mon visage.

— Les photos de face masqueront ton visage.

— Personne ne connaîtra mon identité ?

Je suis un peu soulagée de savoir qu'aucune photo de moi à moitié nue – une photo identifiable, où l'on verrait mon visage – ne circulera en ville.

— Si quelqu'un veut découvrir ton identité, il devra payer dix mille dollars.

— Dix mille…

J'en ai le souffle coupé et suis tiraillée entre honte et allégresse. Si suffisamment de personnes se présentent à la vente, je pourrai payer la taxe foncière.

— Combien de personnes viendront, à votre avis ?

— Damon gardera pour lui les frais d'inscription.

Évidemment. Il n'organise pas la vente aux enchères par simple bonté. Je ressens un amusement pervers grandir en moi et j'imagine soudain ça comme une vente de charité – au profit de ma famille, dont la dignité est partie en lambeaux. Nous pourrions installer de petites boîtes en carton pour récolter des pièces jaunes dans les stations-service. Peut-être même organiser une vente de gâteaux.

— Et je toucherai le montant de l'offre ?

— Moins son pourcentage, m'apprend Gabriel avec

douceur.

— Hé ! m'offusqué-je en me retournant à moitié pour lui faire face. C'est moi qui fais tout le travail.

— N'aie pas peur, ma petite vierge. Tu gagneras bien assez en vendant tes charmes.

Il me tourne à nouveau vers l'appareil photo, cette fois en m'inclinant la tête vers l'avant pour que mes cheveux forment un voile sur mon visage.

Ses paumes glissent le long de mes bras, laissant comme des étincelles sur ma peau derrière lui. Il les presse vers l'avant contre ma poitrine, ce qui fait ressortir mes seins. Je me retrouve dans une position étrange, presque comme si j'allais prier.

— Ne bouge pas, murmure-t-il en relâchant son souffle contre mon cou, telle une caresse.

Ensuite, il s'écarte et le photographe commence à appuyer sur le déclencheur. Mon ventre se tord lorsque j'imagine d'étranges vieillards contempler ces photos, jaugeant mon corps, estimant ma valeur financière.

Lorsque les cliquetis s'arrêtent, Gabriel s'avance et me tourne sur le côté. Il lève mes mains, puis les pose sur ma tête, les coudes en avant, dévoilant la courbure de mes seins, de mes fesses. Gabriel ne me touche que les bras et, même là, il reste très professionnel. Étonnamment respectueux, compte tenu de la situation. Il pourrait en profiter pour me peloter. Je ne pourrais pas l'en empêcher. Au contraire, il m'étreint l'épaule pour me rassurer avant de reculer.

Les cliquetis reprennent, quelques flashs provenant de l'équipement positionné dans la pièce m'aveuglent.

Je ferme les yeux, en attendant que ce soit fini.

— Hmm, lâche Gabriel.

Sa voix semble provenir du côté de l'appareil photo. Est-ce qu'il regarde les clichés *via* l'objectif ? Que voit-il lorsqu'il me regarde ?

— Essayons de dos.

Ça ne doit pas être très réussi. C'est la seule chose qui me traverse l'esprit tandis que je me tourne vers le mur, comme une enfant punie. Je suis si peu attirante que seule une photo de mes fesses pourrait charmer quelqu'un. Une vague de panique me submerge, me fait frémir, trembler.

Gabriel pose ses mains sur mes épaules et je prends une inspiration troublée.

— Je n'y arriverai pas, chuchoté-je autant pour lui que pour moi. Je ne pourrai jamais aller jusqu'au bout.

Nous faisons tous les deux face au mur, et il répond sans me retourner :

— Tu nous as dit que tu étais vierge, mais à quel point manques-tu d'expérience exactement ?

Le plus gênant, c'est que je ne sais pas comment répondre à cette question. Les filles de mon lycée discutaient entre elles de ce qu'elles faisaient avec leurs petits amis. Dieu sait que Harper m'a raconté des choses très osées, mais j'ai toujours eu l'impression qu'elle inventait tout ça. Les gens ne font pas vraiment ce genre de trucs ensemble, si ?

Je le découvrirai bien assez tôt. En personne.

Même si on peut sentir le mensonge à des kilomètres, je réponds :

— J'ai déjà fait des choses.

— Quel genre de choses ? rétorque-t-il.

Je me demande alors si c'est l'intérêt ou l'inquiétude qui le poussent à s'enquérir de tout ça.

— Embrasser un mec sur le canapé quand papa n'est pas à la maison ? Le laisser passer ses mains sous ton haut ?

— Non, chuchoté-je.

— Est-ce qu'on t'a déjà embrassée, au moins ?

Je réussis à hocher la tête. Je n'ai rien fait de plus avec Justin. Il m'a poussée à aller plus loin dans les couloirs enténébrés des soirées, dans les placards attenants aux salles de réception des hôtels.

Et je lui ai toujours dit non.

— De quoi as-tu peur ? murmure-t-il.

Je sais à la façon dont il me pose la question qu'il ne parle pas de la vente aux enchères. Il me demande en réalité pourquoi je n'ai jamais laissé un homme aller plus loin avec moi. Il me demande pourquoi je suis encore vierge.

Notre position me donne une impression d'intimité,

comme s'il n'y avait pas un inconnu à quelques mètres derrière nous, comme si je n'étais pas obligée de faire tout ça. L'éclairage ondoyant ajoute à cet effet, comme si tout ça n'était qu'un rêve. Je peux lui révéler la vérité, parce que ce que nous vivons là n'est pas réel.

— Papa m'a prise sur le fait, avoué-je comme si j'étais en transe. On était le week-end, je faisais la grasse matinée, ou du moins le pensait-il. Mais en fait, j'étais en train de me toucher.

— Que t'a-t-il dit ?

— Que c'était mal ! Que ce n'était pas digne d'une dame, que ce genre de comportement déshonorerait notre famille.

La honte intense que j'ai ressentie alors me frappe, comme si on me donnait un coup de poing dans le ventre, me faisant presque me plier en deux. Seule la présence constante de Gabriel derrière moi me soutient. Il ne me touche presque pas, je ne ressens que la légère caresse de ses mains sur mes bras, mais j'ai l'impression qu'ils sont faits de plomb.

— Et finalement, c'est lui qui a déshonoré ta famille.

— Il a couvert mes doigts de sauce pimentée tous les soirs pendant un mois.

L'ironie de la situation est suffisante pour me donner envie de vomir. Pendant des années, j'ai résisté et me suis interdit de faire ce que les autres filles faisaient, je me suis refusée aux garçons. Le seul garçon prêt à attendre jusqu'au mariage, c'était Justin ; et il s'est avéré que c'était uniquement parce qu'il considérait notre relation comme un tremplin pour sa carrière politique.

— Ne bouge pas, ma petite vierge.

Il s'éloigne de moi et sa soudaine absence m'enveloppe d'un froid glacial. Je suis seule, démunie.

L'appareil photo s'active derrière moi, envahissant mon intimité, me rappelant à quel point tout ça sera rendu public. Je ne peux même pas toucher mon corps sans me sentir coupable, mais un étranger en aura bientôt le droit.

— Regarde-moi.

La voix de Gabriel s'élève depuis l'endroit où se trouve le photographe.

Je me retourne et regarde par-dessus mon épaule. La majeure partie de mon visage est encore cachée par mes cheveux, mais il est capable de lire bien davantage en moi. Est-ce que ma posture reflète mon trouble ? Peuvent-ils voir la douleur dans mon regard ? Tout ce en quoi je croyais était un mensonge, mais la vérité me blesse suffisamment pour que je veuille tout oublier.

— Touche-toi, lance Gabriel.

Mon cœur s'arrête, parce que s'il souhaite que je fasse ça devant l'objectif, je vais défaillir. Je n'y arriverai pas.

— Ce soir. Quand tu seras dans ton lit, seule. Dans le noir. Verrouille la porte de ta chambre si nécessaire. Personne ne te prendra pas surprise. Touche-toi et fais-toi plaisir. Tu te souviens comment faire, n'est-ce pas ?

Le souvenir me revient comme une caresse tangible, une caresse au niveau de l'entrejambe. J'ouvre la bouche et lâche un petit soupir. Mes joues se mettent à chauffer. Je serre les jambes, comme si je cherchais à ressentir davantage de sensations.

Le clic de l'appareil photo capture ce plaisir interdit.

— On l'a, annonce le photographe.

Gabriel étudie ce qu'il voit à l'écran avec une expression énigmatique.

— Oui. Ce sera celle-ci.

CHAPITRE SIX

LES DEUX HOMMES sortent de la pièce le temps que je me rhabille. Il me suffit d'un instant pour me glisser dans ma robe. J'utilise ce moment de solitude pour retrouver mon calme. Je n'arrive pas à croire que j'ai raconté à Gabriel cette histoire avec mon père.

Et finalement, c'est lui qui a déshonoré ta famille.

Ça paraît peut-être dingue que je soutienne mon père, mais je suis tout ce qui lui reste. Il est alité, à peine capable de respirer. Il s'est consacré pleinement à mon éducation au moment où ma mère est morte. Si je l'abandonnais, il mourrait. Que ce soit à cause de ses blessures ou des hommes qui risqueraient de venir finir le travail. Je pose les mains sur mes joues, sentant que la chaleur persiste ici.

Comment vais-je faire face à Gabriel Miller, maintenant qu'il connaît mes secrets ?

Dans tous les cas, je dois me confronter à lui pour savoir si c'est lui qui a envoyé quelqu'un chez moi hier. Une partie de moi a envie de croire qu'il ne ferait pas une chose pareille, mais le moment choisi ne peut pas être fortuit. Et il est le mieux placé pour désirer la mort de mon père.

Je prends une grande inspiration, ouvre la porte et m'avance dans le petit couloir.

Il y fait plus sombre que dans mon souvenir, plus sombre que dans la chambre à l'atmosphère onirique, et je cligne des yeux le temps qu'ils s'adaptent à la pénombre. Je me rends compte que quelqu'un a éteint la lumière du plafond dans le hall. Et que je ne suis pas seule.

— Gabriel ? demandé-je d'une voix un peu tremblante.

Un rire grave emplit l'espace, bien plus menaçant et agressif que ce à quoi je m'attendais.

— Il est descendu, répond quelqu'un sur un ton que je ne connais pas.

Les doigts glacés de la peur me plongent dans la poitrine.

— Oh. Je vais aller le rejoindre.

— Tu devrais plutôt t'éloigner de lui.

Je fais un pas en arrière, vers l'escalier. Je sais que Gabriel est quelqu'un de dangereux. Qu'il a des raisons de me faire du mal ! Sauf que quelque chose chez lui me paralyse tout entière.

— Merci de votre conseil, dis-je en louchant pour distinguer les traits de l'homme.

Tout ce que j'aperçois, ce sont des cheveux et des yeux pâles.

— En fait, tu devrais plutôt t'éloigner tout court. Ta famille n'est plus la bienvenue dans cette ville. À moins que tu ne l'aies pas encore compris ?

Un vieil instinct de loyauté réveille ma colère.

— Je suis tout à fait consciente de la position de ma famille à Tanglewood. C'est la raison pour laquelle je suis dans ce pétrin.

— Du sexe contre de l'argent. J'imagine que c'est un boulot plus honnête que celui de ton père, mais tout aussi immonde.

Je sursaute dans l'obscurité. Quelque chose dans sa voix me dit qu'il y a quelque chose de personnel dans tout ça.

— Que savez-vous des agissements de mon père ?

— Qu'il a volé Gabriel Miller et que personne ne s'en tire après ça. Que c'est pour ça qu'il a été mis hors-jeu. Sauf qu'il ne s'est pas contenté de tromper Gabriel.

Et tous ces hommes qu'il a trahis auraient des raisons de s'attaquer à mon père.

— Il ne vole plus personne.

Dans l'ombre, je vois l'inconnu hausser largement les épaules.

— Ce n'est pas ça qui va permettre à tous ces gens de se refaire, si ? Enfin, j'imagine que s'ils t'avaient dans leur lit, qu'ils pouvaient profiter de ton corps pour relâcher toute leur colère d'avoir perdu tant d'argent, peut-être qu'ils se sentiraient mieux.

La peur s'écoule le long de ma colonne vertébrale, me fait frémir tout entière. Je m'éloigne de lui et descends l'escalier en bois, le cœur battant la chamade. Une partie de moi s'attend à ce qu'il me suive, alors j'accélère le rythme, pour éviter qu'une main se pose sur mon épaule, qu'un poing me saisisse par les cheveux.

La seconde d'après, j'arrive dans le grand salon, chaleureusement éclairé par des lampes le long du mur. *En sécurité.*

Sauf que la sécurité n'est qu'une illusion à l'intérieur du Den.

Gabriel m'attend dans le confortable fauteuil en cuir où Damon était assis hier. Un verre à moitié plein à la main, il me regarde avec une expression indéfinissable.

Je voulais l'interroger de manière subtile, mais toute ma prudence s'est évaporée.

— Avez-vous envoyé quelqu'un chez moi hier soir ?

Pendant un moment, il est si calme que je pense qu'il ne m'a pas entendue. Puis il se penche en avant pour poser le verre sur la table.

— Quelqu'un est venu chez toi ?

Évidemment, un homme comme lui a appris à mentir avec brio. Je dois me montrer plus intelligente que lui. Sauf que s'il a vraiment envoyé quelqu'un chez moi, que pourrais-je bien y faire ? La police ne m'a pas aidée.

— Je l'ai surpris en train de trafiquer le boîtier électrique. Il est parti avant l'arrivée de la police. Est-ce que c'était l'un de vos hommes de main ?

Il parle lentement, comme s'il se posait la question à lui-même.

— Pourquoi trafiquerais-je les branchements électriques de chez toi ?

La honte de m'être retrouvée en sous-vêtements à l'étage se mêle à ma peur de l'inconnu. Quelque chose se brise en moi, je suis à deux doigts de pleurer.

— Pour me faire peur. Pour me faire du mal. Pour la même raison pour laquelle vous avez dénoncé mon père.

Son expression s'assombrit.

— Ton père m'a volé.

— Avez-vous récupéré cet argent ? demandé-je d'une voix tendue.

— Non, ça n'avait rien à voir. Je voulais faire de lui un exemple.

Mon cœur se serre en me rappelant de la respiration rauque de mon père.

— C'est vrai, sauf que c'est moi qui dois abandonner mes amis, mon avenir. C'est moi qui vais être mise aux enchères.

Il fronce les sourcils.

— As-tu vu le visage de cet homme ?

— Il portait un *sweat* à capuche.

Par contre, je me suis fait une petite idée de sa carrure, de sa démarche. Pourrait-il s'agir de Gabriel Miller ? Pourrait-il s'agir de l'inconnu de l'escalier ? Même si ce n'était ni l'un ni l'autre, l'un d'eux aurait pu l'envoyer.

— Quelqu'un viendra monter la garde chez toi ce soir, m'annonce-t-il avec désinvolture, comme si je devais considérer son innocence comme acquise, alors qu'il est tout sauf innocent. S'il revient, nous l'attraperons.

Je plisse les yeux.

— Pourquoi est-ce que vous feriez ça pour moi ?

Il arque un sourcil sombre.

— Damon va se faire beaucoup d'argent grâce à la vente aux enchères. Il souhaitera sûrement protéger son investissement.

Évidemment. Je suis devenue un produit. Me garder en sécurité revient, comme un diamant dans un coffre-fort, à me tenir à l'écart des potentiels enchérisseurs. Seulement, les hommes les plus dangereux de la ville ont la combinaison de ce coffre. Ce n'est pas du tout une mesure de protection. C'est une cage.

Je pars sans un mot, l'estomac noué jusqu'à ce que je rentre chez moi et ferme la porte à clef. Je prends une douche, essayant de me débarrasser de la honte que j'ai ressentie devant leurs regards sur ma peau, de la légère caresse des mains de Gabriel sur mes bras. Même si je frotte fort, je peux encore la sentir.

CHAPITRE SEPT

Depuis que mon père est rentré de l'hôpital, j'ai sombré dans une certaine routine. Le matin, je vérifie ses signes vitaux et je change ses draps, moment durant lequel il sommeille la plupart du temps. Puis, à midi, je lui apporte son déjeuner. C'est ma meilleure chance de le surprendre éveillé. Il ne peut avaler que des liquides : de la soupe chaude et du flan au chocolat froid. Parfois, il arrive à faire passer quelques bouchées.

À l'université, j'ai choisi une majeure en études classiques avec une spécialisation en mythologie ancienne. C'était fascinant, mais bien plus adapté à une femme de sénateur qu'à quelqu'un devant gérer des stocks de médicaments et faire des piqûres.

Lorsque je me laisse tomber sur mon matelas chaque soir, j'ai les muscles endoloris. Mon corps est fatigué, mais mon esprit reste obstinément éveillé, revivant chacune des parties d'échecs hebdomadaires que nous faisions quand j'étais petite, chaque heure du procès, chaque atroce seconde de la rupture avec Justin.

Depuis que j'ai rencontré Gabriel hier, quelque chose de nouveau m'obsède.

Après avoir enfilé une culotte et un caraco, ma tenue de nuit habituelle, je regarde par la fenêtre. Un rutilant SUV noir est garé sur le trottoir, à la vue de tous. Mon cœur se serre. Et si quelqu'un se réintroduisait chez nous ? Cela dit, le véhicule n'est pas du tout caché. Quand je louche, je peux même distinguer la silhouette d'un homme à l'intérieur.

Il doit être là sur ordre de Damon Scott.

Il souhaitera sûrement protéger son investissement.

Je ferme les yeux et prends une grande inspiration.

De l'autre côté de la pièce, une lumière verte clignote sur mon téléphone. Un message vocal. Je l'attrape de mes doigts tremblants, sans savoir si je veux avoir des nouvelles de Damon. Impossible qu'il ait pu organiser la vente aux enchères aussi rapidement, hein ? Je presse le téléphone contre mon oreille.

Mon sang ne fait qu'un tour, mais pour une autre raison : c'est la voix de Landon Moore qui s'élève du combiné.

— Ma chère Avery. Je comprends que tu aies été choquée par ma proposition. Je me rends compte aujourd'hui qu'il faut du temps pour s'adapter au changement. J'ai été surpris de découvrir que tu étais devenue une si belle jeune femme. J'avoue que j'avais envisagé notre union avant ces malheureux événements, mais je craignais que vous ne me voyiez jamais autrement que comme ton cher oncle Landon. Je saurai me montrer patient durant cette période difficile, car j'ai confiance, je sais que tu prendras la bonne décision.

Mon dîner menace de ressortir, alors je jette le téléphone sur le parquet nu. Il est bien plus difficile d'endurer sa patience, car je ne sais pas si je fais le bon choix. Je ne peux pas me résoudre à accepter sa proposition, à me lier à lui pour la vie, même si ça me faciliterait les choses.

Je ne peux pas non plus me résoudre à abandonner cette maison, tout ce qu'il me reste de ma mère.

Que me dirait-elle de faire, si elle était là ?

En quoi ma vie aurait-elle été différente si elle n'était pas morte ? J'aurais eu un référent sur lequel m'appuyer pour apprendre à découvrir mon corps. Le sexe. Pour m'expliquer le fonctionnement de mes règles à la place de l'infirmière scolaire. J'aurais eu un référent capable de me parler de sexe, au lieu de me retrouver avec de la sauce pimentée sur les doigts.

Touche-toi.

Les paroles de Gabriel me reviennent soudain, sensuelles ; mon rythme cardiaque s'accélère.

Il ne le pensait pas, n'est-ce pas ? Ce n'était qu'une idiotie moqueuse qu'il a dite pour réussir à obtenir le cliché parfait. Et s'il le pensait vraiment, ce n'est pas comme si je devais l'écouter. C'est un homme immonde.

Pourtant, je tends la main vers mon drap alors qu'il fait chaud, cette nuit. Je suis seule à la maison, les portes sont fermées à clef. Un homme surveille dehors pour s'assurer que personne ne viendra à nouveau trafiquer le boîtier électrique. Mon père est endormi, raccordé à son lit d'hôpital, incapable de me surprendre si jamais il se réveillait.

Quand tu seras dans ton lit, seule. Dans le noir. Verrouille la porte de ta chambre si nécessaire.

Je me recouvre quand même du drap. La fine couche de tissu me protège de la peur, de la honte qui brûle en moi. J'ai envie de prétendre que je n'ai jamais entendu ces mots, faire comme s'ils n'avaient aucune importance.

Personne ne te prendra par surprise.

Sauf que si je n'arrive même pas me toucher moi-même, comment pourrais-je laisser un homme le faire ? Si je n'ai jamais eu d'orgasme, comment puis-je m'attendre à ce qu'un étranger m'en donne un ? Il ne me donnerait peut-être aucun plaisir, mais ce serait encore pire si c'était le cas. Je m'imagine, impuissante, dans les bras d'un homme froid et distant.

Il me posséderait. Je ne peux pas laisser quelqu'un avoir un tel pouvoir sur moi, même pour de l'argent.

Je commence par me toucher les seins, parce que ça me fait moins peur. Ils sont chauds et fermes, mes tétons sont déjà durs rien que d'y penser. Je ferme les yeux tout en jouant avec. De petits zestes de plaisir me traversent, dans la poitrine, dans le cœur, mais ce n'est pas assez. Pas assez pour avoir un orgasme.

Touche-toi et fais-toi plaisir. Tu te souviens comment

faire, n'est-ce pas ?

Je ne me suis jamais fait jouir, mais je me souviens de l'endroit où j'aimais me toucher. Mes paumes de mains se précipitent le long de mon ventre, jusqu'à ma culotte. J'écarte les jambes, je prends de grandes inspirations. Je suis tellement conditionnée… Je ressens déjà une légère brûlure, un vieux souvenir de la sauce pimentée, lorsque j'ai essayé de me toucher malgré tout.

Pendant un horrible moment, j'entends la voix de mon père me dire que je suis sale, que je suis une honte. Et je me rends compte que tout ça n'est pas seulement lié au fait qu'un inconnu va me posséder. Mon père me possède déjà. Depuis toutes ces années, il m'a comme volé mon propre corps.

Gabriel est-il en train de me le rendre ? Ou bien en prend-il les rênes ?

J'imagine ses yeux dorés posés sur moi, pleins d'assurance et de savoir. Mes muscles internes se contractent en réaction à cette pensée. Il y a quelque chose de dangereux chez lui. Ce n'est pas seulement par rapport à ce qu'il a infligé à ma famille, ou au mal qu'il a fait à mon père. Il charrie une *aura* de menace, comme un lion qui traquerait sa proie. C'est à la fois envoûtant et terrifiant.

Je ressens une douleur, un sentiment d'oppression chaque fois que je pense à lui. À ses cheveux foncés assez longs pour boucler aux extrémités. À sa mâchoire recouverte d'une barbe de trois jours. À ses larges épaules, parfaitement adaptées à un homme de pouvoir. Mon corps réagit alors même que mon cœur tremble de peur. Ça m'écœure, mais bon sang, je suis ravie que ça arrive ! Car je suis fatiguée de résister à mes pulsions, si épuisée d'avoir honte.

Mes gestes sont maladroits quand je touche mon sexe, quand j'essaie de me rappeler où je dois me caresser, découvrant le point où un contact direct est trop désagréable. Mes doigts se mettent alors à tourner autour et une sorte de brouillard s'abat sur mon esprit.

Le plaisir roule sur ma peau comme de douces vagues sur le rivage. Je pourrais faire ça jusqu'à la fin des temps ; mon doigt se déplace lentement, mes hanches se soulèvent légèrement. Je ne ressens plus l'urgence de ma situation. Seulement la paix.

Alors, la voix de cet homme étrange s'élève, comme libérée de sa cage, mon esprit embrumé.

Enfin, j'imagine que s'ils t'avaient dans leur lit, qu'ils pouvaient profiter de ton corps pour relâcher toute leur colère d'avoir perdu tant d'argent, peut-être qu'ils se sentiraient mieux. Ça devrait m'effrayer, mais dans cet état de transe sexuelle, avec l'image de Gabriel toute fraîche dans ma tête, quelque chose d'autre se produit. Le désir palpite dans tout mon être, un désir liquide me chatouille la peau en descendant le long de mon corps.

Il n'est pas difficile de l'imaginer me faire quelque

chose de coquin. Me blesserait-il ?

Un homme comme Gabriel Miller ne se montrerait pas doux. Même ses paroles sont tranchantes comme une lame de rasoir. Elles m'ont taillé l'esprit, au point de pouvoir piétiner ma fierté en lambeaux. Ses yeux lisent jusqu'au plus profond de mon âme. Que me ferait-il avec ses mains ? Avec sa bouche ? *Avec sa verge ?*

La pression se fait plus forte au cœur de mon sexe et j'effectue des ronds de plus en plus rapides. En appuyant plus fort contre ce petit bouton sensible jusqu'à ce que mon corps tremble et soubresaute, la bouche ouverte en un cri silencieux. Quelque chose de liquide se répand sur mes doigts, humidifiant le tissu de ma culotte au moment où mon entrejambe semble parti pour pulser jusqu'à la fin des temps.

Après ça, mes muscles se raidissent. Éloigner mes doigts mouillés de mon corps me fait rougir. Je les essuie furtivement dans les draps comme si, malgré la pénombre, ils allaient révéler mon forfait à quiconque me surprendrait parce qu'ils sont tout lisses et exhalent l'odeur du sexe.

— Qu'est-ce que tu m'as fait ? chuchoté-je dans ma chambre vide.

Je ne sais pas si je m'adresse à Gabriel ou à mon père. Je pourrais tout aussi bien me poser la question à moi-même. Comment est-ce que je peux jouir en pensant à Gabriel Miller ? En imaginant que l'on me malmène ?

CHAPITRE HUIT

Le lendemain matin, je me réveille lorsqu'on sonne à la porte. Mon cœur se coince dans ma gorge tandis que j'enfile un jean par-dessus ma culotte et un débardeur. Comme il fait jour, je crains plus de tomber sur un huissier trop zélé que sur un homme avec un *sweat* à capuche. Des avis de taxe foncière munis de bras et de jambes, aussi hauts que des gratte-ciel, ont envahi mes rêves. Je m'attends presque à ce que nous soyons expulsés à cause d'une facture dont je n'aurais pas connaissance avant même la vente aux enchères.

J'ouvre la porte sur une Harper aux yeux brillants, deux tasses de café fumantes à la main.

— Bonjour, ma belle au bois dormant !

La gêne me brûle la gorge comme de l'acide. Elle doit avoir déjà vu l'état de délabrement de la cour. Dès qu'elle entrera, elle verra les pièces vides, là où se trouvaient autrefois nos meubles.

Même en sachant qu'elle s'apprête à découvrir la vérité, je ne peux pas m'empêcher d'être heureuse de la voir. Je suis désespérément seule depuis que j'ai quitté l'université. Les uns après les autres, tous mes amis de

Tanglewood m'ont abandonnée.

Je balance mes bras autour de son cou, ce qui nous surprend toutes les deux, et éclate en sanglots.

— Oh, mon Dieu, excuse-moi !

Elle me serre contre elle.

— Oh, Avery. Raconte-moi tout.

Par-dessus son épaule, je repère une voiture noire rutilante contre laquelle est appuyé un homme, une cigarette à la bouche. Il remarque que je l'observe et me salue avec un petit sourire sarcastique.

Je suis parcourue d'un frisson.

— Rentrons.

Assises par terre dans le salon vide et tout en sirotant nos Chaï latte au lait de soja, je lui parle des terribles jours durant lesquels s'est déroulé le procès, quand les journalistes nous harcelaient lorsque nous grimpions ou descendions l'escalier de marbre. Je lui parle des différents chefs d'accusation, de la manière dont mon père a semblé prendre dix ans d'un coup lorsqu'il a été jugé coupable pour tout ce qui lui a été reproché. Et je lui raconte l'horrible nuit où la police m'a appelée pour m'informer que mon père était à l'hôpital.

Les yeux marron de Harper se remplissent de larmes.

— Seigneur, Avery ! Comment as-tu pu essayer de garder tout ça pour toi ? Tu portes bien trop de choses sur tes épaules.

J'ai eu l'impression de vivre un vrai cauchemar, mais

quand je prononce ces mots à haute voix, ils rendent tout ça réel.

— J'imagine que j'y allais un jour à la fois. Et puis, pendant un temps, papa a essayé de rester courageux, il me disait qu'il allait tout arranger. Sauf que ce n'étaient que des mots. Après son agression… Les médecins disent qu'il ne s'en remettra jamais vraiment.

— Tu ne reviendras pas à l'université, lance-t-elle.

Ce n'est pas une question. Je secoue la tête.

— Aucune chance. Peut-être qu'un jour, plus tard, je pourrai repenser à l'université, mais pour l'instant, je dois me focaliser sur papa. Il a besoin de moi.

Elle baisse les yeux, tout en tripotant le couvercle de son café au lait.

— Que vas-tu faire pour trouver de l'argent ?

N'est-ce pas la question à un million de dollars ?

— Je vais gérer.

— C'est ta façon de dire que tu es complètement dans la merde ?

C'est un euphémisme.

— J'ai un plan, il faut seulement que j'ajuste certains détails.

Ses yeux étincellent de curiosité.

— Je vais te laisser tranquille à ce sujet… pour l'instant. Dis-moi ce qu'il s'est passé avec Justin. Tu m'as envoyé un SMS pour me dire que tu avais rompu avec lui ?

La honte m'enflamme les joues, car je me souviens de toutes les fois où je lui ai répété combien il était beau, combien il était parfait.

— Non, c'est lui qui a rompu avec moi.

Elle a l'air consternée.

— Mais il était fou de toi !

— C'est à cause de tout ce bordel. Il a dit qu'il voulait devenir sénateur un jour et qu'il ne pouvait pas se lier à une James s'il voulait y arriver.

Elle en reste bouche bée.

— Quel salaud !

Je détourne le regard et déglutis.

— J'imagine que je peux le comprendre. Je ne voudrais pas ruiner sa carrière.

— Tu es bien trop gentille. Ce n'est qu'un sale bâtard.

Mes joues me brûlent au moment où je décide de partager la partie la plus humiliante de l'histoire :

— J'ai l'impression que je n'étais qu'un tremplin pour sa carrière, de toute façon. Qu'il ne s'est jamais vraiment soucié de moi ! J'imagine que c'est pour ça qu'il était d'accord pour attendre notre mariage avant d'aller plus loin.

Elle se mord la lèvre, l'air pensif.

— Je n'en suis pas sûre. Il était fou de toi, mais il s'est toujours montré assez lâche. Je suis certaine que Monsieur le papa de Justin n'était pas très content de ce scandale.

Je hausse les sourcils.

— Lâche ? Tu ne me l'as jamais fait remarquer.

— Je veux dire, il était beau en smoking, mais il n'arrivait pas à se faire son propre avis, quel que soit le sujet. Il suit probablement les traces de son père parce qu'il n'a jamais réussi à trouver sa propre voie.

Je réussis à lui lancer un sourire éclatant.

— Eh bien, son poste de sénateur est sain et sauf, maintenant.

— Il le regrettera, rétorque-t-elle, l'air confiant. Et tu es bien mieux sans lui. Tu trouveras quelqu'un qui s'intéressera à toi pour la personne que tu es et non pour ton nom de famille.

Peut-être, mais que penserait ce futur compagnon de la manière dont j'aurai perdu ma virginité ? Même si j'essayais de garder ça secret, les gens finiraient par révéler le pot aux roses. Ils vont payer des frais d'inscription simplement pour connaître mon identité. Après la façon dont les journalistes se sont attaqués à mon père lors de son procès comme des vautours affamés de scandale, cette vente aux enchères pourrait finalement être rendue publique.

Je n'abandonne pas seulement mon diplôme universitaire ou ma carrière. Il se peut que je renonce à tomber amoureuse ou à fonder une famille. Une vie de solitude se déroule à mes pieds comme j'entre dans le désert, les yeux de Gabriel me brûlant comme le soleil.

Il n'est peut-être pas devant chez moi, mais il pourrait demander à Damon ce que je fais de mes journées. Et c'est lui qui a orchestré la ruine de ma famille. Il est comme un marionnettiste, à me faire avancer de plus en plus vite jusqu'à ce que je finisse par me désagréger.

— Il vaut peut-être mieux que je ne sois pas fiancée à qui que ce soit. Je ne pourrai me concentrer sur rien tant que papa sera malade.

Il a besoin de tant de soins juste pour rester en vie ! Je n'avais jamais réalisé à quel point la vie pouvait être si fragile avant de voir son corps frêle relié à tous ces tubes et ces moniteurs.

— Il a besoin de moi, aujourd'hui.

— Aucune infirmière ne peut s'occuper de lui ?

— Quelqu'un vient vérifier notre stock de médicaments. Le médecin passe une fois par semaine. C'est tout ce que je peux me permettre.

En fait, même pour ça, je suis à court d'argent.

— C'est toi qui le nourris et le changes ?

— Quand il est suffisamment conscient pour pouvoir avaler quelque chose.

Mon estomac se serre, car je me souviens des sanglots que j'ai retenus la dernière fois que je lui ai fait sa toilette. C'était presque pire qu'il soit conscient et embarrassé que sa fille le voie nu. Que pouvais-je faire d'autre ?

La compassion emplit son regard.

— Je t'aiderais bien, mais Face-de-Rat a toujours la mainmise sur mon héritage.

Harper était furieuse lorsque son père, avec lequel elle s'était brouillée, a offert à son demi-frère de gérer son testament. Il a prétendu que c'était pour que tout cet argent ne soit pas jeté aux quatre vents – et j'ai secrètement pensé que c'était peut-être pour le mieux. Christopher est un rabat-joie de première, mais il s'assure de payer toutes les factures. Harper a le cœur sur la main, elle est incroyablement gentille, mais elle manque de sens pratique. Elle donnerait sa veste de marque à deux mille dollars à un sans-abri s'il avait l'air frigorifié.

— Dans quelques années, j'aurai vingt-deux ans et je pourrai enfin en faire ce que je veux. Je pourrai alors vous aider.

Dans quelques années, mon père sera peut-être mort, mais je ne le lui précise pas. Elle n'a pas à recevoir ce fardeau.

— Ne t'inquiète pas pour nous. Sérieusement, ça va. C'est difficile, pour l'instant, mais les choses vont s'améliorer.

— Parce que tu as un plan.

Mon estomac se tord. Je ne suis pas sûre de pouvoir faire machine arrière maintenant, même si je le souhaitais. L'homme à l'extérieur est payé pour empêcher quiconque de me faire du mal – car aux yeux de Damon Scott, j'ai plus de valeur vivante que morte. Que ferait cet agent de sécurité si j'essayais de fuir ? Ça n'a aucune importance, car je ne peux aller nulle part tant que mon père devra rester sur ce lit d'hôpital.

— Tout à fait. Maintenant, dis-moi combien de temps tu vas rester ici. Je veux veiller jusque tard dans la nuit et que tu me racontes tout ce que tu as fait depuis que je suis partie.

CHAPITRE NEUF

Pendant deux merveilleux jours, Harper reste avec moi. Elle a raconté à son professeur que son chien était mort, ce qui me semble être un terrible mensonge – et peu crédible, en plus de ça – mais elle a une telle façon de mener les hommes par le bout du nez ! À part Christopher, malheureusement.

Nous faisons fondre du beurre pour le verser sur du pop-corn et regardons Gwyneth Paltrow jouer dans *Emma*. Il n'y a pas d'autre lit dans la maison, alors nous faisons comme si c'était une soirée pyjama et partageons le mien. Elle me prépare même la fameuse soupe de palourdes de sa grand-mère, que papa trouve délicieuse.

Lorsqu'un taxi vient la chercher dimanche après-midi, la réalité me revient en pleine face avec violence. La maison me semble plus grande et plus vide, maintenant qu'elle est partie. Après avoir partagé le reste de soupe avec papa au déjeuner, je déniche un sécateur dans la cabane à outils.

Je passe l'heure qui suit à m'attaquer aux branches rebelles et taille les buissons le long de la façade de la maison. Ils ne sont pas aussi jolis que lorsque nous avions des jardiniers, mais là n'est pas la question.

J'ai des ampoules plein les mains quand je laisse enfin tomber mon outil dans l'herbe.

Je rentre avec l'intention de prendre une douche, quand le téléphone sonne soudain.

Landon a appelé deux nouvelles fois quand Harper était là, et si c'est de nouveau lui, je ne répondrai pas. Toutefois, c'est un numéro masqué, alors j'appuie sur le bouton vert pour prendre l'appel.

— Allô ?

— Mademoiselle Avery James, lance une voix masculine pleine d'entrain.

Damon Scott.

Je réarrange mes cheveux, comme s'il pouvait me voir dans cet état. J'ai probablement l'air de m'être frayé un chemin à travers une forêt tropicale, à l'heure actuelle.

— Oh, bonjour.

J'entends que l'on déplace des papiers à l'autre bout du fil.

— Es-tu prête pour le grand soir ?

Je ne le serai jamais.

— Est-ce que vous avez fixé une date ?

— Oui, ce sera samedi. Les hommes les plus riches de la ville trépignent à l'idée de découvrir ton identité.

Je ne peux échapper au sous-entendu ni à ce coup de fil, mais je me glisse quand même dans l'arrière-cuisine et ferme la porte. La honte me brûle les joues. *Ce samedi.*

— J'imagine que c'est une bonne chose.

— C'est excellent, crois-moi.

— Dit l'araignée à la mouche.

Il éclate d'un rire grave.

— La mouche en question va recevoir une très belle somme d'argent tant qu'elle restera dans sa toile le temps qu'il faut.

Je l'espère, sinon tout ça ne servirait à rien.

— Je ne veux pas paraître indélicate, mais…

Les mots refusent de sortir, car on m'a appris avec beaucoup d'insistance à ne jamais parler d'argent. À ne jamais paraître faible. Je sais que je dois rompre avec ces croyances. Je ne suis plus la petite fille riche et privilégiée de l'un des hommes d'affaires les plus honorables de la ville. Pourtant, parler d'argent est toujours aussi difficile que de me toucher, on me l'a interdit suffisamment longtemps pour que ça me soit physiquement douloureux de le faire.

Oh mon Dieu, ce samedi !

— Combien d'argent vas-tu gagner ? finit-il à ma place sans problème. Ça dépend du déroulement de la soirée, de jusqu'où nous pouvons pousser les enchères. Je pense que tu en auras au moins deux cent mille.

— Deux cents…

Ma voix s'évanouit et je me sens défaillir. À une époque, ce genre de chiffres ne m'aurait pas autant effrayée. Nous possédions des comptes d'épargne et des fonds d'investissement à foison. Tout ce qui se trouvait dessus s'est évaporé en un rien de temps. Quelques centaines de milliers de dollars me permettraient de payer plusieurs fois la taxe foncière. Je pourrais garder la maison et embaucher une infirmière à plein temps.

— Peut-être plus. Il nous faudra naviguer à vue.

Je peux l'entendre sourire.

— Naturellement, je tiens à avoir une très belle part du gâteau.

— Naturellement, dis-je, encore choquée.

J'imagine que c'est à ça que ressemble l'espoir.

— Et ils ne me feront pas... ils ne me feront pas de mal ?

Je ne peux oublier ce que l'homme m'a dit dans l'étroit couloir, à propos des ennemis de mon père qui profiteraient de mon corps pour relâcher toute leur colère... Que devrais-je endurer pendant un mois ? Des relations sexuelles, sans aucun doute. Mais de la maltraitance ?

— Écoute, je ne vais pas te mentir. Certains des hommes inscrits se livrent à des activités sexuelles plutôt... peu conventionnelles, je dirais. C'est un grand classique lorsque l'on traite avec des hommes riches : ils ont bien trop de temps et d'argent pour se contenter de platitudes au lit.

Se compte-t-il parmi ce groupe ? Probablement. Je presse ma main contre mes yeux en essayant de ne pas l'imaginer en train de faire l'une de ces choses peu conventionnelles. Je ne veux surtout pas imaginer Gabriel Miller en train de faire quoi que ce soit.

— Il doit y avoir certaines limites, n'est-ce pas ?

— Bien sûr. Tu seras la même fille qu'avant, à la fin du mois. Rien chez toi ne sera abîmé ou modifié de façon permanente. À part une toute petite partie de ton anatomie.

L'oxygène dans l'arrière-cuisine semble manquer.

— Je vois.

— Ne t'inquiète pas. Un hymen est plus rare par chez nous que les fouets ou les chaînes ne le seront jamais. J'espère que tu les divertiras quand même pendant le mois entier.

— Les fouets et… les chaînes ?

Je sens mon ventre se tordre comme jamais.

— Alors, la vente aux enchères débutera à vingt et une heures. Nous commencerons à faire couler l'alcool à flot bien avant ça, pour nous assurer que les enchérisseurs mettent la main au portefeuille sans y penser à deux fois. Il faudra que tu arrives à dix-neuf heures pour te préparer.

Deux heures, c'est long pour s'habiller.

— Êtes-vous sûr que j'aurai besoin…

— J'en suis certain, répondit-il presque gaiement. Je te verrai à ce moment-là.

Le soudain silence à l'autre bout du fil scelle mon destin.

CHAPITRE DIX

DANS LA MYTHOLOGIE antique, le Minotaure était une créature qui possédait une tête de taureau et un corps d'homme. Il vivait au centre d'un labyrinthe. Athènes devait lui envoyer sept jeunes hommes et sept jeunes filles célibataires en sacrifice sur un bateau.

Dans mon cas, c'est le Den qui représente le labyrinthe. Il se dresse, immense contre le ciel sombre. Les rayons orange du soleil couchant sont découpés par ses tourelles à l'architecture complexe. Il n'y aura qu'un seul sacrifice, ce samedi soir.

Quelqu'un patiente sur le trottoir pour récupérer mes clefs. Je vacille un instant seulement avant de me rattraper. La dernière chose dont j'aie besoin, c'est de m'écorcher les genoux alors que je vais devoir me présenter aux hommes les plus riches de la ville. Ensuite, j'entre dans le vestibule, émerveillée par l'agitation qui s'y trouve. Je n'avais pas vraiment réalisé à quel point ce serait grandiose, mais vu tout l'argent en jeu, c'est logique. Mon ventre se tord, car c'est moi qui vais être au centre de cette tempête.

Damon émerge d'une pièce attenante, élégant dans

son costume trois-pièces. C'est l'un des nombreux virages que j'emprunterai ce soir pour avancer dans le labyrinthe. Ce n'est qu'à la fin que je saurai qui a remporté l'enchère. Ce n'est qu'alors que je rencontrerai le Minotaure.

— Notre invitée d'honneur, lance-t-il chaleureusement.

Un frisson me parcourt. C'est de mauvais augure. Je me force à sourire.

— Je ne suis pas sûre d'avoir besoin de deux heures pour me préparer.

Il rit.

— Candy m'avait demandé une journée entière. Je lui ai dit qu'elle devait se débrouiller en deux heures.

— Candy ?

— La meuf d'Ivan. C'est elle qui s'occupera de toi.

Ivan Tabakov ? J'ai déjà entendu ce nom, mais seulement prononcé à voix basse. Et n'est-ce pas sa femme qui se dénudait dans l'un de ses clubs ? J'imagine que je ne pourrais pas avoir de meilleur guide pour m'apprendre l'art de vendre mon corps à des hommes dangereux, mais elle m'effraie presque plus que ces hommes eux-mêmes. C'est un univers différent, qui exige d'acquérir un ensemble de compétences distinctes de celles que j'ai intégrées toute ma vie.

Il me précède dans l'escalier jusque dans la pièce où les photos ont été prises.

Une femme installe des pinceaux de maquillage sur

une petite table contre la fenêtre. Je découvre de beaux cheveux blonds, assez longs et souples pour faire d'elle une princesse de conte de fées. Sa chevelure peut bien lui donner un air innocent, son corps est comme un péché à l'état brut. La robe qu'elle porte la moule, mettant en valeur ses courbes parfaites. Seigneur ! Elle ne sera pas présente à la vente aux enchères, hein ? Dès que l'un des enchérisseurs posera les yeux sur elle, il ne voudra plus de moi. Bien sûr, je doute qu'Ivan Tabakov, un baron de la pègre, soit disposé à partager sa femme.

Elle se retourne et me coupe le souffle : elle est parfaite avec son visage en forme de cœur et ses grands yeux bleus. Vu le tas de maquillage sur la table, je m'attendais à quelque chose d'exagéré, mais elle est maquillée à la perfection, de manière à souligner la beauté de ses traits.

— Avery, m'accueille-t-elle en souriant. Entre. Je ne vais pas te mordre, promis.

Je me détends un petit peu, parce qu'elle me semble sincère. Dans les lieux mondains où je me rends habituellement, beaucoup de femmes me descendraient en flammes si elles pouvaient s'en tirer sans en payer les conséquences. J'y suis tellement habituée que je suis ébahie de lire de la sympathie dans le regard de cette femme que je ne connais pas.

— Merci. Je panique un peu, en réalité.

Elle tend la main pour fermer la porte dans mon dos.

— Ces vilains messieurs attendront jusqu'à ce que tu

sois toute belle et prête à les recevoir. D'ici là, nous allons voir comment améliorer tout ça.

Je rougis, car elle me donne l'impression que je suis une babiole qu'un chat a laissé traîner dans un coin. Je ne peux même pas m'offusquer de son évaluation. À côté d'elle, je me sens complètement dépourvue de toute forme de beauté.

— Qu'est-ce que tu vas me faire ?

Son rire étincelle comme de la poussière de fée. Mon Dieu, pas étonnant que l'effrayant baron de la pègre soit tombé amoureux d'elle !

— Ça dépend de ce dont tu as besoin, en réalité. Retire donc cette robe et voyons ça.

J'ai déniché au fond de mon placard une robe de soirée de créateur, celle que j'ai portée pour la première fois lors du dîner d'investiture d'un sénateur aux côtés de Justin. Elle est dégagée sur l'une des épaules et est assez hautement fendue sur le côté. Justin est resté bouche bée en me voyant, ce soir-là, mais peut-être qu'il jouait la comédie, tout comme il prétendait éprouver quelque chose pour moi.

J'ai l'impression que mes entrailles se glacent, mais pour une raison totalement différente de lorsque j'ai dû enlever ma robe devant Gabriel. Je sais qu'elle ne m'observera pas comme une chose qu'elle a envie de dévorer, mais elle sera quand même capable de cerner mes insécurités. Comment une femme comme elle pourrait-elle savoir ce que c'est de se sentir trop invisible dans certains endroits, trop visible dans d'autres, condamnée à être le vilain petit canard jusqu'à la fin des temps ? Comment pourrait-elle comprendre cette histoire de sauce pimentée et la honte que je ressens toujours vis-à-vis de mon propre corps ?

Je suis paralysée, les mains agrippées au tissu, l'esprit en vrac. Comment vais-je m'en sortir ? Elle n'est qu'un virage de plus que je dois prendre pour atteindre le centre du labyrinthe.

Elle me saisit par les épaules et me secoue très légèrement.

— Avery, regarde-moi.

Après avoir pris une profonde inspiration, je croise son regard bleu.

— Tu es belle et courageuse, tu es plus forte que n'importe qui. Rien de ce que te feront ces hommes ne pourra changer ça. Compris ?

D'une certaine manière, je me rends compte qu'elle connaît ça, la honte et la peur.

Cette prise de conscience m'aide à retirer ma robe, à me dénuder. Elle hoche la tête, satisfaite.

— Les gars vont te manger dans la main.

Son regard se pose sur mon entrejambe.

— Mais d'abord, il faut faire disparaître tout ça.

— Ma culotte ?

— Tes poils ?

Je suis son regard, à la fois horrifiée et curieuse. La culotte bleu marine que je porte recouvre les poils parfaitement taillés en dessous.

— Comment as-tu… ?

— Comment est-ce que je l'ai su ? Oh, chérie, je fais ça depuis longtemps !

Son regard m'étudie comme si elle pouvait découvrir chacun de mes secrets ainsi.

— Tu n'as jamais fait d'épilation intégrale ?

Ça m'a toujours semblé inutile – et un peu effrayant, je dois l'avouer. Je secoue la tête de droite à gauche.

Elle sourit, puis se tourne vers un petit récipient branché au mur. Quelque chose est en train de fondre là-dedans. *De la cire.*

— C'est libérateur, je te le promets. Et ça ne fait mal que quelques minutes.

CHAPITRE ONZE

Une heure plus tard, je suis épilée et toute pomponnée ; je laisser échapper quelques gémissements alors qu'elle murmure des paroles rassurantes avec gentillesse. Là tout de suite, je suis vêtue d'un peignoir en soie et Candy s'occupe de mon visage. Elle me fait un maquillage naturel en utilisant, étonnamment, plus de produits que je n'en ai jamais vus. Elle appelle ça le *contouring*. Je ne peux pas nier que l'effet est stupéfiant au niveau de mes pommettes. Mes yeux semblent presque dénués de tout maquillage, même si un peu de fard à paupières leur donne l'air plus large. Comme des yeux de biche. Sur mes lèvres, elle applique un rose pâle, du genre barbe à papa.

— Comment tu te sens ? demande-t-elle.

— Soulagée que l'épilation soit terminée… je réponds avec honnêteté.

C'est encore un peu douloureux, là-dessous.

— Ce n'est pas ce que je préfère faire, mais cette sensibilité particulière te sera d'une grande aide. Et les hommes en sont fous.

Je ne suis pas certaine d'avoir jamais rendu un

homme fou de moi pour quelque raison que ce soit.

— Et si personne n'enchérit ?

Elle lâche un petit rire.

— Tu penses vraiment que c'est ce qui va arriver ?

— Non.

Ça n'a cependant rien à voir avec ma confiance en moi. J'ai assisté à suffisamment de ventes de charité pour savoir que les vieux riches achèteraient n'importe quoi : des meubles cassés ayant appartenu à la reine d'Angleterre ou une balle de golf ayant raté le dernier trou d'un tournoi crucial.

— Je sais que quelqu'un va m'acheter. Je ne sais juste pas si ça sera suffisant.

On ne peut pas contracter d'assurance pour ce genre de choses. Si quelqu'un m'achète pour moins que le montant de cette taxe foncière, je perdrai la maison. Et je devrai quand même coucher avec lui.

— Lève-toi.

Candy ordonne ça avec tellement de naturel… et sur un ton si doux !

Quand je me remets sur pieds, le peignoir s'entrouvre. J'ai renoncé à être pudique au moment où elle a arraché la cire durcie des recoins les plus intimes de mon corps ; cela dit, ce sera très différent dans une salle saturée d'hommes.

Elle ramasse un petit pot d'une poudre rose pâle et scintillante. Elle y enfouit son pinceau, chacun de ses mouvements est presque sensuel. J'ai déjà du *blush* et elle aurait pu me l'appliquer sans que je me lève.

Son regard descend sur ma poitrine, encore partiellement cachée par les pans du peignoir.

— Oh non, chuchoté-je.

Elle prend un air compatissant.

— Ça peut te sembler exagéré, mais ces hommes sont habitués à l'extravagance. Et les lumières de la salle seront toutes braquées sur toi. C'est la couleur la plus pâle que j'aie et qui collera avec ton teint.

Candy écarte doucement les pans en soie du peignoir. L'air frais me caresse les tétons, qui durcissent alors. Je suis stupéfaite, en partie car je n'étais pas certaine que les invités verraient mes seins durant la vente aux enchères. Et également parce que le regard de Candy pousse mon corps à réagir presque avec excitation.

Comme si j'étais une œuvre d'art, elle applique le pinceau sur mon sein. Elle a raison, l'effet n'est pas trop spectaculaire non plus. Ma poitrine est en fait plutôt jolie comme ça – je n'aurais jamais imaginé pouvoir avoir une telle pensée un jour.

— Les hommes sont des créatures très simplettes, m'explique-t-elle sans lever les yeux de son travail. Ils aiment se sentir importants, intelligents. Et forts.

Je ne suis pas sûre que les femmes soient si différentes que ça, à bien y réfléchir. J'aimerais ressentir tout ça, surtout après m'être sentie si terriblement faible dernièrement.

— Comment faire pour qu'ils ressentent ça ?

— En ne leur cédant pas. Ce serait trop simple.

La caresse du pinceau envoie d'étranges vagues d'énergie à travers mon corps – ma poitrine, mon sexe. Même mes lèvres paraissent me picoter. Chacun de ses gestes soignés résonne sur ma peau comme si j'étais creuse. Comme s'il n'y avait rien d'autre en moi que du vide.

— Alors, je devrai l'affronter ?

Elle se mord la lèvre, concentrée. Puis se recule et examine son travail. Mon sein est parfaitement rose, parfaitement rond. Clairement plus bombé qu'auparavant.

Candy hoche la tête, puis passe au second. Je me force à rester immobile, à ne pas exiger de réponses, à ne pas la supplier.

— Non, pas d'affrontement. J'aime à penser que c'est une danse. Quand il avance, tu recules. Ensuite, c'est toi qui fais un pas en avant et lui qui doit alors en faire un en arrière. Il y a une harmonie dans tout ça, un rythme.

Je cligne des yeux, me sentant tellement hors de ma zone de confort.

— Est-ce que tu parles des relations sexuelles ?

— Il y a un rythme à suivre pour ça aussi, oui, mais je parle de quelque chose de plus profond. N'importe quelle femme peut baiser, écarter ses jambes pour un homme. Il n'y a rien de spécial là-dedans.

— Je suis vierge, annoncé-je d'une voix blanche.

Je ne m'en vante pas. Ce que j'ai si soigneusement protégé est devenu bien plus important pour moi que ce à quoi je m'attendais – sur cela repose le sauvetage de ma maison familiale. De mon père.

J'aurais préféré un bon mariage. Une vie épanouie.

Si je pouvais changer le destin par magie, je voudrais ne jamais avoir à affronter cet état de désespoir.

— Ils ne paient pas pour ton hymen, m'assure-t-elle. Ils paient pour t'apprendre des choses. Ils dépensent beaucoup d'argent parce que la possibilité de te posséder les rend fous – tout comme celle que tu les attires malgré toi.

Le fameux rythme. J'entends ce qu'elle me dit, mais je ne comprends pas tout. Elle essaie de m'expliquer quelque chose, quelque chose d'important. Et j'ai conscience qu'elle maîtrise tout ça – car elle mène par le bout du nez un homme particulièrement dangereux. Je le sais à la sagesse presque ancestrale que je perçois dans ses yeux bleus.

— J'ai peur, chuchoté-je.

Elle me lance un petit sourire.

— C'est ça qui les attire.

Et plus je les attire malgré moi, plus ils auront envie de me posséder.

— Plus j'ai peur, plus ma valeur grimpe ?

— Ce n'est pas seulement la peur qui les attire. C'est ton innocence, ta fragilité, ta grâce.

J'imagine des vieillards, le cigare au bec et leur verre de whisky à la main.

— Tout ce qu'ils ne sont ou n'ont pas.

Elle arbore une expression sournoise.

— N'affronte pas celui qui t'achètera, oppose-toi à lui. Qu'il soit prêt à tout pour te posséder davantage.

Je l'observe, me demandant si elle suit son propre conseil – car là tout de suite, c'est moi qui suis prête à tout pour en savoir davantage. J'ai besoin de quelque chose de concret, d'un truc que je pourrais faire avec ma main ou ma langue pour que ça fonctionne. Un mot de sécurité universel pour éviter de subir une quelconque violence physique. Au lieu de ça, elle me donne un rapide cours de philosophie.

Et je suis si concentrée sur ses paroles, si profondément absorbée que je n'entends pas les pas dans le couloir.

Ni la poignée de porte que l'on tourne.

Puis Gabriel Miller est debout dans la pièce, son regard doré posé sur moi. Sur les grands yeux de biche que Candy m'a faits. Sur mes seins rosés aux tétons durcis. Sur mon entrejambe encore un peu douloureux, dépouillé de tout poil.

Le son grave qu'il émet, presque un grognement, me propulse hors de ma transe.

Je tire le tissu de soie sur moi avec l'impression d'être mise à nue, écorchée par son regard. Je n'étais pas prête à me focaliser sur l'idée que Gabriel Miller soit présent lors de la vente aux enchères, même si je me doutais qu'il viendrait. Il aime que je sois humiliée, moi, la fille de son ennemi. Voir tomber mon père ne lui suffit pas.

Il veut me faire tomber aussi.

— Damon est en bas, il fait son *show,* m'apprend-il. Est-ce qu'elle est prête ?

Candy le regarde également, l'air amusé.

— Bien sûr. Je lui disais juste comment dominer celui qui l'achètera.

— Crois-tu vraiment que ça sera son truc ? rétorque-t-il d'une voix neutre.

Elle éclate de rire.

— La domination n'est pas réservée qu'au sexe, mon cher. C'est un mode de vie.

La façon dont il la regarde n'est pas sexuelle du tout. Il y a quelque chose comme du respect dans son regard. Peut-être qu'il la considère ainsi uniquement car elle sort avec Ivan Tabakov, mais je ne crois pas. Elle est capable de le gagner elle-même.

La manière dont elle se penche vers moi est presque majestueuse. Les lèvres près de mon oreille, elle me chuchote :

— Tout ce que tu as à leur offrir, c'est ton corps. Ton esprit, ton âme, c'est ça, ton moyen de pression.

Je me rends compte que ce sont les petits cailloux dont j'ai besoin. Comme une bouée de sauvetage que je vais pouvoir semer afin de retrouver mon chemin hors du labyrinthe, à la fin. Candy était enjouée jusque-là, mais, tout à coup, elle se montre très sérieuse. Car cette capacité à aller de l'avant sera une question de vie ou de mort pour moi. Cette épreuve pourrait m'anéantir. Me briser.

Après, Candy sort de la pièce en faisant un petit signe de la main à Gabriel.

Nous nous retrouvons seuls.

J'ai terriblement conscience que seul un morceau de soie protège mon corps du sien. Un tissu si mince, si nécessaire. Il ne détaille pas mon corps, pourtant. Il croise mon regard, sauf que je me sens alors encore plus vulnérable. Il voit chacun de mes doutes, chacune de mes peurs.

— Est-ce que tu t'es touchée ? demande-t-il presque avec douceur.

Je sens la chaleur me monter aux joues et sais que je vais tourner à l'écrevisse.

— Ce ne sont pas vos affaires.

Il m'étudie, l'air pensif.

— Je crois que tu l'as fait, ma petite vierge. Que tu as caressé ton petit clito tout dur et que tu t'es fait jouir dans la pénombre de ta chambre, les yeux fermés.

Je déteste qu'il puisse lire aussi bien en moi.

— Vous ne savez rien de moi.

— Je sais que je pourrais te faire jouir en deux minutes.

Je fais un pas en arrière et mes mollets cognent contre la petite chaise où j'étais assise.

— Vous n'allez pas faire ça.

— Non, mais tu aimerais bien que je le fasse.

— Je vous déteste.

Il éclate d'un rire grave.

— Penses-tu vraiment pouvoir dominer l'homme qui t'achètera ?

Mes poings se crispent sur la soie, recouvrant mes seins.

— Il vaut mieux ça que l'inverse.

— Serait-ce si grave ? m'interroge-t-il avec sérieux. De lâcher prise pendant un mois ? De laisser quelqu'un d'autre te guider ? T'enseigner certaines choses ?

Une partie de moi ne désire que ça, mais pas avec un étranger. Pas contre de l'argent.

— Peu importe ce je subirai durant la nuit. L'acheteur pourra me toucher, m'apprendre tout ce qu'il veut ou quoi que ce soit d'autre. Ce ne sera pas vraiment moi qu'il aura en face de lui.

Il s'approche de la fenêtre et observe les immeubles qui bordent la ville. Des gens travaillent jusque tard dans ces bureaux pour gravir les échelons de leur entreprise, à suer sang et eau pour recevoir leur salaire. Quelques-uns de ces *penthouses* sont vides, car leurs occupants se trouvent au rez-de-chaussée, à attendre de pouvoir enchérir sur moi.

Sans se retourner, il murmure :

— Qu'est-ce qui te fait croire que ça se passera seulement la nuit ?

Je le fixe, abasourdie. Je n'y avais pas vraiment réfléchi, sinon j'aurais pu le deviner. Mes connaissances des relations sexuelles sont si limitées que je n'imagine faire ça qu'une fois la nuit tombée. Ce qui me paraissait d'autant plus logique en ce qui concerne un potentiel vieil homme. Je frémis d'incertitude.

— L'enchérisseur pourrait vouloir me prendre pendant la journée ?

Gabriel fait une volte-face, me regarde intensément.

— Tu es censée rester avec lui durant un mois entier, Avery. De jour comme de nuit, tout le temps. Tu lui appartiendras.

Un frisson crispe tous mes muscles. Je commence à comprendre ce que Candy voulait dire sur le fait de me posséder. En particulier le côté intense et les exigences de celui qui enchérira sur moi. Et que pourrais-je faire pour me rendre attirante malgré moi, pour attendrir mon potentiel acquéreur ? Lui donner mon accord. Non, Candy m'a dit de ne pas céder. *Ton innocence, ta fragilité, ta grâce.*

Je lève le menton et croise son regard.

— Je dois m'occuper de mon père. Quelqu'un doit le nourrir, le laver. Plusieurs fois par jour.

Gabriel se retourne vers la fenêtre.

— Ton acheteur paiera pour tout ça.

— Je ne peux pas…

Ma voix se brise et je prends une grande inspiration pour ne pas perdre mon sang-froid. Je ne peux pas me permettre de payer une infirmière à temps plein pendant un mois entier, pas après avoir payé la taxe foncière et rendu son pourcentage à Damon. Que réussirons-nous à manger quand tout ça sera fini ?

— Il paiera, m'assure-t-il sur un ton plus dur. En plus du montant de l'enchère.

Je fais un pas en avant, étrangement attirée par lui.

— Pourquoi est-ce qu'il ferait ça ?

Il hausse une large épaule.

— Les hommes au rez-de-chaussée ont tellement d'argent qu'ils ne savent pas quoi en faire. Utilise celui qui t'achètera. Soutire-lui ce dont tu as besoin.

Sur la fenêtre, je peux voir son reflet, les traits durs de son visage. Pourtant, je n'arrive pas à lire en lui. Je n'ai jamais réussi à le faire. Est-ce que ça fait partie de la stratégie dont Candy m'a parlé, avoir l'air effrayé pour attirer la sympathie de la personne en face de moi ? Ou est-ce que ça fait simplement partie du mystère impénétrable que représente Gabriel Miller ?

— Pourquoi est-ce que vous m'aidez ?

— Je ne suis pas ton ami, répond-il d'une voix douce.

Il est mon ennemi. Quand nous sommes seuls, il m'est facile de l'oublier. Dans quelques minutes, nous nous retrouverons au rez-de-chaussée au milieu des hommes les plus riches de la ville, peut-être même de l'État. Des hommes capables de me considérer comme un objet. Des hommes à qui Gabriel a donné une leçon en anéantissant mon père.

— Nous commencerons dans quinze minutes, lance-t-il avant de quitter la pièce.

CHAPITRE DOUZE

Attendre quinze minutes, c'est comme attendre quinze heures quand c'est son avenir qui va se jouer. La robe que je dois porter est d'un blanc diaphane, elle me rappelle presque les vêtements typiques de la Grèce antique. Ça me donne plus ou moins l'impression qu'on va me sacrifier aux dieux – ou au Minotaure dans le labyrinthe.

Je suis soulagée que Candy m'ait aussi laissé des sous-vêtements : un soutien-gorge blanc et une culotte assortie, faits du même tissu satiné que la robe. Au moins, si quelqu'un écarte les pans de la robe ou si Damon exige que je la retire, je ne serai pas totalement nue.

Sauf que si c'était le cas, Candy n'aurait pas pris la peine de maquiller mes seins.

Je fais les cent pas, frustrée de ne pas pouvoir lui poser plus de questions, de ne pas avoir obtenu de réponses plus claires. À ce stade, je préférerais même la compagnie de Gabriel au lieu de ce silence honteux.

Ma petite pochette vibre, celle que je comptais porter avec ma robe du soir. Je vois maintenant à quel point ça aurait été stupide, comme si j'étais une invitée à cette fête. Non, en réalité, j'en suis le plat de résistance.

L'écran clignote, indiquant l'arrivée d'un texto.

Avery, il faut que je te parle.

Mon cœur s'emballe. C'est Justin. Je n'ai pas reparlé avec lui depuis qu'il a rompu. J'ai laissé certaines de mes affaires dans son appartement près du campus, mais rien de tout ça n'a plus eu d'importance après l'agression de papa.

Les gestes de mes doigts sont tremblants lorsque je tape une réponse. *Je suis occupée.*

C'est important, répond-il. *Tu me manques. J'ai fait une erreur.*

Colère. Déni. Chagrin. Toutes ces émotions que j'ai ressenties à la suite de notre rupture. Je ne sais pas du tout comment réagir à ce texto des semaines plus tard, d'autant plus que je me trouve au Den, sur le point d'être vendue au plus offrant.

C'est trop tard, j'écris en retour.

Ne dis pas ça. On peut en parler. Où es-tu ?

Le doute m'étreint à la gorge telle une main froide et sombre.

Dehors. Où es-tu, toi ?

Devant chez toi. Personne n'est venu m'ouvrir la porte.

Oh, mon Dieu, il est chez moi ! Durant l'apathie qui a suivi la rupture, j'aurais donné n'importe quoi pour l'entendre frapper à la porte, pour voir son visage. Pour qu'il me dise qu'il avait fait une erreur.

Je ne peux oublier que Justin est riche et, contrairement à Harper, son héritage n'est pas contrôlé par un demi-frère avare. Non, il n'a besoin de l'approbation de personne – pas légalement du moins. Même si, la plupart du temps, il demande conseil à son père. Qui lui aurait dit de me laisser tomber comme une vieille chaussette.

Que se serait-il passé si Justin et moi avions déjà été mariés lorsque mon père a été condamné ? Et si nous avions déjà eu des enfants ? Justin m'aurait-il soutenue à ce moment-là ? Ça n'a aucune importance, car il n'a pas été là pour moi lorsque c'était nécessaire.

Les lettres du clavier deviennent floues devant moi, mais je me force à retenir mes larmes. Je ne vais pas gâcher le magnifique travail de Candy. *Je suis désolée,* je réponds. *C'est vraiment terminé entre nous.*

Et il s'agit bien plus que de mes fiançailles. Il s'agit de ma vie. De mon avenir ?

Je range le téléphone dans ma pochette. Ai-je commis une erreur ? Mon cœur bat la chamade. Je m'imagine l'appeler, tout lui confesser, le supplier de venir me sauver. Sauf que je ne peux pas lui faire confiance, je ne peux même pas continuer de l'aimer ; mais peut-être que l'amour n'a que peu d'importance face à l'aspect pratique de certaines situations. Face au devoir familial.

Et si l'amour n'a que peu d'importance, alors peut-être que je devrais accepter l'offre de l'oncle Landon. Être saine et sauve, retrouver une sécurité financière. Est-ce que tout ça ne vaut rien ? Seigneur, ça vaut tout l'or du monde !

Quelqu'un frappe à la porte.

Mon regard se dirige vers les panneaux blanchis à la chaux, j'aurais aimé qu'il y ait un judas. J'ai l'impression de jouer à pile ou face : vais-je tomber sur les conseils sensuels de Candy ou les sombres menaces de Gabriel ? Je sais ce qui serait le plus sécurisant pour moi, quelle personne je devrais vouloir découvrir derrière la porte, mais alors que ma pièce de monnaie mentale virevolte dans les airs et que je tends la main vers la poignée, c'est Gabriel que j'ai envie de voir apparaître.

Ce n'est pas Gabriel. Et pas Candy non plus.

C'est l'homme de l'autre jour, celui aux cheveux roux et aux yeux pâles. Trapu et large d'épaules, il y a quelque chose d'attirant chez lui, mais je ne peux pas passer outre la froideur que je discerne dans son regard. Ses iris sont bleu clair et pourtant, ils me semblent être de glace.

Il hausse un sourcil fauve, avec un air de défi.

— Ils sont prêts à t'accueillir. Je dois t'escorter jusqu'au rez-de-chaussée.

Je réalise quel est son travail ce soir : me surveiller. M'empêcher de partir. C'est exactement pour ça qu'il se cachait dans le couloir, la dernière fois. Pour s'assurer que je ne m'enfuirais pas avant d'avoir rempli ma part du marché. Ils ont raison de douter de moi, car mon hésitation s'élève comme un nuage noir autour de moi.

Sans oublier que mon père a trahi Gabriel Miller. C'est à cause de ça que je me suis retrouvée dans ce pétrin. Bien sûr qu'ils ont de quoi douter de ma parole.

Tu devrais plutôt t'éloigner de lui. C'est ce qu'il m'a dit la dernière fois, mais aujourd'hui, alors même que je n'ai pas esquissé la moindre tentative de fuite, je sais qu'il ne me laissera pas partir. Il est trop tard pour appeler Justin et lui demander de me sauver. Trop tard pour accepter la proposition de l'oncle Landon. La peur enroule sa main glacée autour de mon cœur.

— Vous avez tort, lancé-je soudain. Personne ne va profiter de mon corps pour relâcher toute sa colère d'avoir perdu tant d'argent.

Personne ne me fera de mal. Je ne le laisserai pas faire. Je vais jouer le jeu de Candy, comme elle me l'a appris. Je vais les rendre prêts à tout pour me posséder davantage, même si c'est moi qui serais prête à tout pour ce que ça s'arrête, là tout de suite.

Il me lance un sourire cruel.

— Estime-toi heureuse que je n'aie pas l'intention de faire une offre.

— Qu'est-ce que vous avez contre mon père ?

Sa main. Mon bras. Il ne me serre pas fort, du moins pas assez fort pour me faire des bleus, mais je suis piégée.

— Il a baisé beaucoup de gens dans cette ville, ré-torque-t-il. Moi y compris. Mais il a eu ce qu'il méritait, n'est-ce pas ? Il pisse dans un tube, maintenant, hein ?

J'écarquille les yeux.

— Vous avez levé la main sur lui ?

— Je ne lui ai rien fait, mais j'en avais envie. Comme beaucoup de gens. Fais attention aux gens à qui tu accordes ta confiance. Beaucoup de personnes aimeraient te faire subir le même sort.

✧ ✧ ✧

La voix forte de Damon, le parfait commissaire-priseur, retentit dans la salle. Je l'entends clairement derrière les rideaux de velours. Il m'a brièvement saluée pour s'assurer que j'étais prête à être présentée aux enchérisseurs. C'est le mot qu'il a utilisé : *présentée*. Pas d'histoire de vente ou de proxénétisme dans son vocabulaire.

Rien d'immonde, même si ça l'est.

— Bienvenue, mes chers messieurs… et mes chères charmantes et rares femmes. En tant que personnes de très bon goût, je sais que vous serez d'accord avec moi pour dire que la vente aux enchères de ce soir est l'événement de l'année. L'objet de vos désirs attend là derrière, mais avant de la faire s'avancer, je dois vous expliquer un peu plus en détail ce pour quoi vous allez enchérir aujourd'hui.

Un faible murmure de voix s'élève, puis un tintement de cristal. Combien y a-t-il de personnes réunies ici ?

— Ce magnifique fruit parfaitement mûr est prêt à

être cueilli, poursuit Damon.

Au ton de sa voix, je sais qu'il se délecte de tout ça.

— Et il est évident qu'elle sera de la plus merveilleuse des couleurs quand vous l'ouvrirez, douce et juteuse.

Des rires masculins résonnent dans le public, venant clairement de personnes ivres.

— Ce n'est pas seulement son corps que vous allez acheter, mais aussi ce qu'elle a dans la tête : son ingéniosité, sa vivacité d'esprit. J'ai ici une lettre de recommandation de sa professeure d'anglais du lycée.

Il marque une pause et j'entends du papier que l'on manipule.

— Une étudiante d'un mérite et d'une intégrité exceptionnels. Et surtout, un esprit fertile qui n'attend que d'être comblé.

Quelques rires suivent ses paroles, je suis rouge de honte. Ce n'est pas ce que madame Stephenson a écrit dans ma lettre de recommandation pour l'université.

— En voici une autre, celle-ci provient du conseiller académique pour une recommandation à la National Honor Society.

Il fait une autre pause, plus longue cette fois. L'atmosphère est saturée par l'attente des spectateurs, presque tangible.

— Sa soif d'apprendre n'est dépassée que par son désir d'aider les autres. Je n'ai jamais eu une étudiante avec un si gros... cœur. Et la plus douce... des natures.

Toujours plus de rires s'élèvent de la salle. Je ne sais pas ce qui est le plus humiliant : les insinuations sexuelles dans ces fausses lettres ? Ou le fait qu'il mentionne de vraies personnes que j'ai connues à l'université et au lycée et qui ont effectivement écrit des lettres de recommandation pour moi ?

Damon n'en lit pas le véritable contenu, mais il doit avoir lu les originales de son côté pour savoir de qui elles provenaient. Mes professeurs m'ont tellement soutenue, tellement encouragée ! Et pour quoi ? Pour que je me tienne au milieu d'hommes riches et que je sois vendue comme du bétail.

Évidemment, je sais de qui sera la prochaine.

Monsieur Santos était le professeur d'histoire internationale et le tuteur de notre club d'échecs. *Les échecs tournent autour des notions de statut et de pouvoir. De guerre. C'est un jeu qui calque la nature humaine, madame James.*

J'ai rejoint le club d'échecs non pas parce que je me souciais de la nature humaine à l'époque, mais parce que papa jouait avec moi chaque semaine. C'était le seul moyen de recevoir son approbation, le seul moyen de l'atteindre.

Que monsieur Santos ait les yeux marron et chaleureux rendait les choses encore moins désagréables. À cause de son tutorat bienveillant, j'ai fini par avoir un sacré béguin pour lui. Il se montrait très courtois avec moi, mais je faisais le genre de rêves que font toutes les adolescentes et qu'il aurait été humiliant d'admettre.

— Et enfin, mais certainement pas le moindre, nous avons le tuteur du club d'échecs, qui dit dans sa lettre que : « Sa présence aux réunions hebdomadaires a été une source d'inspiration pour tous les autres membres du club. Je suis certain que tout ce qu'elle a accompli ici continuera de motiver les autres étudiants, qui l'ont toujours admirée pour ses prodigieux et impressionnants… talents. »

Les hommes applaudissent et sifflent, louant mes *talents* à gorge déployée. Mon ventre se tord et je crispe mes mains dessus. Je n'ai rien mangé de toute la journée, ce qui est la seule raison pour laquelle je ne vomis pas sur le sol en marbre foncé.

Papa m'a appris à jouer aux échecs.

Et ces hommes en rient, ils en *rient*. Ils se moquent de moi.

Ne se rendent-ils pas compte que toutes ces lettres sont fausses ? Ne s'en soucient-ils pas ? Ils portent un *toast* à mes nombreux *attributs*, à mon goût pour l'ambition. Et je me rends compte que, pour eux, ça n'a aucune importance que les lettres soient vraies ou non. C'est juste une vaste blague. Toute ma vie est une blague.

Damon élève la voix pour couvrir le bruit de la foule, histoire de les calmer.

— Vu la *rareté* de l'objet de cette vente aux enchères,

j'ai dû garder son identité secrète. Une fois que vous la verrez, je suis sûr que vous comprendrez pourquoi. Et je pense que je vous ai fait attendre assez longtemps. Qu'en dites-vous ?

Le rugissement qui s'ensuit me fait reculer loin du rideau de velours. Je bute contre l'homme aux yeux pâles, qui se tient là, les bras croisés, le regard impitoyable. Je déglutis avec difficulté, presque étourdie par la panique. La petite partie de moi encore saine d'esprit sait que Damon créé volontairement un vent de frénésie chez ses invités, mais ça ne rend pas les choses moins réelles. Je vais me retrouver au milieu de cette violence à peine voilée.

— Rejoins-nous donc, chérie, lance Damon.

Sa voix tonitruante me noue la gorge.

Je suis paralysée. Mon cœur, mes jambes, mes yeux. Je ne peux plus bouger. Même mes poumons n'arrivent plus à fonctionner correctement. Des taches noires dansent devant mes prunelles. Est-ce que je vais m'évanouir ?

Puis on me pousse fermement, inexorablement dans le dos. Je trébuche. Les pans du rideau de velours s'écartent devant moi, puis je passe par cette ouverture pour me retrouver debout sur une sorte de plateforme surélevée, à observer une mer de visages inconnus. Mon esprit les répertorie avec une indifférence glaciale : des hommes en costume, des cravates desserrées ou rien du tout, des manches retroussées. Ils sont installés sur des chaises en cuir au dossier incliné disséminées partout dans la salle, le confort de leur situation contrastant comme jamais avec la terreur que je ressens.

Ma poitrine s'élève et s'abaisse suivant le rythme frénétique de ma respiration. Je reconnais quelques-uns des hommes présents ici, car je les ai rencontrés durant certaines soirées mondaines, aux côtés de mon père, de Justin. Avec leurs sympathiques sourires, ils avaient des airs de grands-pères. Ils m'ont posé des questions sur mes cours, sur mes projets d'avenir. Et maintenant, ils écarquillent les yeux de surprise – même si j'y discerne autre chose. Un plaisir vicieux.

Il y a d'autres visages que je ne reconnais pas. Qui se mélangent les uns aux autres.

Dans l'obscurité, je tombe sur une paire d'yeux dorés pleins d'assurance, et ce n'est qu'alors que j'arrive à prendre une profonde inspiration. L'air frais emplit mes poumons, qui sont presque douloureux après que j'ai haleté de peur pendant si longtemps. Gabriel est adossé contre le mur du fond, élégant, décontracté, auréolé d'une *aura* de puissance presque naturelle. Je ne sais pas s'il veut me transmettre un peu de force, mais je la prends quand même et me redresse.

Je peux survivre à ça. *Je n'ai pas le choix.*

Ma vision redevient plus nette et je peux alors distinguer quelques visages, ici et là. Le doux parfum des cigares. La note aiguë de l'odeur du whisky. Les relents de sueur masculine et leur excitation.

Je tourne ensuite la tête vers l'un des côtés de la pièce et tout se fige.

Je lâche malgré moi un murmure désespéré.

— Oncle Landon.

CHAPITRE TREIZE

Oncle Landon a l'air furieux, le visage déformé par l'horreur. Il se lève de son fauteuil en cuir et je ne peux m'empêcher de reculer d'un pas. J'ai l'impression d'avoir été prise sur le fait, comme si l'un de mes parents m'avait découverte en train d'embrasser quelqu'un au sous-sol. Sauf que ce n'est pas du tout un membre de ma famille. Il a essayé de m'épouser !

Il s'avance droit vers l'estrade, les traits tordus par une grimace. La poigne qui m'agrippe le bras n'a rien à voir avec celle de l'homme aux yeux pâles. Je frémis de douleur, j'essaie de me dégager, j'échoue.

— C'est ça, ton prêt ? Ton grand projet ? Devenir une prostituée ?

— Lâche-moi, murmuré-je, car je me suis mise toute seule dans ce pétrin.

Sauf qu'il n'est pas blanc comme neige non plus. Il s'apprêtait à enchérir pour s'offrir une vierge sans que je le sache. Combien de fois aurait-il trahi nos vœux de mariage ? Ils ne seraient pas nés de l'amour, mais si j'avais *accepté* sa proposition, j'aurais honoré ce mariage.

— Je vais te sortir d'ici, annonce-t-il d'une voix sinistre. Ton père ferait une crise cardiaque s'il te voyait comme ça.

L'assistance semble tendre l'oreille, ravie d'assister à un nouveau mélodrame. J'ai l'impression de rapetisser, là, au milieu de la pièce. Peut-être que je vais devenir aussi minuscule qu'un grain de poussière. Et *éclater* comme une bulle de savon. Survivre à la vente aux enchères me semblait difficile, presque impossible, mais devoir affronter l'oncle Landon comme ça m'anéantit. C'est le meilleur ami de mon père et, même si je suis en colère contre lui, j'ai également honte.

Damon se rapproche, à peine perturbé par cette démonstration de force.

— Crois-moi, tu n'as pas envie de faire ça, Moore.

— Pourquoi ça ? rétorque-t-il. Elle est à moi. C'est ma putain de filleule.

Son interlocuteur hausse un sourcil, légèrement amusé.

— Alors tu vas plutôt rester ici et veiller sur elle, n'est-ce pas ? Si tu continues à perturber la vente aux enchères, je serai obligé de te faire sortir avant même qu'elle ne commence.

Les doigts de l'oncle Landon se resserrent sur mes bras et je gémis.

Damon Scott soupire, l'air déçu. Il ne semble pas surpris, ce n'est pas son genre de l'être. Même s'il ne savait pas qu'oncle Landon était mon parrain, Damon savait que mon père et lui étaient très proches.

— Et je ne te rembourserai certainement pas tes frais d'inscription.

Je tremble, prise entre mon avenir et mon passé. Je ne suis pas vraiment à ma place que ce soit dans l'un ou dans l'autre – je ne suis pas faite pour ce monde de violence et de sexe, mais je ne pourrai jamais non plus redevenir la femme naïve et bienheureuse que j'étais.

La silhouette intimidante et imposante de Gabriel apparaît sur l'estrade. Il semble nous dominer tous les deux – l'oncle Landon et moi. Même Damon paraît se rabougrir devant sa fureur.

— Lâche-la, ordonne Gabriel à voix basse. À moins que tu ne veuilles qu'on te casse le bras. La sécurité ici est... très efficace.

Sauf que je n'aperçois personne d'autre autour de nous. Pas de videurs ni d'agents de sécurité. Même l'homme aux yeux pâles est resté derrière le rideau de velours, comme une créature d'un autre monde qui resterait cachée dans l'obscurité.

Il n'y a que Gabriel, avec son expression aussi féroce que celle d'un ange noir qui n'existerait que pour tuer.

Pendant un instant, Landon semble vouloir le défier – mais je ne vois pas comment il pourrait faire ça, vu qu'il se ferait écraser à plate couture. Sauf qu'il y a plus en jeu que ma virginité. L'*ego* masculin. Une démonstration de force. La nécessité de faire de l'autre un exemple, comme ce que Gabriel a fait avec mon père.

C'est ce que Candy m'a appris. C'est aussi ce que monsieur Santos m'a enseigné.

La guerre. Les rapports de force. L'importance de rester debout même sous une pluie de balles.

— La vente doit se poursuivre, murmure Damon, coupant court à leur échange tendu.

Oncle Landon me libère en émettant un son rauque.

— Je suis content de ne pas t'avoir épousée, petite salope.

Je sens mon visage s'embraser sous le coup de l'humiliation. Les hommes présents dans la salle n'ont pas pu l'entendre, mais Gabriel, lui, l'a clairement perçu, à en juger par son sourcil haussé. Il n'attend pourtant pas d'explication. Dès que Landon descend de l'estrade, Gabriel se fond avec les ombres.

En quelques minutes, Damon reprend le contrôle et regagne l'attention de la foule.

— Comme vous pouvez le voir, c'est une femme d'une certaine notoriété, même si ce n'est pas sa faute. Une femme innocente, brisée par les circonstances, ruinée par le destin, *et cetera, et cetera.*

Quelques rires accueillent ses paroles et, juste comme ça, le drame précédent est oublié.

— Nous ne sommes pas ici pour parler de ce qui l'a amenée à cette situation, cependant. Nous sommes ici pour parler de ce sur quoi vous allez enchérir dans quelques minutes.

Tous les hommes me fixent, certains de leurs regards sombres, d'autres de leurs yeux clairs. L'un d'eux est comme en fusion. Tous sont remplis de convoitise, d'intentions dangereuses. Ils veulent me baiser. Mais veulent-ils me faire du mal ? Et si c'est le cas, est-ce parce le sexe classique les ennuie, comme Damon semble le penser ? Ou parce qu'ils veulent se venger de mon père ?

Quelques femmes se trouvent dans le public. Vont-elles faire une offre pour m'acheter ou sont-elles seulement des trophées que l'on expose en soirée ?

À l'opposé de Landon, j'aperçois Ivan Tabakov installé dans un grand fauteuil à oreilles. Candy est assise sur ses genoux, ses chaussures abandonnées par terre, ses jambes repliées sur les cuisses de son mari. Elle ressemble à une enfant aux grands yeux bleus et à la chevelure des princesses de conte de fées.

Une autre femme semble encore plus jeune que moi ; sa robe révèle plus de chair qu'elle n'en cache. Elle est accrochée au bras d'un homme aux cheveux gris – comme j'aurais pu l'imaginer faire dans un casino de luxe, telle la femme *glamour* et vénale qu'elle est.

L'une des autres femmes présentes semble plus âgée, belle, mais au regard dur. Presque cruel. Elle est assise sur l'une des seules petites causeuses en cuir à côté d'un homme. Leurs flancs se touchent comme s'ils étaient intimes – mari et femme ? Leurs deux regards examinent mon corps, me promettant les pires supplices.

J'en conclus que ce ne serait pas seulement le mari qui désirerait me blesser.

— Un mois entier, annonce Damon en passant derrière moi. C'est le temps qu'il vous faudra pour former ce charmant spécimen à l'art du sexe. Une telle soif… d'intelligence, disaient-ils. Que feriez-vous avec elle ?

— Jouer aux échecs, lance Gabriel du fond de la salle d'une voix moqueuse.

Ses compères éclatent de rire et je sens mon estomac faire une pirouette.

Apparemment, c'est le signal dont Damon a besoin pour arrêter de prétendre que c'est ma vivacité d'esprit qui les intéresse. Il commence à décrire mon physique avec un franc-parler qui me laisse bouche bée.

— Elle a une peau parfaitement laiteuse, pâle, des cheveux d'or et de cuivre. Et de très grands… yeux. Le reste s'affine délicieusement… comme vous pouvez le constater en observant l'arête de son nez. Puis le tout s'évase à nouveau… à l'instar de sa large bouche.

Il ne parle pas de mon visage. Il parle de mon corps. Mes poings sont serrés contre mes flancs, mon corps tout entier se débat contre l'envie de fuir. Je ne peux pas oublier le maquillage rosé sur mes seins. Tout le monde les verra avant la fin de cette vente aux enchères.

— À poil ! crie l'un des hommes d'une voix pâteuse.

— Voudriez-vous en voir plus ? s'enquit Damon avec

un ton soucieux, comme s'il s'agissait seulement d'une affaire de politesse.

Alors qu'au contraire, j'ai l'impression d'assister à une *corrida*. Je suis l'animal qu'on fait courir encore et encore alors que je saigne.

— Oui, crient-ils en tapant des pieds.

On dirait presque une émeute.

— À poil !

Damon n'a pas l'air inquiet, juste satisfait. Il appuie sur le petit fermoir caché sur mon épaule et le haut de la robe se défait, révélant la courbe duveteuse de mes seins, la dentelle blanche du soutien-gorge.

— On y est presque, murmure-t-il.

Il agite à nouveau ses doigts dans mon dos et le soutien-gorge glisse en avant. Il le dégage doucement, faisant glisser les bretelles le long de mes bras. La dentelle me chatouille la peau et, sous le coup de la honte, j'ai soudain la chair de poule. La matière colle à mes bras jusqu'à prendre au niveau des poignets.

Avec douleur, presque malgré moi, je desserre les poings. Le soutien-gorge tombe au sol.

Mes tétons roses durcissent à l'air libre et la foule rugit de plaisir.

— Ils rempliraient parfaitement les mains d'un homme, vous ne croyez pas ? crie-t-il par-dessus l'excitation de la foule.

Ils hurlent, ils spéculent avec des mots vulgaires sur

l'apparence du reste de mon corps. De quelle couleur est ma vulve ? Mon sexe est-il bien étroit comme il faut ? Je reste figée sur place, incapable de regarder l'oncle Landon, incapable d'affronter la réprobation dans son regard. Ou pire, le désir. Je ne peux même pas retrouver Gabriel parmi la foule. Crie-t-il avec le reste des hommes ? Exige-t-il lui aussi que l'on m'inspecte plus en détail ? Je ne supporterais pas de le savoir, alors je regarde droit devant moi, la lueur jaune des lampes s'estompant à mesure que je sens mes yeux s'envahir de larmes. Je prends une profonde inspiration. Je ne vais pas pleurer devant eux. Ils ont payé pour voir mon corps, pas pour voir une gamine désespérée.

— Les enchères commencent à vingt mille, les informe Damon.

Presque tout le monde lève sa pancarte. La mer de petits écriteaux rouges, chacun gravé d'un numéro noir, me retourne l'estomac.

Damon se transforme en commissaire-priseur de compétition, parlant de plus en plus vite.

— Est-ce que j'ai vingt-cinq quelque part, vingt-cinq ? J'ai vingt-cinq. Trente ! Trente-cinq peut-être ? Vous aurez cette fille pendant trente jours et trente nuits, à votre merci, ça vaut sûrement trente-cinq mille dollars ! Quelqu'un m'en offrirait-il quarante-cinq ?

Mon regard vagabonde dans la salle, essayant de suivre les enchères. Le montant grimpe de plus en plus et, comme si nous étions en train d'escalader une montagne, l'atmosphère se fait plus ténue. Je dois respirer deux fois plus vite pour emmagasiner assez d'oxygène.

Cinquante mille dollars. Qu'attendront-ils de moi pour une telle somme d'argent ? Que devrai-je endurer ? J'aurais presque souhaité que les enchères s'arrêtent à une somme bien plus basse.

Je regarde Candy, dont les mains sont recroquevillées contre elle comme le ferait un enfant, la tête posée sous le menton d'Ivan Tabakov. Il a l'air dur et pesant, ainsi installé, comme si on l'avait taillé dans la pierre – mais je sais, en la voyant si heureuse, qu'elle se sent en sécurité dans ses bras. J'aspire à cette sécurité, debout sur mon piédestal, ma fierté en lambeaux.

— Cinquante, continue Damon avec tristesse. C'est tout ce que vous allez m'offrir pour cette jolie pêche mûre à souhait ?

Il attrape le tissu au niveau de mes hanches et tire, dévoilant mes jambes nues. Je ne porte qu'une simple culotte blanche dans cette pièce pleine de monde. Malgré moi, j'essaie de me couvrir en posant mes mains sur mon entrejambe. Ce qui semble réjouir Damon, puisqu'il éclate de rire. Le reste de la salle se contente de valider mon corps, levant leur verre et trinquant les uns avec les autres.

Quelle belle trouvaille ! fait l'un d'eux comme si j'étais un vestige archéologique. *Quelle poitrine parfaite ! Regardez ces hanches. Je suis trop occupé à regarder sa bouche. Je lui apprendrais à faire quelque chose de ces lèvres, c'est certain.* Des rires, toujours plus de rires.

Je pose mon regard sur Gabriel. Il est appuyé contre le mur du fond, les bras croisés. Il n'a aucune pancarte en mains, mais ça ne me surprend pas. Il est là pour me voir être humiliée, pas parce qu'il me veut. Non, ce qui me surprend, c'est mon faible murmure de déception. J'aurais dû m'en douter, même si je me dis que si quelqu'un devait passer sur moi sa colère d'avoir été trahi par mon père, ce serait bien lui.

— Imaginez le goût qu'elle a, poursuit Damon. Imaginez-vous en train de presser vos doigts contre sa douce chair.

Quelques hommes dans le public n'ont pas encore levé leurs pancartes.

Peut-être qu'ils n'aiment pas ce qu'ils voient : mon corps ou la fille d'un fraudeur. Ou peut-être qu'ils n'ont payé les frais d'inscription que pour assister au spectacle. Sauf que, tout à coup, ils se redressent et commencent à enchérir. Je me rends compte qu'ils attendaient que les premières offres soient passées.

Ce sont eux, les enchérisseurs les plus sérieux.

Ils veulent gagner.

— Est-ce que j'ai soixante-quinze quelque part, soixante-quinze, soixante-quinze ?

Oncle Landon lève sa pancarte, ses yeux froids posés sur moi.

Un cri de surprise m'échappe.

— Non, chuchoté-je.

Pas après que j'ai refusé sa demande en mariage et la sécurité financière qui l'accompagnait. Pas quand il me rappelle mon père.

Pas alors que c'est ma mère qu'il désire vraiment.

Une partie de moi espère qu'il fait ça pour me sauver. Peut-être qu'il me renverra chez moi sans me faire remplir ma part du marché. Pourtant, il me toise de haut en bas, ce qui ne laisse aucun doute sur ce qu'il a derrière la tête. Une partie de moi brûle de colère, car mon père le considérait comme un ami – et quand mon père a eu le plus besoin d'aide, oncle Landon lui a tourné le dos.

Oh, il m'a aidée à dépenser jusqu'à mon dernier centime. Il m'a expliqué les limites de mon fidéicommis. Mais s'il a les moyens de dépenser soixante-quinze mille dollars pour acheter ma virginité, il aurait pu sauvegarder notre maison lui-même.

L'homme avec la belle blonde à son bras surenchérit. Si je pouvais jouer aux devinettes, je dirais qu'il l'a achetée, elle aussi. Les conditions étaient probablement plus subtiles que celles de cette vente aux enchères. Des cadeaux. De l'argent de poche. Le principe est le même. Pourquoi a-t-il besoin d'une autre femme ? Combien en possède-t-il ?

Oncle Landon surenchérit, penché en avant sur son siège.

Quatre-vingt mille. Quatre-vingt-dix.

Cent vingt.

Cent vingt-cinq.

Mon estomac se contracte encore et encore et j'ai peur de vomir alors même que je n'ai rien mangé. Sans doute vais-je émettre des bruits horribles et immondes en vomissant, et alors tout le monde fuira cette vente aux enchères pour rentrer chez lui.

Damon fait monter les enchères. L'homme aux cheveux gris et l'oncle Landon continuent de se battre, faisant encore grimper la somme, coincés dans une arène comme deux taureaux qui se battraient à grands coups de cornes.

Cent quatre-vingt-cinq. Cent quatre-vingt-dix.

Deux cent mille dollars. La pancarte de l'oncle Landon s'élève tandis qu'il me fixe du regard, insensible à mon air horrifié. J'ai envie de croire que j'ai mal compris le dernier chiffre annoncé, mais la terrible expression de triomphe sur le visage de Landon prouve qu'il a gagné. Je vais devoir rentrer chez moi à son bras pour ensuite écarter les cuisses pour lui, et faire semblant d'être ma *mère.*

Tout le monde dans la salle se retourne pour regarder l'homme aux cheveux gris. Même la belle femme à son bras semble tendue d'impatience, pressée de voir s'il va continuer à enchérir.

— Est-ce que j'aurais deux cent dix mille ? demande Damon, l'air de rien.

L'homme aux cheveux gris étudie mon corps presque cliniquement. Il plisse les yeux lorsqu'il tombe sur mon entrejambe, sur le minuscule tissu blanc qui le recouvre.

— Voyons ça plus en détail.

Immédiatement, la foule se met à exprimer son approbation et réclame que l'on retire ma culotte.

Damon semble considérer cette demande.

— Tu dois payer pour jouer, très cher.

L'homme aux cheveux gris hausse les épaules.

— On ne déchirera pas son hymen en y jetant simplement un coup d'œil.

Damon marque une longue pause durant laquelle je serre les jambes et sens mes genoux faiblir. Oh, mon Dieu, je ne peux pas faire ça ! Je ne peux pas faire semblant d'être ma mère, je ne peux pas dévoiler mon intimité à tous ces inconnus. Je ne peux pas me réveiller et le cauchemar ne fait que commencer.

Damon se tourne vers moi en silence. Toute la salle retient son souffle.

Je croise le regard de Damon et y vois une lueur de compassion. Non, non, non. Il va me mettre à nu pour eux. Et ensuite ? Vont-ils avoir le droit de venir m'inspecter ?

De tâter l'entrée de mon vagin pour vérifier que mon

hymen est toujours intact ?

Des larmes me brûlent les yeux et je sais que je ne pourrai plus les retenir. Je prie pour réussir à être forte, sans succès. J'ai l'impression d'avoir tout perdu, soudain – c'est pire que de me retrouver nue, pire que d'être vendue.

Leur laisser voir à quel point je souffre.

— Un million de dollars.

Un silence de mort emplit la pièce. Ce n'était peut-être qu'un rêve et, quand j'ouvrirai les yeux, je serai encore en train de faire les cent pas dans la chambre à l'étage, à attendre que l'on m'appelle. Je n'entends pas une seule remarque salace, ou le tintement des glaçons dans un verre.

Quand je lève les yeux, Gabriel se tient devant l'estrade. Même avec ces trente centimètres de hauteur supplémentaires sous mes pieds, il est plus grand que moi. Je le dévisage, cherchant dans ses yeux une trace de bonté, de pitié. Il n'y a rien de tout ça. Je n'y trouve qu'un brasier – et la pensée qui me traverse ensuite m'arrache un frisson : c'est la vengeance. Ce n'est pas juste une émotion qu'il a ressentie, une pensée fugace. C'est de ça qu'il est fait, cellule par cellule, atome par atome. Il a été forgé avec la rage la plus pure et il vient pour se venger.

— Eh bien ! lâche Damon, l'air plutôt satisfait.

Je dirais même qu'il semble ivre de joie.

Gabriel fait un pas pour monter sur l'estrade et j'en fais un en arrière.

— Pourquoi ? chuchoté-je rapidement.

J'ai besoin de savoir ce qu'il me veut. Il n'achète pas seulement ma virginité. Même Candy me l'a dit. Et c'est doublement vrai en ce qui concerne un homme aussi complexe, aussi intense que lui.

Il se contente de hocher légèrement la tête.

Damon nous regarde avec un petit sourire bienheureux.

— Mesdames et messieurs, je crois que nous avons notre gagnant. À moins que quelqu'un ne souhaite…

Gabriel émet à nouveau ce grognement typique et Damon lâche un petit rire.

— Adjugée vendue pour un million de dollars !

CHAPITRE QUATORZE

Dans le mythe du Minotaure, Thésée, fils du roi Égée, décide d'aller tuer le monstre. Il transperce la bête avec son épée, puis revient sur ses pas à l'aide de la ficelle, sauvant ainsi tous les sacrifiés prévus cette année-là et à l'avenir.

J'ai atteint le centre du labyrinthe.

Je suis face à mon propre Minotaure. Son regard étincelle, empreint d'une possessivité féroce. Il capture ma main avec la sienne, puis il me tire au bas de l'estrade. Nous nous frayons rapidement un chemin entre les fauteuils en cuir de luxe. Il ignore les cris et les sifflements qui l'exhortent à me partager. Je n'ai toujours pas remis ma robe ni mon soutien-gorge. Je suis nue, excepté ma culotte et la dernière chose qu'ils voient de moi est mon fessier à peine couvert de tissu blanc. Ensuite, nous nous retrouvons seuls dans une pièce aux lumières tamisées, où un feu ronfle dans l'âtre. Malgré la chaleur, je frissonne. Gabriel retire sa veste et me la place sur les épaules.

Candy ne m'a pas donné d'épée, mais elle m'a peut-être laissé une pelote de laine. J'espère retrouver mon chemin, une fois tout ça terminé. Peut-être qu'un jour, je retournerai à l'université. Je vivrai une histoire d'amour avec un homme normal et je mènerai une vie classique. J'ai besoin d'y croire, car si je dois errer dans ces couloirs le restant de ma vie, je vais devenir folle.

— Pourquoi avez-vous enchéri ? demandé-je d'une voix tremblante.

Gabriel traverse la pièce et se verse un verre d'une boisson ambrée. Il en avale une longue gorgée.

— Pour la même raison que les autres.

Le petit espoir que j'avais refusé d'intégrer, le vœu que quelqu'un me sauve de cette situation meurt à ce moment-là.

— Évidemment.

Il s'approche de moi et me tend le verre. J'avale une gorgée et tousse, la gorge en feu. Puis j'en prends une nouvelle. Je me sens immédiatement revigorée et me rends compte que j'aurais dû commencer par ça. Après quelques gorgées seulement, le monde me semble un peu plus chaud, plus doux, moins agressif. Je lui rends le verre et tire les pans de sa veste sur ma poitrine, cachant mes seins excessivement rosés.

— Mes affaires sont à l'étage, chuchoté-je, mon regard s'attardant dans la pièce partout sauf sur lui.

Est-ce qu'il va m'emmener là-haut et me baiser sur place ? Ou va-t-il le faire ici sur un vieux fauteuil en cuir ?

Il éclate d'un rire rauque. Il vide le verre d'une dernière gorgée.

— Tu as déjà des exigences, ma petite vierge ?

Je cligne des yeux, car je n'ai jamais pensé pouvoir exiger quoi que ce soit. Ou avoir un quelconque pouvoir sur lui. Je ne vaux déjà plus rien, mais petit à petit, il me rappelle que je suis encore moins que ça.

— C'est juste qu'il y a…

Ma voix se brise.

— Mon sac à main. Mon téléphone. Ma robe.

Et que je suis nue sous sa veste, qui couvre à peine mon entrejambe. Je peux sentir l'air frais de la pièce se glisser sous ma culotte, maintenant que plus un poil ne me protège. Tout semble plus exposé, là en bas, plus vulnérable, depuis que Candy a tout retiré à la cire.

Et puis, il y a ma poitrine.

La doublure en soie de sa veste la frotte. Candy avait raison à propos des lumières qui me noieraient, dans la salle sombre, des projecteurs dirigés vers l'estrade ; mais ici, seuls, le rose semble mettre en évidence ce qu'il va me faire.

Il fait un pas vers moi et je recule. Puis un autre. Et encore un autre. Mon dos heurte le mur et je me détourne de lui. Il me saisit le menton pour me pousser à lui faire face. Son regard brûle de convoitise, de désir. D'une intensité qui m'assaille jusqu'au creux de ma poitrine.

— Mettons les choses au clair, lâche-t-il, son léger souffle doux balayant mon front. Je t'ai achetée. Tu es à moi. Tu vas où je te le dis, quand je te le dis. Et tu fais tout ce que je te dis de faire.

J'arrive à ne pas flancher. *Un million de dollars.*

Quand je croise son regard, je lui révèle le noyau de force qui m'habite, aussi mince et profondément ancré soit-il. Il peut posséder mon corps, mais ça, il ne l'aura pas. Je lui ai déjà dit tout ça à l'étage.

— Oui.

— Oui, monsieur, me corrige-t-il.

Mon ventre se serre, dans un sursaut instinctif de réticence à me plier à tout ça. Je pince les lèvres, lui faisant face avec une expression mutine. *Serait-ce si grave ?* m'a-t-il demandé. *De lâcher prise pendant un mois ? De laisser quelqu'un d'autre te guider ? T'enseigner certaines choses ?*

— Oui, monsieur, marmonné-je à contrecœur.

La commissure de ses lèvres s'incurve.

— N'essaie pas de me résister, ma petite vierge. Ça me ferait bien trop plaisir.

C'est probablement vrai. Je lève le menton, déterminée à affronter toutes ces exigences.

— Que dois-je faire ? demandé-je avec un air de défi. Est-ce que je dois m'allonger sur le dos ? Ou me mettre à quatre pattes ?

— Tu essaies encore de dominer la situation.

Je détourne le regard.

— Non, j'essaie de vous donner ce pour quoi vous avez payé.

— Ça aurait pu fonctionner avec l'un des connards présents dans la salle.

Il s'approche de moi pour jouer avec l'une de mes mèches de cheveux, presque tendrement. Puis ses larges doigts s'enfoncent dans ma chevelure blond foncé. Il serre le poing. J'émets une plainte lorsqu'il me tire la tête en arrière, son regard doré m'examinant. Sous le coup de la surprise et de la douleur, j'entrouvre les lèvres – sans compter une émotion trop terrible pour que je puisse la nommer.

Il me dévisage, presque avec considération.

— Le truc, quand on possède une vierge, c'est qu'on ne la baise pas, on continue d'en avoir une sous le coude.

Je reprends mon souffle. Est-ce que ça signifie qu'il va me laisser un sursis ? Ou me réserve-t-il des choses particulièrement sombres ? Il n'a pas besoin de coucher avec moi pour me blesser. Il n'a pas besoin de prendre ma virginité pour se venger.

— Est-ce que vous allez me faire du mal ?

Il soupire d'amusement.

— Est-ce que Candy t'a parlé de ses petits jeux coquins ?

J'écarquille les yeux. Elle aime les jeux coquins ? Je me souviens de sa position presque enfantine sur les genoux d'Ivan, les jambes repliées sous elle, les mains jointes presque en une prière.

— Elle m'a dit de ne pas céder à mon acheteur.

Son sourire s'élargit, lentement ; il est si *sexy* que c'en est insupportable. Un homme comme lui n'a pas le droit d'être aussi beau. Il devrait ressembler à ce qu'il est à l'intérieur : immonde et cruel.

— Bien, répondit-il simplement. Ce sera plus amusant ainsi.

Elle m'a dit d'autres choses. Qu'en m'opposant à lui, il voudrait à tout prix me posséder davantage. Je ne partage pas ce genre de choses avec Gabriel. Il ne s'offusquerait pas d'un tel comportement. Il aurait juste envie de relever le défi.

Il me relâche, les paupières mi-closes.

— Partons d'ici.

Je resserre les pans de sa veste sur moi. Chaque fois que je presse le tissu, un léger parfum épicé et masculin emplit l'air.

— Je dois au moins repasser par chez moi. Je n'essaie pas d'avoir l'ascendant sur vous, mais mon père...

— Quelqu'un s'occupe de lui.

Je prends une vive inspiration, car ça ressemble plus à une menace qu'à une manière de me rassurer.

— Qu'est-ce que ça signifie ?

— Qu'une infirmière se trouve déjà à ses côtés. Demain matin, une infirmière de jour la remplacera.

Comment a-t-il réussi à organiser ça aussi rapidement ? J'oubliais, n'importe qui peut faire ça avec de l'argent. Il y a seulement un an, j'en avais ; enfin, c'était celui de mon père, mais j'avais presque oublié quel potentiel il recelait.

— Comment est-ce que je peux m'assurer que vous dites la vérité ?

— Seigneur !

Il enroule sa main autour mon cou, ses doigts me serrant suffisamment pour que je commence à étouffer.

— Est-ce que tu sais ce que je ferais à un homme qui remettrait ma parole en doute ?

Ne cède pas. Je croise son regard, même si le mien est bordé de larmes et que mes poumons me brûlent.

— Montrez-moi, murmuré-je. Si vous ne voulez pas me posséder physiquement, alors montrez-moi.

Il me regarde comme si j'étais une extraterrestre. Ensuite, il sourit le temps d'une infime seconde durant laquelle il paraît inexplicablement plus jeune. Puis il laisse retomber sa main et je souffle.

— Il va falloir que tu me fasses confiance, ma petite vierge. Si je souhaitais le décès de ton père, il le serait déjà mort et enterré.

Un frisson me parcourt. Ces paroles ne devraient pas me rassurer, pourtant c'est le cas. Pour Gabriel Miller, la parole importe plus que tout, c'est pourquoi la trahison de mon père devait être punie. Ce qui signifie que je peux lui faire confiance... jusqu'à un certain point.

Il ne me mentira pas, mais il me ferait franchement mal s'il le désirait.

Une vibration s'élève de la table où se trouvent les boissons, alors Gabriel traverse la pièce pour récupérer son téléphone. Il jette un rapide coup d'œil à l'écran.

— Ma voiture nous attend dehors.

Je regarde mes jambes nues. La veste est assez grande pour couvrir l'avant de mon corps, mais il suffirait d'un faux pas, d'une rafale, et tout le monde pourrait me voir.

— Mais...

Son expression s'assombrit. Il me tend la main et je sursaute. Il plisse alors les yeux. Quand il m'attrape par la nuque, je ne peux pas m'empêcher d'entendre le son grave, typique d'une peur animale, qui m'échappe. Juste comme ça, il me conduit hors de la pièce, puis dans le couloir. Au loin, j'entends des rires rauques, des gémissements de femmes. Damon a-t-il fait venir plus de femmes pour ses invités, des prix de consolation déjà déflorés ?

Putain de merde ! Un million de dollars !

Nous partons dans la direction opposée, vers la porte d'entrée. Je me recroqueville lorsqu'elle s'ouvre, révélant le trottoir glissant et un chauffeur posté à côté d'une limousine. Par chance ou à dessein, il n'y a personne d'autre dans la rue.

Je franchis le seuil du Den et crie quand mon corps

s'élève dans les airs. Mes pieds nus ne touchent pas une seule fois le béton humide. Je suis dans les bras de Gabriel. Sa veste a glissé, me révélant à la vue de tous. Je n'aperçois que le majordome qui détourne les yeux avant d'être jetée sans cérémonie sur des sièges en cuir. Gabriel grimpe dans le véhicule à ma suite. La limousine démarre doucement.

CHAPITRE QUINZE

En matière de protection, la veste de smoking laisse vraiment à désirer. Elle est parfaitement coupée, faite de tissus de luxe, mais elle est taillée pour la carrure d'un homme bien plus large que moi. Et elle charrie son odeur musquée, un rappel constant que nous appartenons tous les deux à Gabriel Miller. Bientôt, j'empesterai le même parfum.

Il me dépose dans une pièce aussi facilement qu'il draperait sa veste sur une chaise. C'est une pièce étrange, mais confortable. Un canapé immense et moelleux occupe la majeure partie de l'espace. Ses coussins sont couverts de tableaux représentant des croquis d'objets divers et variés – une vieille machine à écrire, un télescope à l'air ancien. L'un des murs est fait de briques apparentes, non pas des briques rouges industrielles comme dans le *loft* de Justin, mais une mosaïque aux tons beige et brun qui paraît presque douce au toucher. Un grand lustre en fer poli éclaire de sa lumière jaune les poutres foncées qui sillonnent le plafond blanc.

Au bout d'une petite table se trouve un téléphone en argent étincelant d'époque, avec une pièce circulaire pour composer le moindre numéro. Je me demande s'il fonctionne. Si c'est le cas, je devrais probablement appeler chez moi pour m'assurer qu'une infirmière est bien présente aux côtés de mon père.

En même temps, j'ai déjà fait pour lui tout ce qui est nécessaire le soir avant de partir à la vente aux enchères. Je devrais plutôt profiter de ce temps libre pour prendre un verre sur le chariot roulant attenant au bar. À quel point est-ce que tout ça sera dur à supporter ? À quel point est-ce que je vais souffrir ? À en juger par la façon dont il a pressé mon corps contre le mur au Den, au vu de la taille de son corps par rapport au mien, ça risque d'être terrible. Un alcool ambré ou même plus clair devrait me revigorer.

Puis la porte s'ouvre et Gabriel entre dans la pièce. Il s'allonge sur la plus longue partie du canapé en L en croisant les jambes, les manches retroussées, révélant des avant-bras très bronzés. Ce n'est pas le genre d'homme qui donne des ordres en restant dans le confort de son bureau climatisé, type *penthouse*.

— Tu te mets à l'aise ? s'enquiert-il, l'expression illisible.

— Est-ce que j'ai le droit ?

— Tu vas rester ici durant un mois, rétorque-t-il, ce qui ne répond pas vraiment à ma question.

— Ici ? je m'enquiers en gardant un ton aussi neutre que le sien. Couverte de cette veste de smoking ? Ou bien pourrais-je avoir un lit et des vêtements, à un moment donné ?

— Seigneur, cette langue ! gémit-il.

Le bruit qu'il vient de faire résonne dans tout mon corps.

— On va tellement s'amuser, ta langue et moi !

Cette promesse est de très mauvais augure, mais ce n'est pas surprenant. Tout ce qu'il dit est destiné à me faire peur. Tout ce qu'il fait, il le fait pour m'anéantir. Ça fait partie de ce jeu, de cette danse dont Candy m'a parlé, mais ça ne rend pas les choses moins réelles. Ça ne rend pas les choses moins terrifiantes. Comment a-t-elle fait pour garder son calme dans une telle situation ? Comment pouvait-elle arborer une expression si sereine, lovée dans les bras d'un tueur ? C'est une énigme que je n'ai pas encore résolue et il me semble nécessaire que j'y arrive.

— Regarde-toi, murmure-t-il. Tu en sais tout juste assez pour mourir de peur, hein ?

Je secoue la tête, car je n'y connais rien. J'ai entendu parler de fellations et de sexe. Harper m'a même parlé de sexe anal, de la façon dont deux hommes peuvent pénétrer une femme en même temps. Ce n'est pas coucher avec Gabriel Miller qui m'effraie... c'est le pouvoir qu'il a sur moi. Que va-t-il me faire, ce soir ? Va-t-il arracher ma veste et me jeter par terre ? Va-t-il me pénétrer encore et encore, avec des gestes rapides, agressifs, dénués de tout intérêt pour ce que je ressens ?

Il semble y réfléchir.

— Je pourrais te dire que tu pourrais également éprouver du plaisir, mais ça ne t'aiderait pas, n'est-ce pas ?

— Ça me fait tout autant peur, murmuré-je.

En fait, ça me fait encore plus peur, parce qu'il serait si simple de haïr le côté douloureux de tout ça. Alors que le plaisir serait une notion trop étrange pour une fille qui a tout perdu, quelque chose de bien trop tentant.

Il hoche la tête pour désigner le sol au niveau de ses pieds.

— On ne va pas commencer par ça. Pas en ce qui te concerne. À genoux, ma petite vierge. Il y a quelque chose que tu dois apprendre.

Je parviens à peine à avancer sur le tapis moelleux pour combler le mètre qui nous sépare. Mes genoux ploient quand je suis devant lui, repliant mon corps sur lui-même comme un accordéon. Ensuite, je me mets à frissonner, là, à ses pieds, recouverte de tissu italien, comme un paquet cadeau qu'on s'apprête à déballer.

Le contact physique qu'il m'offre est si doux que c'en est douloureux – d'un seul doigt, il caresse la ligne de ma clavicule. C'est tout, et pourtant, ma peau se contracte à son contact. L'affronter ? Le laisse venir à moi ? Je n'en ai aucune idée, mais quand il descend son doigt plus bas pour repousser le tissu qui me recouvre encore, une vague de froid me submerge. Mes poings se desserrent petit à petit, ce qui lui permet d'écarter largement les pans de la veste.

Il se penche en avant, les coudes sur les genoux, et croise mon regard.

— Les a-t-il vus ?

Mes tétons se crispent lorsque je me souviens du regard affamé de chaque homme dans la salle.

— Tout le monde les a vus.

— Je parle de ce connard qui t'a mis la bague au doigt.

Justin, qui pourrait à l'heure actuelle se trouver chez mon père.

— Il les a vus.

— Les a-t-il touchés ? Léchés ? A-t-il accroché des pinces à tes tétons ?

Au fond de moi, je sens quelque chose se tordre, comme une vis que l'on enfonce dans un mur.

— Non.

— Ma jolie petite vierge, lâche-t-il presque tristement.

Il y a quelque chose de sauvage chez cet homme, un brasier qui brûle en lui, indomptable. Il aurait pu me balancer à terre dès que nous sommes arrivés chez lui. Il aurait pu me baiser sur l'estrade devant toute l'audience, s'il l'avait souhaité. Aussi difficile que ça soit, ça aurait pu être pire.

Gabriel n'a pas acheté mon hymen, m'a dit Candy. Il a acheté le droit de m'apprendre certaines choses. De la même façon, je n'ai pas vendu ma virginité. Je me suis offert une sécurité financière. Une tendresse inattendue naît en moi. Je pose une main sur sa cuisse, intimidée par la chaleur que dégage son pantalon, par la dureté des muscles que je ressens sous le tissu. Ça ne me dissuadera pas. Pas quand j'ai conscience que l'homme aux cheveux gris ne se serait pas montré aussi patient.

— Vous pouvez les toucher, lancé-je presque timidement. Vous pouvez… les lécher. Si vous le désirez.

Il me regarde, l'air presque incrédule.

— Seigneur !

— Ou est-ce que c'est moi qui devrais le faire ?

— Me faire une fellation ?

J'imagine que ça finira par arriver, surtout s'il veut continuer à me garder vierge, comme il l'a dit.

— Je peux vous lécher les tétons.

L'embarras me brûle les joues.

— Est-ce que ça vous apporte du plaisir ?

Il reste complètement immobile, telle une statue de pierre.

Puis il se penche en avant, attrape mes cheveux dans un seul poing avant de me secouer.

— Tu es tellement innocente, putain ! Tu sais ce que ça signifie ? Tu es tellement fragile, putain !

Il semble presque en colère, mais je ne comprends

pas pourquoi. Je pensais qu'il aimait mon innocence. Je pensais que c'était là tout l'intérêt de la chose. Face à sa fureur, ma méconnaissance des hommes me rend honteuse. Je me recroqueville, mais il ne me lâche pas.

— Qu'est-ce que j'ai fait de mal ? demandé-je d'une voix égale.

— Rien, grogne-t-il presque. Tu es parfaite, putain ! Un ange. Une offrande sur un autel sacrificiel en marbre. Tu es prête à abandonner tout ce que tu es simplement pour sauver ton putain de père si précieux, n'est-ce pas ?

Il me pousse sur le côté et quitte la pièce en claquant la porte derrière lui.

Je prends de grandes inspirations sans bouger de là où je suis tombée, sur le tapis moelleux. Le choc et la peur se mêlent en un mélange toxique en moi. J'espérais que la déchéance absolue de mon père suffirait à Gabriel. J'espérais qu'il n'aurait pas envie de s'en prendre à moi. Je réalise maintenant à quel point cet espoir était candide. L'homme aux yeux pâles avait raison… il va déchaîner sa colère sur moi pour satisfaire son envie de vengeance.

Et le fait qu'il ne m'ait pas faite sienne dès notre arrivée ici n'a rien d'une faveur. Ça veut seulement dire qu'il va se venger lentement. Qu'il va tout faire pour me torturer corps et âme. Qu'il fera en sorte que chaque *cent* compte.

CHAPITRE SEIZE

Quand je retrouve une respiration normale, je ne laisse pas passer ma chance. Je me relève malgré mes jambes flageolantes et me dirige droit vers le chariot cuivré qui déborde d'alcools. Il s'y trouve un large assortiment de bouteilles et de carafes, dont certaines sont munies d'une étiquette. Jack Daniel's et Añejo Tequila.

Je n'ai jamais avalé autre chose que quelques gorgées de champagne chipé lors d'une soirée mondaine. Je ne sais pas si ces alcools coûtent cher, sauf qu'en réalité, la demeure elle-même vaut son pesant d'or. Et je me doute que certaines de ces bouteilles sont faites d'or et de platine, et pas seulement de métal coloré. Une couronne sertie de petits diamants ceint l'une d'elles. Seigneur, est-ce qu'il jette ces bouteilles une fois vides ? Les excès des riches me dérangeaient parfois, avant, mais maintenant que je suis fauchée, j'y vois quelque chose de cruel.

Excès ou pas, je ne vais pas boire son alcool de luxe. Pour ce que j'en sais, il me facturerait chaque gorgée mille dollars. Il n'est pas aussi mesquin que ça, vu la façon désinvolte dont il a accepté sans discuter d'embaucher une infirmière pour s'occuper de mon père. Seulement, ça me paraîtrait encore trop bizarre de prendre l'une de ces bouteilles, comme une petite fille qui jouerait avec les bijoux de sa mère.

Près de l'arrière du chariot, cachée derrière un peu de vin, je repère une bouteille d'un liquide clair à l'apparence plus classique. Elle est ornée d'une étiquette griffonnée à la main, et l'encre bleue s'est effacée. Je louche pour essayer d'en déchiffrer les mots. L'alcool semble avoir plus de dix ans – c'est pourtant probablement le moins vieux du chariot. Et certainement le moins cher. La bouteille est presque pleine. Il ne remarquera rien si j'en prends une petite gorgée. Il n'en aura rien à faire.

C'est du moins ce que je me dis au moment où je farfouille parmi les verres pour dénicher le plus petit qui soit. Il est n'est pas très haut et de forme carrée, au fond épais et lourd. J'ouvre le bouchon et me verse une goutte. Presque rien.

— Je lève mon verre en l'honneur… de rien du tout, murmuré-je avant de faire cul sec comme je l'ai vu dans les films.

Le liquide me brûle la gorge, puis tout le corps, se répandant en moi comme un vrai brasier. Je me mets à tousser, à lutter pour respirer. Seigneur, ça a un goût d'alcool à brûler ! De l'alcool à brûler qu'on aurait enflammé. Ce n'est pas censé avoir un tel goût, n'est-ce pas ? Pas étonnant qu'il ait été caché derrière les autres.

Je ne peux pas nier que lorsque la brûlure s'estompe, je me sens un peu plus détendue. J'imagine que ça signifie que le liquide fait son travail. Si c'est ce que l'alcool provoque chez les gens, ce n'est pas étonnant qu'ils boivent.

Du courage liquide. C'est comme ça que j'appelle ça et j'ai alors le courage de décrocher le téléphone argenté. Regardez-moi ça, le cadran fonctionne vraiment. Je ne connais pas le numéro de l'infirmière de nuit qui est censée se trouver là-bas. Et notre ligne fixe a été l'une des premières choses à passer à la trappe lorsque nous avons dû choisir quoi faire de l'argent qu'il restait.

Finalement, j'appelle Justin, parce qu'il se trouve là où je veux qu'il soit. C'en serait presque mignon s'il ne m'avait pas tourné le dos au moment où j'avais le plus besoin de lui.

— Allô ?

Sa voix n'a pas changé. Nous pourrions nous retrouver pour prendre un café à chacune de ses visites en ville. Il pourrait être en train de saluer quelqu'un à une soirée et je serais à son bras, tout sourire.

Une pointe de regret me perce la poitrine.

— C'est moi.

— Enfin ! Mon Dieu, Avery, je t'ai appelée plein de fois ! Qu'est-ce qu'il se passe, bordel ?

Je prends un autre verre et constate que, cette fois, il

ne me brûle pas aussi fort. La douleur est presque agréable.

— Est-ce que tu es toujours chez moi ? Est-ce qu'une infirmière est arrivée ?

— Oui, presque en même temps que moi. Elle était vêtue d'une blouse ou quelque chose comme ça. Elle avait une clef de la maison, mais elle a dit que je devais attendre dehors dans ma voiture.

Au moins, Gabriel disait la vérité à ce sujet. En fait, si mes calculs sont bons, l'infirmière est même arrivée avant la fin de la vente aux enchères. Peut-être était-ce l'œuvre de Damon, qui se préparait à la suite des événements. Rien n'aurait pu l'empêcher de toucher son pourcentage sur la vente.

— Je vais m'absenter un petit moment. Un mois.

— Un mois ? De quoi est-ce que tu parles ? Et où diable es-tu ?

L'exaspération dans sa voix me fait grimacer. À une époque, je me serais pliée en quatre pour l'apaiser, pour lui assurer que ses besoins passaient en premier. Aujourd'hui, je me contente d'un autre verre.

— C'est… une longue histoire.

— Tu as l'air bizarre. Tu… tu n'as pas bu, hein ?

— Ça fait tellement de bien, Justin ! chuchoté-je comme si je lui révélais un secret. À la fois si terrible pour le corps, mais si bon !

Il jure en utilisant des mots que je ne l'ai jamais entendu prononcer.

— Est-ce que tu es en soirée ?

La soirée de charité au musée. Un dîner de charité à mille dollars l'assiette. C'est à ça qu'il pense et je ne peux m'empêcher de rire. Ça ne me paraît même plus si terrible, juste plutôt drôle.

— Tout le monde a cessé de me parler à peu près au même moment que toi. On ne nous invite plus nulle part, et même si quelqu'un le faisait, on ne pourrait pas se permettre d'y aller.

Une image m'apparaît soudain en tête : une où je pousse le lit d'hôpital de mon père comme si c'était un fauteuil roulant, souriant à tout le monde pendant que nous mangeons nos *hamburgers* de *fast-food* planqués dans mon sac à main. Ce qu'il y a dans cette bouteille a un goût d'acide sulfurique, mais c'est tellement *merveilleux !*

— Avery, écoute-moi, répondit-il sur un ton exaspéré, parce qu'il va devoir se répéter.

Juste pour cette raison, j'avale un autre verre.

— Dis-moi où tu es, je vais venir te chercher.

Est-ce qu'il le ferait vraiment ? Je ne sais même pas où la limousine nous a conduits, mais s'il trouvait l'adresse de Gabriel Miller, viendrait-il me sauver sur son cheval blanc ? Je ne sais pas si j'arrive à croire qu'il souhaite se remettre avec moi ou si ce serait toujours le cas après avoir vu l'intérieur de ma maison. Toutes ces pièces vides. Nous pourrions organiser une de ces *raves* aux pièces remplies de mousse – de quoi économiser sur le ménage.

— Justin, rétorqué-je sur un ton que j'espère sérieux.

J'appuie sur le son « *n* » assez longtemps pour m'en assurer.

— Est-ce que tu aurais enchéri sur moi ? Possèdes-tu seulement un million de dollars ?

— De quoi tu parles ? s'inquiète-t-il d'une voix plus forte.

Comme si je n'arrivais pas à l'entendre, alors que mes oreilles fonctionnent très bien. J'avale une autre gorgée, plus longue, cette fois. C'est mon nouveau jeu d'alcool : je bois à chaque fois qu'il s'énerve. Si j'avais fait ça lors de nos dernières apparitions publiques, j'aurais passé un *bien* meilleur moment.

Et pourquoi n'ai-je jamais remarqué qu'il nommait nos rendez-vous amoureux des apparitions publiques ? En examinant le fond du verre, je reprends :

— Je parle de l'ascension sociale.

Il est vide.

— Tu es un bon grimpeur. Moi, c'est plutôt l'inverse.

Sur ces mots, je suis piégée par un fou rire. D'une certaine manière, le combiné argenté du téléphone finit par se balancer au bout de son fil ; la voix de Justin n'est plus qu'un bourdonnement grotesque. Je m'imagine qu'il est minuscule et placé sur mon épaule, comme lorsqu'ange et démon apparaissent pour vous aider à prendre certaines décisions. Aurait-il le rôle de l'ange ? Candy serait certainement le démon.

Le lustre est tellement immense ! Il doit peser environ huit tonnes. Je me rends compte que je suis allongée à même le sol, à l'observer. Et s'il me tombait dessus, là maintenant ? La partie s'arrêterait. Évidemment. Plus de labyrinthe, plus d'épée. Pas de retour en agitant un drapeau blanc sur mon bateau.

C'est l'accord que Thésée a passé avec son père. S'il réussissait à tuer le Minotaure, il hisserait un drapeau blanc sur son navire à son retour. Sauf que, tout excité de sa réussite, il a oublié. Son père a observé le bateau approcher ainsi et, rongé par la peine, il s'est suicidé.

C'est la partie la plus triste de l'histoire. Tout ça n'a servi à rien. *Je vais agiter le drapeau blanc, papa.* Et je ne lui dirai jamais ce que j'ai fait pour pouvoir garder la maison. Je ne voudrais pas qu'il en meure.

— Seigneur ! gronde une voix grave.

Pas du tout comme celle de Justin, le petit ange.

Le visage de Gabriel apparaît au-dessus de ma tête, cachant les millions de lumières du lustre.

— Oh, salut.

Il a l'air incrédule.

— Tu es ivre.

— Impossible. Je n'ai pris qu'un seul verre. Et ne

vous inquiétez pas, je n'ai touché qu'au truc le moins cher.

Le verre vide a dû rouler sous le tapis. Il le ramasse et le renifle.

— Tu as bu de la gnôle ?

Il pousse un grognement rauque.

— C'est la dernière bouteille que mon père ait faite avant de mourir.

J'en reste bouche bée.

— Oh mon Dieu, le drapeau blanc !

Il plisse les yeux en voyant que j'ai utilisé le téléphone.

— Qui est-ce que tu as appelé ?

Il n'attend pas que je lui réponde et s'avance à grands pas pour saisir le combiné brillant qui pendouille toujours.

— Qui est là ?

— Vous n'aimez pas voir l'identité de votre interlocuteur s'afficher sur l'écran quand il appelle ? demandé-je avec curiosité.

Le téléphone à cadran argenté est joli, mais il ne me semble pas très pratique. Et puis, il vient de payer un million de dollars pour coucher avec moi. Peut-être que l'aspect pratique des choses n'est pas une priorité pour lui.

Il raccroche violemment le téléphone, vibrant sous le coup d'une sorte d'intense émotion.

— *Qui est-ce que tu as appelé ?*

J'ai grandi entourée d'hommes importants. Des hommes puissants. Des hommes en colère. J'ai appris à m'exprimer avec une voix douce, à évoluer avec grâce. À leur sourire et leur toucher le bras, comme si tout ce que je faisais n'avait qu'un but : les amadouer. Pas parce que je pense qu'ils sont meilleurs que moi, mais parce que ça rend la vie plus facile. Une fois seule, je disparais dans mes livres, dans les mythes qui ont bâti un monde fantastique si éloigné du mien.

Sauf que, je ne sais trop comment, je suis entrée dans ce monde – cet univers où vivent dieux et monstres. Ma diplomatie pourrait bien me servir, maintenant, même si le clair de lune semble m'en avoir totalement dépouillée.

— J'ai appelé mon fiancé, monsieur le Fouineur.

Ses yeux s'assombrissent.

— Ce n'est plus ton fiancé.

— Il a dit qu'il voulait qu'on se remette ensemble.

Gabriel vient se placer directement au-dessus de moi, son regard plus intense que jamais.

— Ça n'arrivera pas. Je t'ai achetée. Tu es à moi, putain ! Compris ?

Je glousse.

— Il va être tellement en colère quand il va le découvrir. Les hommes sont toujours si prompts à péter un câble.

— Il pourra venir régler ça avec moi si ça lui pose

problème.

Je forme un cadre avec mes doigts devant moi et je l'observe ainsi.

— Vous êtes beau pour un monstre.

— Merci, répondit-il en serrant les dents. Pourrais-tu te relever, maintenant ?

J'arrive à m'asseoir, mais le monde se met à tourner autour de moi.

— J'ai soif. J'ai besoin de boire encore un peu de cette gnôle.

— Non.

— Est-ce que vous vouliez garder cette bouteille sans l'ouvrir ? chuchoté-je. Parce que c'est la dernière que votre père ait distillée.

— J'aurais aimé, oui, rétorque-t-il d'une voix sèche.

Je hoche la tête.

— Je peux boire celle avec la couronne, sinon. Ou la tequila. Je n'ai jamais bu de tequila.

— Plus d'alcool pour toi. C'est l'heure d'aller au lit.

— Quoi ? C'est *tellement* injuste.

Je n'ai pas eu de couvre-feu depuis la fin du lycée. Et même si, à l'université, je respectais l'heure officielle, il n'est pas obligé de le savoir.

— Je n'ai même pas sommeil.

Au moment où les mots sortent de ma bouche, une vague de fatigue me submerge. J'ai l'impression d'être dans un état pire encore que le manque de sommeil.

Comme si je marchais dans le désert depuis des jours. Mes paupières sont si lourdes... je regarde Gabriel, à moitié endormie.

Il secoue la tête.

— Ne me vomis pas dessus.

Je ne comprends pas ce qu'il veut dire jusqu'à ce que ses mains glissent sous mes jambes. Puis derrière mes épaules. Et que je me retrouve dans les airs, seulement maintenue par la force de ses bras. Je me recroqueville contre sa chemise en lin, inspirant son odeur musquée.

— Vous sentez bon.

— Tu sens comme dans une distillerie.

Il m'emmène quelque part, à l'étage, et je ferme les yeux.

— J'aurai moins mal, comme ça.

— Tu n'auras pas mal du tout, répondit-il d'une voix adoucie. Je vais te mettre au lit.

— Parce que vous voulez posséder une vierge, lâché-je en répétant ses mots.

Il ne répond pas, ouvre une porte d'un coup de pied. Je regarde autour de moi et aperçois de lourds rideaux de brocart et un lit haut au milieu de la pièce. Des fleurs de lavande ornent l'épaisse couverture, ce qui met en valeur les rayures verticales jaune pâle de la tapisserie. C'est joli.

— Trop joli pour vous, murmuré-je.

— Tu as probablement raison, dit-il avec un air amusé.

— Je vais vous tuer.

— Vraiment ? s'enquiert-il, l'air moins amusé.

— Avec une épée.

— Et où vas-tu trouver une épée ?

Il m'allonge sur des draps terriblement froids contre ma peau brûlante. Puis il tire la couverture. J'ai peur d'avoir trop chaud, mais une fois qu'elle me recouvre, je me sens bien.

— Je ne sais pas encore, soupiré-je.

C'est un vrai mystère.

— Mais je ne veux pas vous tuer. C'est juste que je ne veux pas mourir.

Il se tait un instant et je le regarde d'un œil. Il m'observe avec une expression étrange. Je la qualifierais presque de tendre s'il n'avait pas la tête d'un taureau.

— Rends-moi la veste, ordonne-t-il doucement.

Ce n'est qu'alors que je me souviens de sa présence autour de mes épaules. Elle y est depuis la vente aux enchères. J'imagine que c'est sa façon de me revendiquer, de me marquer. Alors pourquoi veut-il la récupérer ? Je sais qu'il a remporté l'enchère, mais la veste ressemble à mon trophée personnel.

— Je suis obligée ?

— Tu seras plus à l'aise.

— Je me sens si bien ! Vous devriez boire un peu de cette gnôle.

— Je vais y réfléchir, lâche-t-il. La veste ?

— Ne me regardez pas, grondé-je.

Au bout d'un moment, il se retourne pour faire face à la porte. C'est seulement à ce moment-là que je retire la veste. Mon Dieu, ses épaules doivent être massives pour remplir ce bout de tissu ! Et ses biceps. Seigneur ! Je les aperçois à travers les manches de sa chemise, bombées. Il dégage quelque chose de si sexuel. Si ses avant-bras musclés étaient posés à côté d'un magazine Playboy ouvert sur le lit, je les trouverais plus bien érotiques que la revue porno.

Je pose la veste sur la couverture et me blottis dessous, jusqu'au cou. C'est le lit le plus moelleux dans lequel je me sois jamais couchée.

— C'est bon.

Il se retourne et récupère son vêtement. Ensuite, il reste là, à le regarder comme s'il n'arrivait pas à comprendre quelque chose. Comme s'il n'arrivait pas à *me* comprendre, alors que je suis pourtant quelqu'un de si simple. Une fille simple aux rêves simples. Université, mariage, enfants. Une famille – une vraie famille, pas seulement un père qui travaille jusqu'au dîner presque tous les jours. C'est lui qui est censé être énigmatique, pas moi.

Je regarde la place à côté de moi, dans le lit.

— Vous allez dormir… ici ?

Il regarde l'espace vide en question, l'air pensif.

— Non.

C'est logique, car ça ne peut pas être sa chambre. Elle est beaucoup trop belle. Beaucoup trop féminine. Il dort probablement dans une pièce avec des meubles en verre, aux lignes noires épurées. Avec un téléviseur encastré dans le mur et de la vraie fourrure sur le lit. Il y a peut-être même des cornes d'animaux fixées au mur.

— Avery, fait-il en tenant toujours la veste comme si c'était un objet particulièrement précieux.

Je cligne des yeux pour ne pas m'endormir tout de suite.

— Oui ?

— Fais attention. Je suis plus dangereux que tu ne le penses.

Cette prise de conscience, même infime, s'insinue en moi, accompagnée d'une impression de froid. Je frissonne sous l'épaisse couverture. Je peux sentir à quel point il est dangereux, mais le savoir ne m'aide pas. Je suis piégée ici. Je lui appartiens.

— Est-ce que vous avez fait du mal à mon père ?

— Il méritait tout ce que je lui ai fait.

Mes poings se serrent sous les draps.

— Pourquoi me dites-vous ça ?

— Parce que je ne veux pas que tu meures non plus.

Il me dévisage encore un instant avant de se retourner pour quitter la pièce. Il éteint les lumières et mon esprit est cerné par une chape de brouillard. Je sais que c'est important, qu'il m'a dit quelque chose d'important, mais la gnôle a fait de la bouillie avec mon cerveau. Le sommeil qui fond sur moi est d'un noir d'encre, épais. Il m'engloutit tout entière.

Fais attention, m'a-t-il prévenue.

Mais, alors que la fatigue m'emporte, je ne me souviens pas pourquoi il a dit ça.

CHAPITRE DIX-SEPT

Au matin, je me réveille avec le pire mal de tête de tous les temps. Les jambes tremblantes, je glisse mes pieds sur le tapis moelleux, uniquement vêtue d'un *string* en dentelle blanche, ce qui m'assure que rien ne s'est passé hier. Je n'ai pas assez d'énergie pour essayer de me couvrir, cela dit, et de toute façon, je suis seule dans la chambre. Oh, Dieu merci, une brosse à dents neuve est posée sur le lavabo. Après m'être brossé les dents et lavé le visage, j'ai l'air un poil plus humain. Assez pour me permettre de jeter un coup d'œil dans la chambre. Toujours vide.

Quelque chose de blanc sur la commode attire mon attention. J'y trouve une note sur laquelle est griffonné le numéro de téléphone de l'entreprise qui s'occupe d'envoyer des infirmières au chevet de mon père. Je reconnais le nom de l'un des cabinets privés haut de gamme, car je les ai appelés quand je cherchais encore à embaucher quelqu'un.

Je n'avais pas les moyens de m'acquitter de leurs tarifs.

Sur la chaise à côté de la commode, on a déposé mon

sac à main. Je farfouille à l'intérieur et y trouve mon téléphone. Tout d'abord, je compose le numéro en question. Dès que je leur communique mon nom, ils me transfèrent à un certain monsieur Stewart, le directeur de l'établissement. Je n'avais jamais réussi à avoir quelqu'un d'autre que la réceptionniste, avant.

— Nos meilleures infirmières s'occupent de lui, m'assure-t-il. Plus de trente ans d'expérience à elles deux, d'excellentes références. Et capables de la plus grande discrétion, bien sûr.

— Merci, dis-je d'une voix émue.

— Elles sont en contact direct avec son médecin... et je vous confirme que nous avons bien reçu votre formulaire de consentement. Pour que nous puissions vous garantir qu'il reçoive les meilleurs soins durant la durée de votre séjour.

Un séjour ? Serait-ce un nouveau terme pour parler de prostitution ?

Monsieur Stewart me donne son numéro de téléphone personnel et me garantit que je peux l'appeler à toute heure du jour ou de la nuit si j'ai besoin de m'assurer que mon père va bien. C'est un niveau de dévouement scandaleux, même pour les tarifs qu'ils m'avaient transmis. Je suis certaine que Gabriel paie bien plus pour que le directeur se mette en quatre comme ça. Ou peut-être que c'est son nom sur le chèque qui pousse à un tel respect.

Une sensation de malaise me retourne l'estomac. Je devrais être contente que mon père soit pris en charge ainsi. Il est clair que ces infirmières seront en mesure de lui fournir de meilleurs soins que moi. Seulement, je ne peux pas m'empêcher de penser que je suis en quelque sorte redevable à Gabriel Miller. Et comme mon père me l'a appris, c'est un statut terrifiant.

Je retrouve la plupart de mes vêtements dans la penderie, parfaitement alignés. Mon Dieu, est-ce que j'ai beaucoup dormi ? Cette gnôle, c'est de la folie. Et son père l'a distillée lui-même ? Je m'imagine une baignoire pleine d'alcool, mais je stoppe mes pensées tout de suite, vu que je suis dans la vaste salle de bains en marbre de Gabriel.

L'eau bouillante me rougit la peau. Je ne me souviens pas de grand-chose d'hier. J'ai appelé Justin. Je me souviens de m'être allongée sur le tapis au rez-de-chaussée, mais je ne sais pas pourquoi. Je palpe mon entrejambe, pourtant, je ne sens rien. Je sentirais sûrement quelque chose s'il m'avait pris ma virginité, n'est-ce pas ? Comme une nouvelle texture ou une certaine douleur ? Pourtant, ce n'est qu'à la tête que j'ai mal.

Je reste sous la large pomme de douche de longues minutes, laissant l'eau faire disparaître les dernières traces de ma gueule de bois. Ensuite, j'enfile un jean et un t-shirt, car si Gabriel veut une tenue *sexy*, il devra me la fournir lui-même.

Je ne le trouve toutefois pas au rez-de-chaussée. À la place, je croise une femme bien en chair qui sifflote en pétrissant de la pâte. Elle sourit quand elle me voit, les joues d'un rose éclatant. Je ne suis pas certaine d'avoir déjà vu des taches de couleur aussi parfaitement rondes sur le visage de quelqu'un avant aujourd'hui. Ses bras sont couverts de farine.

— Bonjour, mademoiselle Avery. Est-ce que vous avez faim ?

Dès qu'elle pose la question, mon estomac gronde. Je ne suis pas tout à fait sûre que ce soit une bonne idée d'avaler quoi que ce soit. Cette gnôle continue de s'attaquer à mon corps, menace de me donner la nausée.

— Peut-être un peu.

— Je peux vous cuisiner quelque chose. Des œufs. Des gaufres.

Je pose mes mains sur mon ventre.

— Je ne sais pas trop.

Elle me lance un sourire compatissant.

— Il y a des *corn-flakes* dans le garde-manger.

J'écarquille les yeux, car j'adore les *corn-flakes*. Ce sont les céréales les plus basiques et les plus courantes qui soient, mais elles me rappellent les dimanches matin que je passais avec mon père. Notre gouvernante ne travaillait pas le dimanche, alors nous fouillions dans le garde-manger et regardions des dessins animés. Il était au téléphone la moitié du temps, mais je m'en fichais.

Comment Gabriel Miller a-t-il su que j'aimais les *corn-flakes* ?

Comment a-t-il obtenu le double de chez moi qu'il a transmis à l'infirmière ?

Comment a-t-il pu signer un formulaire d'autorisation en mon nom pour le cabinet privé de soins infirmiers ?

Il a enfreint la loi de cent façons différentes et ça, en moins de vingt-quatre heures. Sauf qu'il l'a fait pour m'aider. Absolument tout ça, il l'a fait uniquement pour m'aider. Je suis de plus en plus perplexe.

Avant la vente aux enchères, il m'a prévenue que celui qui m'achèterait embaucherait lui-même une infirmière afin de pouvoir me garder auprès de lui nuit et jour. Que l'homme en question serait assez riche pour que ça n'ait aucune importance pour lui.

Les *corn-flakes* ne coûtent pas grand-chose. Ça ne lui donne pas le loisir de me garder plus longtemps auprès de lui, mais c'est une généreuse attention. Gentille, même. Et ça me touche plus que je veux bien l'admettre.

Sans un mot, je me rends dans le garde-manger et trouve un paquet de *corn-flakes* tout neuf. Je verse du lait sur les céréales. Mon bol à la main, je m'assois à une table rustique en bois dense.

Je ferme les yeux de plaisir à la première cuillerée.

— Madame Burchett, se présente cette dernière avec

joie. Je suis là pour vous rendre n'importe quel service, alors si vous avez besoin de quoi que ce soit, n'hésitez pas à m'appeler.

Elle a un léger accent dont je n'arrive pas à identifier l'origine.

— Depuis combien de temps est-ce que vous travaillez pour monsieur Miller ?

— Oh, assez longtemps pour savoir qu'il n'aimerait pas que je réponde à certaines questions.

Je prends une autre cuillerée. Elle a sans doute raison.

— Où est-il ?

Elle se met à étaler la pâte dans un moule à tarte en céramique.

— Il a dû sortir. Pour le travail.

Je ressens une impression de vide au creux de l'estomac. Je suis tellement habituée à avoir peur, à la douleur qui m'accompagne depuis que papa a été condamné que je ne sais pas de quel sentiment il s'agit.

La déception. Le problème, c'est que ça n'a aucun sens. Je ne veux pas passer du temps avec Gabriel Miller. Je ne veux pas qu'il me prenne ma virginité. Mon souvenir d'hier est flou, mais je pense que j'aurais des traces sur le corps s'il m'avait faite sienne.

Quand j'ai fini mes céréales, je rince mon bol.

— Il y a une télévision pas loin, m'apprend-elle. Vous pourrez y trouver toutes les émissions et tous les films que vous voulez.

— Oh, lâché-je, un peu perplexe à l'idée de regarder la télévision alors que j'ai été achetée pour coucher avec Gabriel.

— Ou vous pourriez aller faire un tour dans la bibliothèque, continue-t-elle en sortant un récipient fermé de ce qui semble être de la garniture pour préparer une tourte au poulet.

J'espère que j'aurai le droit d'en manger, plus tard dans la journée.

Elle m'indique où se trouve la bibliothèque et je longe des couloirs surdimensionnés avant de déboucher dans une salle encore plus grande. J'écarquille les yeux lorsque je me rends compte qu'il y a un deuxième étage, accessible par un escalier en colimaçon. Des petits anges avec des trompettes sont sculptés dans l'acajou à son sommet. Alors qu'en bas, des mains s'extirpent d'un brasier.

D'accord, c'est perturbant.

Ce qui est plus troublant encore, c'est que cette pièce semble faite pour moi. Un feu brûle déjà dans l'âtre, produisant un léger et agréable crépitement. Un traditionnel jeu d'échecs en bois étincelant est placé au milieu d'une table.

Sur la table à côté de la cheminée se trouve une pile de livres : *Contes méditerranéens*, *Le mythe d'Homère dévoilé*. Imaginer que Gabriel passe ses soirées à lire sur la mythologie grecque, c'est trop pour moi. Ces livres me sont destinés.

— Prête à jouer ? s'enquiert-il à voix basse.

Je fais volte-face, laissant tomber le livre que j'ai en mains. Les *Contes méditerranéen*s s'ouvrent en deux, distendant la reliure. Je le ramasse avant qu'elle ne s'abîme vraiment, puis serre le grand volume contre ma poitrine.

— Jouer ?

Il sort de derrière l'escalier en colimaçon. Est-ce qu'il m'attendait, caché là-bas ?

— Aux échecs.

Que feriez-vous avec elle ? a demandé Damon.

Jouer aux échecs, a répondu Gabriel pour m'humilier.

— Non, merci.

— Est-ce que tu penses vraiment pouvoir me dire non ?

L'envie de le défier embrase mes veines. Mon esprit, mon âme. C'est ça, mon moyen de pression. Je me rappelle les paroles de Candy et je n'ai pas du tout l'intention de lui offrir l'un des deux.

— Vous avez acheté mon corps, c'est tout.

— Je t'ai achetée tout entière.

— Vous pouvez me demander de me mouvoir de pièce en pièce. C'est ça que vous désirez ?

Une automate vide et sans cerveau. C'est tout ce que je lui donnerai, un être aussi quelconque que l'un des pions disposés sur l'échiquier. Les échecs sont le jeu que mon père m'a appris, le jeu auquel je jouais avec lui chaque semaine. Et l'homme qui se tient devant moi l'a anéanti. Ce serait trahir mon père que de faire une partie avec Gabriel.

Il observe le plateau avec une pointe de regret dans le regard.

— Je te laisse donc à ta lecture. J'ai du travail.

— Bien, dis-je péniblement, la gorge nouée.

Je suis un peu terrifiée par tout ce que Gabriel sait sur moi. Justin m'a offert un bracelet Tennis pour notre dernier anniversaire, étincelant et impersonnel. Me laisser lire ces livres est officiellement la chose la plus adorable que l'on ait jamais faite pour moi. Et c'est l'homme que je déteste le plus au monde qui en est l'auteur.

Je suis effrayée, mais pas assez pour quitter la pièce. Je m'assieds et commence à lire.

CHAPITRE DIX-HUIT

Je parviens a me distraire tout le reste de la matinée en me plongeant dans la poésie brutale de l'*Iliade*. Ça parle de guerre et de famine, mais ça me semble si loin derrière nous ! J'arrive à me perdre dans ces contrées exotiques. Quand je me redresse enfin, j'ai le dos raide. Je me trouve un espace libre sur un tapis dans le coin de la pièce, près de l'escalier en colimaçon, et effectue de mémoire des poses de yoga. Je porte mon jean préféré, confortable et doux, mais qui limite quand même mes mouvements. Je réussis cependant à recentrer mon esprit grâce à des poses simples.

Je me sens presque apaisée, vu les circonstances. Madame Burchett m'apporte le déjeuner sur un plateau argenté : une large part de tourte au poulet, agréablement feuilletée à l'extérieur, dont la garniture bouillonne encore.

Ce n'est que pendant l'après-midi que, fébrile, je commence à chercher des ouvrages sur le Minotaure.

Tout mythe a une part de réalité, c'est pourquoi étudier l'histoire antique est si important. L'archéologie peut révéler certains secrets. Les mythes ne murmurent que les informations qu'il nous manque. Ainsi, ils offrent une grande marge d'erreur et une montagne de choses à découvrir.

D'anciennes dettes. Des guerres. Et même des sacrifices humains. Tous ces éléments en sont les racines.

Le Labyrinthe était très probablement le palais de Knossos, une merveille architecturale complexe qui s'étendait sur plus de vingt-quatre mille mètres carrés et se dressait sur quatre étages. Ces mille pièces ont probablement donné à certains visiteurs une impression labyrinthique.

Il existe de nombreuses preuves de sacrifices humains faits en Crète, un côté sinistre de la mythologie ancienne sur lequel je préfère ne pas m'attarder. Surtout à la lumière de ma situation actuelle.

C'est le Minotaure lui-même qui me fascine.

L'enfant de Pasiphaé, la femme de Minos, est tombée amoureuse d'un magnifique taureau blanc. De leur union est né un fils. Un monstre dans tous les sens du terme, le Minotaure fut banni dans le Labyrinthe et se nourrissait uniquement d'offrandes sacrificielles. Le monstre était-il une personnalité historique violente, déformée par le prisme de la superstition et de la poésie ? Ou représenterait-il le côté obscur du roi Minos lui-même, cet enfant bâtard né de la jalousie et de la cupidité ?

Alors que le feu s'éteint derrière moi et que je suis

toujours blottie dans l'immense fauteuil, ces questions continuent de me tourmenter. Serait-ce un claquement de porte qui résonne derrière moi ? Un coup de vent balaie l'air de la pièce. Les flammèches qui dévoraient encore la bûche s'évanouissent, me laissant dans l'obscurité.

Le livre glisse de mes genoux, tombant sur le tapis avec un bruit sourd.

Je me lève et pivote pour faire face à la porte.

— Qui est là ?

— Bonsoir, m'accueille Gabriel en se rapprochant.

Je ne sais pas quand j'ai commencé à m'y habituer, mais j'arrive à reconnaître sa voix basse même sans le voir. J'aperçois ses larges épaules dans la pénombre. Il balance sa veste sur le fauteuil dans lequel j'étais assise et je hume son odeur épicée et masculine.

— Qu'est-ce que vous faites ?

— Ce que j'aurais dû faire hier soir. Goûter à… comment t'a-t-il appelée, déjà ? Une pêche mûre à souhait ?

Je fais un pas en arrière, mais il y a une cheminée dans mon dos. Où reposent les dernières braises encore brûlantes du feu.

— Maintenant ?

— Je crois que parler de cerise aurait été une meilleure analogie, n'est-ce pas ?

Arrivée au bout de la pièce, je fais un pas de côté

pour commencer à décrire un cercle autour de lui, essayant de toujours maintenir une certaine distance entre nous. Il ne semble pas perturbé par le fait que je batte en retraite. Il ne ralentit pas du tout.

— Attendez, lancé-je, car j'ai besoin m'y préparer.

Je sais qu'il n'avait pas à m'offrir de répit hier. Ce n'est pas un sursis que j'ai gagné, c'est une nuit que je lui dois. J'ai une dette envers lui, mais ça ne veut pas dire que je sois capable de la lui rembourser.

— Attendez un peu.

Il éclate de rire.

— Ça fait presque vingt-quatre heures et je ne t'ai pas touchée.

— Vous désirez que je reste vierge, dis-je avec une voix désespérée.

Je cherche n'importe quoi pour le retenir. Je suis presque dans un coin de la pièce, maintenant, sur le tapis moelleux aux riches nuances orange sur lequel j'ai fait du yoga un peu plus tôt.

— Je n'ai pas dit que j'allais te pénétrer, précise-t-il sur un ton sombre empli de terribles promesses. Je veux te goûter.

Il est trop tard pour m'enfuir. Pour supplier. Il est juste devant moi et je suis dos à l'escalier, dont l'une des marches de bois s'enfonce dans mon mollet. Je peux le voir, le sentir ; mais le pire, c'est que je *sens* son *aura* presque surnaturelle, cette présence qui me pétrifie plus efficacement que des chaînes.

— Me goûter… où ça ?

Il pose le bout de son doigt sur mes lèvres.

— Je vais commencer par là.

Ensuite, ses lèvres sont sur les miennes, chaudes, douces et intrusives. Je me sens impuissante face à son insistance, j'ouvre la bouche ; un soupir de consentement s'échappe de mes lèvres pour s'infiltrer entre les siennes. Je sais que je ne peux pas me soustraire à ce qui va se passer, c'est presque une fatalité, mais je ne souffre pas de ce baiser. C'est presque plaisant, sa langue qui glisse sur la mienne, ses dents qui attrapent ma lèvre inférieure en guise d'avertissement carnassier.

Ses mains prennent mon visage en coupe, mon cou. Mes seins.

— Puis là, me prévient-il d'une voix plus rauque.

Seigneur, ma poitrine ! Je me recule vivement, mais l'escalier me bloque la route. Il attrape ma chemise et tire dessus, révélant mes seins. Ensuite, il se débarrasse de mon soutien-gorge. La façon dont il me déshabille n'a rien de cérémonieux. Il ne m'effeuille pas, il me possède. Il palpe mes seins, estimant leur poids.

— Ils sont plus petits qu'ils en avaient l'air, lance-t-il.

Je sens que la peau de ma poitrine rougit.

Je veux oublier ce moment où je me trouvais sur cette estrade, observée par tous ces hommes, mais je sais que je n'y arriverai jamais. Ce souvenir est gravé dans mon cerveau : le jugement et le désir, la honte et la soumission.

— C'est vous qui avez décidé d'enchérir.

Je sais, on dirait que je suis sur la défensive.

— Je ne me plains pas, murmure-t-il en pressant mon téton entre son pouce et son index. Tu es superbe, putain !

Ce compliment inattendu me fait cligner des yeux. Puis sa bouche recouvre mon mamelon, apaisant la brûlure d'une caresse chaude qui me semble sans fin. Il me donne des coups de langue, d'avant en arrière, d'arrière en avant et je gémis malgré moi, stupéfaite. Je tends le bras pour attraper la première chose qui me tombe sous la main – la sculpture de flammes, avec cette main qui semble s'élever des profondeurs de l'enfer. Je brûle de l'intérieur.

Il trace un chemin de baisers humides sur ma poitrine, j'ai l'impression qu'il me marque. Comme s'il cartographiait chaque partie de mon corps, me possédait. Et s'il couvre chaque centimètre carré de mon corps ? Quelle partie me restera-t-il ?

Ses lèvres chaudes se referment autour de mon autre téton. Je ferme les yeux.

— Oh mon Dieu ! chuchoté-je.

— C'est ça, murmure-t-il contre ma peau.

Sa bouche me chatouille sensuellement lorsqu'il parle, c'en est presque insupportable.

— Laisse-toi aller.

C'est une *idée* – qui me donne l'impression de me sacrifier. De me refuser à éprouver du plaisir. Pourquoi pense-t-il que je ne m'autoriserais pas à me laisser aller ? Tout à coup, l'excitation voyage de mes mamelons jusqu'à mon sexe. Et alors, j'oublie tout, excepté son corps au-dessus du mien, tandis que sa voix rauque me promet bien plus.

— Les coudes sur l'escalier, ordonne-t-il.

Je peux lui obéir sans réfléchir. Ça me soulage et me fait honte tout à la fois.

Cette position fait ressortir mes seins. Je suis vulnérable comme ça, devenue cette statue de chair qu'il peut toucher, lécher et suçoter. Qu'il peut mordre, comme lorsqu'il me pince le téton avec les dents avec un grognement menaçant.

— Non, gémis-je. S'il vous plaît.

Son rire démoniaque flotte autour de moi, aussi enivrant et piquant que la gnôle d'hier. Je suis grisée par ce qu'il me fait, prisonnière de son désir.

Puis il place ses mains sur mon entrejambe et y applique une légère pression.

— Et enfin, là.

Je secoue la tête, parce que là, c'est différent. Embrasser ma bouche, mes seins, c'est une chose. Ce qu'il exige maintenant est trop intime et je m'y oppose. Il tire sur mon jean tandis que je gigote pour m'éloigner de lui. Il place ses jambes de chaque côté de mon corps, le bloquant contre l'escalier.

Je protège mon entrejambe de mes mains.

— Non, non. Pas là.

— Les coudes, réplique-t-il. Sur l'escalier.

J'essaie de couvrir ma nudité pendant deux longues secondes durant lesquelles je n'arrive plus à respirer, tremblante d'appréhension. Seulement, je suis coincée entre de l'acajou sculpté et des muscles puissants. Ai-je vraiment le choix ? Je replace mes coudes sur l'escalier et ma poitrine s'élève jusqu'à son visage. Mes joues rougissent sous le coup de l'humiliation.

— Oui, monsieur, me rappelle-t-il d'une voix douce.

— Oui, monsieur, chuchoté-je.

Lorsqu'il déboutonne mon jean et en descend la fermeture éclair, ses gestes sont précis et rapides. Il retire mon pantalon en tirant plusieurs fois dessus avant de le balancer sur le côté. La culotte suit le même chemin. Peut-être que tout ça n'a aucune importance. Il m'a déjà vue nue et la pièce est plongée dans la pénombre. Seules les braises étincellent de temps en temps dans la cheminée.

Pourtant, je ne peux m'empêcher de trembler. Je suis si vulnérable dans cette position, lorsqu'il me donne des ordres. Sa seule volonté m'a mise à nue. C'est ça, être possédée par quelqu'un d'autre.

Il m'écarte les jambes. Très largement, pour pouvoir

me toucher, me voir. Il pousse sur mes jambes jusqu'à ce qu'elles touchent le bord des marches de l'escalier. Je suis totalement exposée à son regard, les cuisses largement ouvertes pour lui permettre de m'observer tout à loisir.

Du bout des doigts, il frôle cette fente… celle qui lui a coûté un million de dollars. Jamais rien n'est entré en moi. Aucun homme. Aucun doigt. Pas même un *sex-toy*. Il ne s'y attarde pas, remonte un peu plus haut.

— Est-ce que tu t'es touchée ? murmure-t-il.

Je me détourne, et mon regard tombe sur les flammes noires de la sculpture.

— Oui.

— Comme ça ? me demande-t-il en me pinçant le clitoris du pouce et de l'index.

Exactement comme il a titillé mon téton. Au début, c'est désagréable, presque douloureux, jusqu'à ce que le plaisir prenne le dessus.

C'est difficile de parler quand il me fait ça.

— Pas comme… en faisant des cercles.

Il trace un cercle autour de mon clitoris et mon entrejambe tressaute contre sa main.

— Gabriel, chuchoté-je.

— Juste ici, dit-il sur un ton aussi sombre que la pièce.

— Je vais goûter cette partie de ton corps, sentir ton clitoris contre ma langue, te baiser avec ma bouche jusqu'à ce que tu pleures de plaisir. Est-ce que tu es prête, ma petite vierge ?

Je sais ce que je dois répondre, pas seulement parce que c'est ce qu'il a envie d'entendre, mais parce que je veux qu'il me fasse toutes ces choses. *Je veux vivre.*

— Oui, monsieur.

Il penche la tête.

Le premier contact de ses lèvres contre mon clitoris me fait sursauter. Seules ses larges mains ancrées à mes hanches réussissent à me maintenir sur place tandis qu'il me dévore le sexe. Il plonge plus bas, donne de longs coups de langue contre ma vulve et mes orteils se crispent contre le bois.

— Tu n'as pas goût de pêche, lance-t-il en cessant ses caresses. Tu as le goût de quelque chose de vital, comme si j'étais en train de mourir et qu'il ne restait qu'une source d'eau dans le monde : toi. Tu as le goût d'air pur, putain !

Il repose ses lèvres sur mon sexe et je ne peux pas m'empêcher de pousser un cri strident. Mon Dieu, qu'est-il en train de me faire ? Je m'étais dit qu'il me voudrait sans doute pour lui ce soir – que nous dînerions ensemble, que nous partagerions un semblant de rendez-vous amoureux. Que peut-être il se glisserait dans ma chambre. Je ne m'attendais pas à être prise dans la bibliothèque, à écarter les cuisses, allongée sur les marches d'un escalier sculpté à la main.

Chacun de ses coups de langue m'entraîne un peu

plus vers le septième ciel, fait monter la pression en moi, jusqu'à ce que je tressaille encore et encore contre sa bouche. Je lâche des petits grognements, qui se mêlent au besoin animal qui flotte dans l'air. Je suis au bord du gouffre, sauf que quelque chose me retient ; je ne comprends pas ce que c'est, je suis incapable de mettre un nom dessus. J'ai déjà eu un orgasme, avec moi-même, mais tout ça, c'est complètement différent – c'est comme une créature étrange et incontrôlable.

Je m'approche toujours plus de ce point de non-retour et pousse un gémissement aigu. Gabriel ralentit le rythme de ses coups de langue, glissant jusqu'à ma vulve et remontant à nouveau. Je lui agrippe les cheveux, l'attirant à l'endroit dont j'ai besoin qu'il s'occupe.

— S'il te plaît.

Cette intimité brise la barrière du vouvoiement.

— Est-ce que je vais devoir t'attacher ? me demande-t-il d'une voix rauque sans se formaliser de cette familiarité. J'aimerais beaucoup le faire, ma petite vierge. Souviens-toi de ce que j'ai dit à propos de ce qu'il se passerait si tu tentais de t'opposer à moi.

— Que tu aimerais bien trop ça, murmuré-je en reposant mes coudes sur l'escalier.

— Mhmm. Pour le reste, tu vas devoir attendre. Attendre que j'aie fini.

Je gémis parce que je suis là, au bord du précipice, à deux doigts de chuter. Je n'ai besoin que de quelques coups de langue supplémentaires. Sa merveilleuse langue. Je vais exploser. J'en suis certaine.

Il se met à genoux et retire ses vêtements. Il est tout aussi efficace, aussi peu cérémonieux que lorsqu'il s'est débarrassé des miens. Ce n'est rien d'autre qu'un obstacle sur sa route, dont il doit se défaire rapidement. Ensuite, il se tient là, telle la plus belle des statues, avec une assurance aussi désinvolte que celle du David de Michel-Ange. Contrairement à David, cependant, ses parties intimes sont plutôt très saillantes.

Il enroule ses doigts autour de son pénis.

— Est-ce que tu déjà sucé une queue ?

Je secoue la tête.

— Non, monsieur.

— Et touché une ?

— Non.

De l'autre main, il m'attrape par les cheveux et incline mon visage vers le haut.

— Et en as-tu déjà vu une, ma petite vierge ?

J'écarquille les yeux tout en luttant contre sa poigne. Il resserre sa prise jusqu'à me faire couiner.

— Non, monsieur. Jamais.

— Tu vas goûter la mienne ce soir, compris ?

Il pose un genou près de mon coude, sur la même marche. Il se penche, le bout de son pénis à quelques centimètres de mes lèvres. Il s'arrête là et attend. Pourquoi donc ? Je me rends alors compte qu'il souhaite que je réduise moi-même la distance qui nous sépare. Il veut que je prenne le contrôle ainsi – alors je m'exécute, m'avançant afin de déposer un chaste baiser sur son gland tout lisse.

J'entends son souffle se prendre dans sa gorge.

— Plus loin, ma petite vierge.

Je le caresse de ma langue, comme j'ai eu l'impression qu'il le faisait sur mon clitoris.

Il laisse échapper un gémissement rauque.

— Tu veux me tuer, hein ?

Je sens un fluide dans ma bouche. Un fluide épais et salé.

— Tu as un goût de mer.

— Putain ! marmonne-t-il en s'agrippant à mes cheveux.

Cette fois, il n'attend pas que je vienne jusqu'à lui. Au contraire, il me tient immobile d'une poigne ferme et avance les hanches, pressant sa queue contre ma bouche. Il passe la barrière de mes lèvres, le bout de ma langue, jusqu'à emplir ma bouche de son sexe. C'est presque intenable.

— Ça va ? s'enquiert-il d'une voix sombre.

Je le regarde et hoche la tête, la bouche toujours pleine.

Puis il s'enfonce en moi, plus que je ne le croyais possible. Le bout lisse de son pénis me pénètre la gorge et je sens mes yeux se remplir de larmes. Mon corps se débat contre cette présence étrangère, essaie de l'éjecter de cet endroit où il ne devrait pas se trouver. Gabriel se retire de lui-même avant de s'introduire à nouveau en moi.

J'avais l'impression d'être envahie par ses lèvres, mais ça, c'est bien au-delà. Je suis coincée contre les escaliers par son épaisse queue, obligée de le goûter, de respirer sa chair. Lorsqu'il recule, son gland glisse sur ma langue et un petit jet de fluide m'atterrit dans la bouche. Je le fais jouer sur ma langue comme si c'était du bon vin, comme si je pouvais sentir de quoi il est fait grâce au goût de son sexe. Il est aussi complexe que lui, aussi insondable et amer.

Il me pénètre avant que je puisse finir d'avaler et, lorsque je déglutis, je sens son pénis bien au fond de ma gorge. Il lâche un gémissement de plaisir.

— Je veux m'enfoncer totalement en toi, marmonne-t-il comme s'il hésitait.

N'est-il pas déjà complètement en moi ? Seigneur, il me transpercerait la poitrine ! J'émets un murmure de panique étouffé, en essayant de secouer la tête malgré sa queue toute dure qui m'empêche de bouger.

Il éclate d'un rire inégal.

— Je vais y aller doucement avec toi.

Si ça, c'est y aller doucement, je ne peux même pas imaginer ce que signifierait y aller durement.

Ses hanches empruntent une cadence régulière, la

même que celle avec laquelle il m'a titillé le clitoris. Il s'enfonce en moi suffisamment profondément pour atteindre ma gorge, avant de se retirer à nouveau. Je me perds dans ce rythme stable, comme un navire qui file au gré des vagues. Je n'essaie pas de le dominer, de m'opposer à lui. La seule chose je puisse faire, c'est de suivre le mouvement. Je me laisse ballotter d'avant en arrière. Je le laisse m'utiliser.

Il accélère, le souffle coupé. L'entendre éprouver tant de plaisir produit quelque chose en moi et je sens mes muscles internes se contracter. C'est étrange qu'il puisse encore avoir de l'effet sur mon entrejambe alors qu'il s'attaque à ma bouche.

D'abord, il pousse un rugissement rauque, presque un grognement. Qui se termine par un grondement féroce qui résonne dans toute la bibliothèque. Je suis presque ivre de lui, la bouche toujours ouverte, prête à ce qu'il m'envahisse à nouveau. J'attends ce qui doit venir après – encore plus de ce liquide salé.

Pourtant, il se retire. Je n'ai qu'un instant pour me rendre compte que ma bouche est vide, de la douleur dans ma mâchoire, avant de sentir le jet chaud de sa jouissance sur ma poitrine. Il tombe sur mes seins, mes tétons. Un grand arc de cercle de sperme me barre le cou.

Du bout des doigts, il étend le fluide sur ma peau, comme s'il me passait de la pommade. Je me sens marquée à jamais. Sienne. Ma peau se contracte tandis qu'il y étale son sperme. *Je suis à lui.*

Son autre main descend jusqu'à mon clitoris et le pince fort. Un brasier s'empare de moi, ses flammes me lèchent la peau. Je tressaute contre sa main, en émettant des gémissements incohérents, en le suppliant. C'est trop pour moi, trop intense. Trop merveilleux. Il ne montre aucune pitié tandis qu'il caresse mon clitoris avec une violence qui me précipite au fond du gouffre. Je me tortille et tremble encore et encore sous la force de l'orgasme, jusqu'à ce que mes muscles me fassent mal et que ma bouche s'ouvre dans un cri silencieux.

CHAPITRE DIX-NEUF

Gabriel me porte à l'étage. Je suis blottie dans ses bras comme si j'étais quelque chose de spécial. Pourtant, je sais que je ne suis ici que parce qu'il a dépensé un million de dollars. Je sais qu'il s'est empêché de pénétrer mon vagin uniquement pour que je reste vierge. D'une certaine manière, je me sens toujours en sécurité dans ses bras, comme si, par la force pure et dure de son esprit, il pouvait me protéger de la vérité. Nous sommes comme enveloppés dans une pâle bulle de douceur, seuls au monde cependant qu'il me fait couler un bain et m'aide à glisser dans l'eau. Quand j'attrape le savon, il pose mes mains sur le bord incurvé de la baignoire. Il me savonne du bout de ses doigts épais et de ses paumes calleuses. Il me nettoie entièrement, apaisant la peau à vif de mes mamelons, glissant entre les replis lisses de mon sexe. Mes paupières sont lourdes. Je suis toujours perdue dans cet endroit où il m'a envoyée quand j'ai atteint le septième ciel, un lieu fait de plaisir et de paix.

Quand il a fini, il m'aide à sortir de la baignoire. Il me sèche avec une épaisse serviette blanche pendant que je m'observe dans le miroir. Combien de fois est-ce que j'ai pris ma douche ? Combien de fois les pointes humides de mes cheveux ont-elles bouclé ainsi contre ma peau mouillée ? Des centaines, des milliers de fois et, pourtant, j'ai l'air différente. Je suis toujours vierge – si j'en crois sa définition. Je suis quand même changée. Maintenant, je me sens femme.

Quand il m'allonge sur les draps lavande tout propres, j'enfonce mon visage dans l'oreiller et ferme les yeux. Je m'attends à ce qu'il s'en aille, comme hier.

Le matelas se creuse. Il se place derrière moi, enroule un bras au niveau de ma taille et emmêle nos jambes. Il tire la lourde couverture sur nous et je ne peux pas m'empêcher de pousser un soupir de reconnaissance.

— Dors, m'intime-t-il à voix basse.

À la manière dont il le dit, je comprends qu'il ne va pas faire de même. Alors, pourquoi reste-t-il là ? Pourquoi me prend-il dans ses bras ? Ça ne fait pas partie de l'arrangement. Ça ne ressemble pas à de la vengeance. Plus encore, il resserre son bras autour de moi, le visage enfoui dans mes cheveux à moitié humides.

— Merci, chuchoté-je.

Il se raidit dans mon dos.

— Pourquoi ?

— Je n'ai pas eu mal.

Plus encore, c'était incroyable. Comme si je retrouvais mon âme. Après avoir passé des mois à regarder mon monde s'écrouler autour de moi, il m'a réparée. Ne serait-ce que pour quelques minutes.

— Seigneur ! marmonne-t-il en resserrant puis relâchant sa prise sur mon bras. Tu mérites plus que de ne pas avoir mal. Ne comprends-tu pas ? Tu mérites bien plus que ça.

Je ne suis pas sûre que je méritais d'être vendue comme du bétail, mais je ne méritais pas non plus tous mes vêtements de marque, ni de fréquenter les meilleures écoles de l'État. La vie n'est pas une question de mérite, mais de faire au mieux avec ce que l'on a. Et ce que j'ai, là, c'est un homme puissant au corps chaud qui me tient dans ses bras.

— Alors, libère-moi.

Il émet un petit rire.

— Je n'ai jamais prétendu être quelqu'un de sensé.

Certes. Et puis, tout cet argent va me permettre d'économiser suffisamment pour conserver la maison de mon père et payer ses soins médicaux le mois prochain. Peut-être même pourrai-je retourner à l'université. Est-ce qu'il a pensé à tout ça lorsqu'il a enchéri dans cette salle ? Ou bien ne se préoccupait-il que de remporter le gros lot ? Je ne suis pas certaine que ce soit important, mais que seul compte le résultat de cette vente.

Je me blottis plus encore dans ses bras.

— Que faisait ton père ? À part distiller de la gnôle ?

— Ce tord-boyaux ? Je n'arrive pas à croire que tu aies bu ce truc.

Le rouge me monte aux joues quand la sensation intense de l'ivresse se rappelle à moi.

— Je suis presque sûre que c'était de l'alcool pur.

— Ce qui est certain, c'est que c'était imprudent, marmonne-t-il. Tu ne dois pas abaisser tes défenses avec quelqu'un comme moi. Ça signifie rester sobre, par exemple. Dormir avec un couteau sous ton oreiller ne sera pas de trop non plus.

Je me souviens de l'avertissement de Candy. *Ton esprit. Ton âme. C'est ça, ton moyen de pression.*

Bien sûr, j'ai oublié de lui demander… un moyen de pression contre quoi, au juste ? Peut-être qu'elle voulait simplement parler de garder ma santé mentale intacte et ma dignité lors de la vente aux enchères. C'est ça qui m'inquiétait. La honte. L'humiliation. Mais peut-être qu'elle parlait de quelque chose de bien pire. Quelque chose de plus pervers. Du genre rester sur ses gardes. Comme si j'étais en danger.

— Tu m'as mise au lit, lui rappelai-je.

Il tenait l'occasion parfaite de me blesser, hier, quand j'étais impuissante, sans force pour lutter contre lui, mais il ne l'a pas fait.

Il ne dit rien pendant un instant.

— C'était un menteur. Un voleur.

Je cligne des yeux, réalisant qu'il me révèle une vraie information. Une information suffisamment précieuse pour qu'il ne la partage avec personne, en temps normal.

— Tu le détestais.

— Je l'admirais. J'étais vraiment con.

Tous les petits garçons admirent leur père. Les petites filles aussi.

— Tu étais un enfant, dis-je, presque outrée par la manière dont il se juge aussi durement.

Je me rends compte que nous avons un point commun, mais je décide de me sortir cette idée de la tête.

— Il passait son temps à mentir, presque par principe. Il a escroqué toutes les personnes qu'il a rencontrées, histoire d'avoir assez d'argent pour que ma mère puisse avoir sa dose, qu'elle doive la sniffer, la boire ou se l'injecter.

Mon ventre se serre.

— C'était une droguée ?

— Si quelque chose pouvait la rendre dépendante, ça devenait son nouveau jouet préféré.

Je déglutis avec difficulté, contente qu'il ne puisse pas lire la compassion sur mon visage. La mère de Harper est toxicomane, elle aussi. La plupart du temps, ma meilleure amie refusait d'en parler, mais quelquefois, à la faveur de la nuit, dans notre chambre, au collège, elle me parlait en chuchotant de la peur, de l'effroi qu'elle ressentait. De toutes ces fois où elle s'était cachée sous sa couverture tandis que sa mère se déchaînait et cassait tout chez elle.

— Je suis désolée d'avoir bu la dernière gnôle que ton

père ait distillée. Et si ça t'a mis mal à l'aise de me voir dans cet état.

— Je ne la garde pas pour la boire, répond-il d'un air bourru. Je la garde pour me souvenir de lui. Pour me souvenir de ce que je ne dois *pas* devenir.

Un menteur. Un tricheur.

— C'est pour ça que ça te dérange autant que quelqu'un te trahisse.

C'est la raison pour laquelle il a traîné mon père dans la boue. Il ne s'agissait pas seulement de faire de lui un exemple à l'attention des autres membres de la pègre. Il s'agissait de faire un exemple pour lui-même. Pour se défaire de chacune des fois où son propre père lui a menti.

C'est le roi Minos qui envoie son enfant bâtard dans le Labyrinthe. Non pas pour le tuer, mais pour l'y enfermer. Le labyrinthe dans lequel Gabriel erre n'est pas physique, malgré la vacuité du manoir dans lequel il évolue. Ce sont les murs émotionnels qui le poussent à agresser les gens qui s'en approchent trop.

— Tu es tellement à l'opposé de tout ce qu'une droguée représente, je n'ai jamais rencontré quelqu'un comme toi, murmure-t-il.

La chambre semble retenir son souffle en même temps que moi. L'épaisse tête de lit sculptée, les rayures aussi jaunes que les rayons du soleil sur la tapisserie. Tout est suspendu à ses lèvres.

— Qu'est-ce que je suis, alors ?

La certitude dans sa voix lorsqu'il me répond m'arrache un frisson :

— Tu es innocente. Et je vais te détruire.

Comme il l'a fait avec mon père. Sauf qu'il l'a dépouillé de sa richesse, de son pouvoir. Et qu'avec cette vente aux enchères, il me les rend.

En retour, Gabriel Miller va me prendre ma virginité. Ni ce soir ni demain. Il a trente jours pour le faire. Et il croit que ce sera suffisamment terrible pour me détruire. Que ça sera pire que de me retrouver sans le sou, pire que d'être mise au ban de la société. Que tout ce qu'il m'infligera physiquement suffira à me briser.

Tu peux posséder mon corps, pensé-je. *Mais tu n'auras jamais mon cœur.*

CHAPITRE VINGT

Q̲U̲A̲N̲D̲ ̲J̲E̲ ̲M̲E̲ réveille, je suis seule.

Je le sais avant d'ouvrir les yeux, avant de passer ma main sur les draps froids derrière moi. Je le sens dans l'air. Le silence. Une solitude à laquelle je me suis tellement habituée que je la remarquais à peine. Papa a essayé de me faire de la place dans sa vie, mais j'ai quand même passé la plupart de mon temps seule. Après qu'il a été attaqué également ; et aussi après que j'ai dû vendre tous les meubles, au point que c'en était douloureux de vivre dans cette maison vide.

Même à ce moment-là, je ne me suis pas plainte. Ça me permettait de sourire quand papa se réveillait, de me dire que tout irait bien. Peut-être que j'étais devenue une si bonne menteuse que j'étais capable de me mentir à moi-même, jusqu'à me convaincre que ça ne me dérangeait pas plus que ça. Que les choses s'amélioreraient.

J'aurais pu continuer à y croire... et puis il y a eu ces brefs moments où je me suis retrouvée dans les bras de Gabriel Miller, ces brefs et inexplicables moments où il m'a serrée contre lui.

Sans rien de sexuel entre nous. Sans arrière-pensée.

Même l'argent ne nous liait pas, dans ces moments-là. Nous étions deux à nous agripper au même radeau, au milieu de l'océan, sans aucune terre à l'horizon.

Puis il s'est réveillé et il a lâché ce radeau, m'a laissée seule ici.

J'ignore la déception, le sentiment d'abandon et je me lève. Les températures sont retombées ces dernières semaines, mais toute la maison est équipée de plancher chauffant. Je crispe mes orteils froids contre le bois raboté à la main, en quête de chaleur. Toujours en quête de chaleur.

Je ne prends pas la peine de me doucher ou de me coiffer. Je me contente d'enfiler une chemise et un pantalon de yoga, une tenue tout sauf *sexy*. C'est à cause de lui que je suis dans cet état. Et je ressens ce besoin urgent de le voir, pour m'assurer que la nuit dernière n'était pas juste un rêve.

Il est assis à son bureau, comme si c'était une matinée ordinaire. Comme si mon âme n'avait pas refait son apparition la nuit dernière. Comme si ses mains, sa bouche et sa verge n'avaient pas fait de moi une femme.

Il fixe les documents posés sur son bureau, même si je me trouve en face de lui. Les gens comme lui utilisent-ils encore du papier ? Mon père se servait beaucoup de son imprimante – ses yeux abîmés par l'âge n'ont jamais pu s'habituer aux écrans. Sauf que Gabriel est bien plus jeune que lui, assez vif d'esprit pour maîtriser n'importe quelle nouvelle technologie. Ce dossier ressemble à un subterfuge.

— Gabriel.

Il lève brièvement la tête. J'ai à peine le temps d'apercevoir la lueur flamboyante de ses yeux dorés avant qu'il détourne le regard.

— Oui, mademoiselle James ?

Quelque chose en moi se recroqueville, se refroidit. J'ai envie qu'il m'appelle Avery. *J'ai envie qu'il me surnomme* « ma petite vierge » *à nouveau*.

— Tu es parti.

— J'ai du travail à faire.

Au présent. Ça n'explique pas seulement son départ. Il me congédie. Sauf que, que ce soit vêtue d'un pantalon de yoga ou d'une jupe Versace à deux mille dollars, je suis Avery James. Je suis née et ai été élevée pour attirer l'attention. Je n'ai peut-être mérité aucun des privilèges que j'ai eus, mais je ne mérite pas son mépris.

— Peux-tu au moins te donner la peine de me regarder après que je t'ai sucé hier ?

Là, il est attentif. Son regard croise le mien. Il plisse les yeux, même si je suis incapable de dire s'il est mécontent ou non. Non, il a plutôt l'air affamé. Comme un prédateur. Il se lève et je fais un pas en arrière.

— Oui, Avery. J'ai goûté ta jolie chatte vierge. Tu as joui entre mes doigts. Il y a moins de…

Il fait semblant de compter.

— … de douze heures. Est-ce que tu crois que j'ai oublié ?

Je lève plus encore le menton tout en reculant à nouveau.

— Tu agis comme si c'était le cas.

Ses gestes sont lents et gracieux lorsqu'il contourne le bureau.

— J'agis comme un homme qui a eu ce pour quoi il a payé. Excellent service. Tu souhaites que je te laisse un avis sur Yelp ? Cinq étoiles.

Je tressaille.

— Très bien, repousse-moi. Tu as peur de ce qu'il s'est passé.

— Peur ? dit-il comme s'il découvrait ce mot. J'y suis allé doucement pour toi, ma petite vierge. Mais si tu es prête à en supporter davantage, je ne manquerai pas de te faire découvrir toutes les choses effrayantes qui t'attendent.

— Je ne parle pas de sexe, mais de la façon dont tu m'as prise dans tes bras ensuite.

— Tu tremblais, me rappelle-t-il d'une voix presque doucereuse.

— Si tu le dis, rétorqué-je entre mes dents serrées. Il n'y a que du sexe entre nous.

— Non, ma petite vierge. Il n'y a que de l'argent entre nous.

Il tend un bras derrière lui pour récupérer le dossier. Après un dernier regard, il me le remet.

C'est comme s'il m'offrait un serpent lové sur lui-même et que je devais le récupérer. Soit je le prends, soit j'admets que je veux qu'il y ait plus que du sexe entre nous, plus que de l'argent. Bien sûr que non. Pas avec *lui*. Il a détruit mon père. C'est un criminel. Il est l'opposé de tout ce en quoi je crois, mais ç'aurait été agréable qu'il y ait de l'affection entre nous durant les trente jours que je vais devoir passer ici. Vingt-huit jours, maintenant.

J'ouvre le dossier, clignant les yeux devant les petits nombres noir et blanc. Depuis l'agression de mon père, j'ai appris à déchiffrer les comptes épargne et les relevés bancaires. Dieu sait que j'ai même appris à lire un article de loi. Pourtant, je ne suis pas certaine de savoir ce que c'est.

— Un compte en séquestre, précise-t-il. Sur lequel se trouve ton pourcentage de la vente aux enchères.

Mon cœur se serre. Je regarde le relevé comme si j'arrivais à le déchiffrer, mais je ne vois rien. C'est ce que j'ai ressenti quand les juges ont rendu leur verdict au procès, quand j'ai reçu le coup de téléphone des policiers après l'agression de papa. Quand j'ai vendu le magnifique pendentif en argent serti de la pierre de naissance de ma mère. Une émeraude. Papa le lui avait offert le jour de son anniversaire, avant sa mort.

Mes mains sont tellement crispées sur le dossier que je suis surprise de ne pas l'abîmer. Sans trop savoir comment, je parviens à le fermer et à le tenir à bout de bras.

— Merci, lancé-je d'une voix sourde.

Il dit qu'il n'y a que de l'argent entre nous, sauf que c'est un putain de mensonge. Dans l'air autour de nous, je discerne sa rage et son désir de vengeance, l'odeur de la trahison et de la luxure. Je suis peut-être innocente, comme il le prétend, mais je ne suis pas dupe.

— Tu peux disposer, me lance-t-il d'un ton dur. Je t'appellerai quand j'aurai besoin de tes services.

Comme si j'étais une domestique, en quelque sorte. Comme si j'étais une *soubrette,* prête à faire le ménage chaque fois qu'il met le bazar chez lui. Comme si j'étais une soubrette dédiée à sa *verge,* de la simple chair fraîche sur laquelle se soulager.

CHAPITRE VINGT ET UN

Ce n'est pas un problème, me dis-je pour me rassurer. C'est mieux comme ça.

Car si je ne peux pas compter sur mes mensonges, que me reste-t-il ? Gabriel m'a rappelé ce que j'étais pour lui. Une domestique, quelque chose qu'il a acheté. Je peux le tenir à distance, quoi qu'il fasse de mon corps, tant qu'il ne me serre pas contre lui à nouveau comme si j'avais une quelconque valeur pour lui.

Je devrais me concentrer sur papa, de toute façon. C'est pour lui que je fais ça. J'appelle monsieur Stewart, du cabinet de soins infirmiers, en passant par son téléphone personnel. Il m'assure que mon père va très bien, ce qui me paraît être un mensonge qu'il doit me servir jusqu'à avoir des retours de l'infirmière de jour.

— Bonjour, ma citrouille.

La voix de mon père me semble rocailleuse, fatiguée, mais lui-même me paraît parfaitement éveillé.

— Papa ? Est-ce que ça va ?

— Je fais ce qu'il faut pour aller mieux.

Il éclate d'un rire rauque.

— Ils ont de bons médicaments, ici. Et il y a ce kinésithérapeute démoniaque qui vient me voir tous les jours, maintenant. Je lui ai donné tous les noms d'oiseaux possibles, mais j'ai réussi à m'asseoir tout seul hier.

J'en ai le souffle coupé.

— Sérieusement ?

— Ne t'inquiète pas pour moi. Concentre-toi sur tes études.

Mon cœur saigne, car je me rends compte qu'il pense que je suis retournée à l'université.

— Oh ! D'accord.

Quand monsieur Stewart revient, je ne peux empêcher une étrange tristesse de se mêler au ton de ma voix.

— Il a l'air d'aller bien.

— Ça arrive souvent, je peux vous l'assurer, dit-il avec compassion. Les familles veulent toujours s'occuper des leurs, mais c'est un énorme fardeau, un stress constant, d'autant plus sans la formation nécessaire. Notre nutritionniste a travaillé avec un chef indépendant pour élaborer des repas parfaits pour lui. Et le physiothérapeute est notre meilleur atout.

Bizarrement, je me sens encore plus mal, même si je sais que ça n'a aucun sens. Je me tuais à m'assurer que je lui donnais les meilleurs médicaments qui soient, que son intraveineuse était toujours bien à sa place, qu'il se sentait bien où il se trouvait et qu'il restait propre. Et tout ça n'a fait qu'empirer les choses, car je ne savais pas ce que je faisais. Alors que tous ces professionnels savent ce qu'ils font, eux. La seule façon que j'ai de pouvoir m'offrir leurs services, c'est en couchant avec Gabriel Miller.

Ce n'est qu'après avoir raccroché que je vois la série de textos de plus en plus pressants de Harper.

C'est moi. Qu'est-ce qu'il se passe ?

Justin vient de m'appeler. Je crois qu'il a pleuré. Il est bourré comme un coing. APPELLE-MOI.

Est-ce que tu as participé à une vente aux enchères ? Tapez « o » pour oui ou « n » pour non. Des pigeons. Des drapeaux. Une lettre dans une bouteille. J'accepte toutes formes de communication vu cette situation urgente.

Je ne peux m'empêcher de rire en lisant son dernier texto, car il est typique de Harper. Et je ne sais si je dois rire ou pleurer, maintenant que Justin a découvert ce que j'ai fait.

Et apparemment, il n'a pas gardé ça pour lui.

Ma réputation à Tanglewood est ruinée. Évidemment, je l'ai su au moment où j'ai accepté la proposition de Damon Scott. Même si la vente aux enchères reste un immonde petit secret, je ne pourrai plus jamais faire face aux riches des hautes sphères de la ville.

J'espérais cela dit que ce secret ne sortirait pas de ce cercle. Comme une petite explosion coincée sous un dôme métallique dans les dessins animés. Boom ! Tout ce qu'il reste ensuite, ce sont les marques de la déflagration sur le sol, en forme de cercle.

Sauf que si Justin le sait, si Harper le sait, alors, ce cercle s'élargit. Je ne pense pas que Harper passe le mot, mais ce genre d'information se répand comme un feu de forêt. Il suffit de quelques étincelles pour que l'arbre suivant s'embrase.

Elle répond à la première sonnerie.

— Raconte-moi tout en commençant par le début.

Les dettes. Les factures. La vente aux enchères et un million de dollars sur un compte en séquestre. Je lui dis tout, car j'ai plus que tout besoin de conseils.

— Et voilà comment je suis devenue la première prostituée du Smith College.

Elle ricane.

— Tu n'es certainement pas la première, mais je t'en parlerai plus tard. Là tout de suite, tu dois me parler de cet enfoiré de Gabriel Miller. Est-ce qu'il est vieux ? Méchant ? Est-ce qu'il a une dent en or ?

Je souris.

— Pas exactement. En fait, il est…

Je ne sais pas trop comment décrire ses yeux dorés, la manière dont ils peuvent me transpercer même lorsqu'il se tient à l'opposé de la pièce dans laquelle je me trouve. Comment expliquer la façon dont ses larges épaules et ses grandes mains me donnent l'impression d'être fragile ?

— Il est plutôt pas mal. Ce n'est pas ça, le problème.

— Oh oh ! Une épouse en colère ?

— Mon Dieu, tu es si vieux jeu ! Non, il n'est pas

marié.

Du moins, je ne pense pas qu'il le soit.

— C'est l'homme qui a dénoncé mon père. Qui a donné toutes les preuves au procureur général pour qu'il puisse engager des poursuites contre lui.

— Seigneur ! C'est un bon samaritain ?

— Juste une histoire de vengeance. Mon père l'a trahi.

— Dieu merci, dit-elle, l'air soulagé.

— Non, on ne va pas remercier Dieu. Parce qu'il me déteste.

— Il déteste ton père.

— Il déteste ma *famille.* Et il a déjà brisé mon père. Il l'a ruiné. A détruit sa réputation. Même physiquement, il n'est plus rien. Mon père a tout perdu, absolument tout.

— Sauf sa merveilleuse fille.

Je grimace.

— Disons ça.

— Et tu penses qu'il t'a achetée pour se venger de ton père.

Mes doigts suivent les contours des fleurs de lavande sculptées sur les montants du lit.

— Je ne sais pas ce qu'il pense. Est-ce que m'acheter est suffisant, niveau vengeance ou est-ce qu'il a prévu quelque chose de bien pire ?

— Pire, comme… coucher avec toi. La vente aux enchères a eu lieu il y a deux jours, c'est ça ?

— Oui, mais il ne l'a pas encore fait.

— Il ne t'a pas touchée ?

Elle a l'air incrédule.

— Il m'a touchée.

Je sens mes joues s'enflammer au souvenir de ses doigts, de sa langue.

— Mais il ne m'a pas pris ma virginité. Et la façon dont il en parle... ça me fait peur. Comme s'il avait l'intention de rendre ça horrible. Est-ce que ce n'est pas complètement fou ?

Je veux qu'elle confirme mes propos, qu'elle me dise qu'un homme comme Gabriel Miller ne ferait pas ce genre de choses. Que ce serait trop cruel, trop pervers, trop *tout* pour être vrai.

— C'est logique, répond-elle avec un air pensif. Combien ton père lui a-t-il volé ?

— Je ne sais pas.

Beaucoup. Plus que je ne pourrai jamais lui rembourser, même avec l'argent de la vente aux enchères – qui vient de lui, en plus.

— Et c'est plus une histoire de principe. Il a un problème avec les menteurs.

— Vraiment ? Tu penses pouvoir le faire parler ? S'il déteste le mensonge, il se montrera sans doute honnête avec toi.

Je ne sais pas si ce serait une bonne ou une mauvaise nouvelle de savoir qu'il a prévu quelque chose d'horrible pour moi.

— Je peux essayer. Mais écoute, j'ai besoin que tu sois honnête avec moi. Les gens disent que ça fait mal, la première fois. Est-ce que c'est le cas ?

— Je pense que ça dépend des gens, dit-elle, mais je sens qu'elle tourne autour du pot.

— Harper.

— Ma première fois, c'était avec le jardinier. J'avais quatorze ans. Il en avait dix-neuf.

Je grimace, car je ne le savais pas. C'est une différence d'âge assez importante.

— Waouh !

— J'ai tellement saigné que ma mère m'a fait un discours gênant sur les règles alors qu'elle était complètement défoncée. Je n'ai pas eu le cœur de lui dire que j'avais eu mes premières règles un an plus tôt.

Mon cœur se serre.

— Oh, ma chérie !

— Je vais te dire ce que je pense que tu devrais faire. Quand tu as l'impression qu'il va passer à l'acte, prends un comprimé. Ou un verre. Quelque chose pour émousser les sens, tu vois ?

Malgré ma crainte croissante d'une réelle pénétration, j'affiche un grand sourire.

— J'ai déjà essayé ça. La première nuit. Il a fini par me mettre au lit.

— C'est plutôt mignon pour un enfoiré.

— Ouais.

Mon sourire s'efface.

— Il peut se montrer doux, comme ça. Et l'instant d'après, il me dit que je peux disposer en précisant qu'il m'appellera quand il aura besoin de mes services. Ce sont ses termes : mes services.

Elle émet une exclamation indignée.

— Pour qui est-ce qu'il se prend, au juste ?

— Mon maître.

Au moins pour les vingt-huit prochains jours.

CHAPITRE VINGT-DEUX

Je n'ai pas besoin d'attendre très longtemps pour savoir quand il compte faire appel à mes services.

Après mon coup de fil à Harper, je quitte la chambre et erre dans les vastes couloirs, jetant un coup d'œil dans des pièces vides comme si l'une d'entre elles contenait la clef pour déverrouiller la porte des secrets de Gabriel Miller. Comme s'il les stockait tous dans une sorte de salle des trophées, du genre avec des néons en forme de flèches et des panneaux de signalisation pour m'indiquer la bonne direction.

Sauf que tout ce que je trouve, ce sont des couloirs interminables, des pièces à l'ameublement luxueux – des salons, des chambres. Combien de personnes cet endroit peut-il accueillir ? Il y a aussi une salle de cinéma avec trois petites rangées de chaises en cuir et un écran qui occupe tout un mur. Un grand gymnase qui jouxte un sauna. Je découvre même une petite galerie d'art au dernier étage où sont exposés des tableaux divers et variés : des portraits de ses ancêtres, des œuvres d'artistes locaux et un Sargent particulièrement magnifique qui représente une femme à côté d'un piano.

Je parviens à éviter son bureau, car j'entends sa voix par la porte ouverte alors qu'il est au téléphone.

Une seule pièce reste un mystère pour moi. Elle est verrouillée.

La poignée en laiton ne tourne pas. Les autres salles sont remplies de meubles et de sculptures anciens. Même les peintures inestimables de la galerie d'art sont à portée de main.

À la fin de mon exploration, je n'ai pas appris grand-chose de plus sur Gabriel. Et j'ai mal aux pieds. Il me faut bien quinze minutes avant de rejoindre ma chambre.

Quand j'arrive enfin, j'y découvre un plateau déjeuner et un autre message de sa main, car je reconnais son écriture presque carrée et peu soignée.

Nous sortons à dix-neuf heures. Tes vêtements sont dans la penderie.

J'ai l'impression de partir à la chasse au trésor lorsque j'ouvre le placard. Une housse en vinyle noir est pendue devant mes vêtements et tombe jusqu'au sol. Je l'ouvre et en ai le souffle coupé. C'est une superbe robe Oscar de la Renta faite de couches de tissu blanc transparent superposées de manière à se terminer en jupe large coupée à mi-mollet. Des paillettes dorées se rassemblent autour de la taille, ce qui me donne l'impression de faire face à une sculpture. Et encore, là, elle est dans sa housse. Je ne peux qu'imaginer à quoi elle ressemblera une fois portée.

Sur un petit meuble carré dans la penderie, je découvre une boîte noire contenant des escarpins Jimmy Choo couleur champagne. Un délicat bracelet en or serti de perles repose dans une petite boîte en velours.

Par pitié !

Papa s'est toujours montré généreux quand il me donnait de l'argent de poche et j'ai réalisé dès mon plus jeune âge que mon apparence l'impactait. Si je m'étais présentée à une soirée mondaine dans une robe de la saison précédente, tout le monde se serait dit qu'il avait des problèmes d'argent. Il y a six mois, je pouvais entrer dans n'importe quel magasin et sortir ma carte American Express.

Mais cette robe-là… On ne peut pas l'acheter en boutique. C'est le genre de robe que l'on ne peut trouver que si l'on a un réseau. Un réseau et une sacrée fortune.

C'est une robe de tapis rouge.

Où diable m'emmène-t-il ?

À dix-neuf heures tapantes, il frappe à la porte de ma chambre. J'ai passé une heure à me maquiller et à me démaquiller, sans savoir si c'est trop ou pas assez. J'ai besoin de Candy pour ça, mais elle n'a joué le rôle de marraine la bonne fée que pour le jour du bal. Il faut que je me débrouille toute seule, maintenant.

Je me suis contentée de boucles épaisses et lâches pour la coiffure et d'un rouge à lèvres rouge classique.

Quand j'ouvre la porte, il fait un petit mouvement de

tête, comme s'il ne pouvait pas en croire ses yeux. C'est à cause de la robe, évidemment : à la fois subtile et éblouissante, complexe et simple. Pourtant, même si j'en ai conscience, je ne peux empêcher le rouge de me monter aux joues.

Il s'arrête, m'admirant de la tête aux pieds.

— La robe te va bien.

— Merci.

Bien sûr, il est follement beau dans un smoking sans doute taillé sur mesure pour lui, mais je ne l'admettrai jamais.

— Tu es très élégant.

Il esquisse un sourire.

— J'essaie.

— Où allons-nous ?

Je ne devrais pas m'enthousiasmer comme ça. *Ce n'est pas un rendez-vous !* Je dois continuer de me le rappeler, car j'ai l'impression que c'en est un. D'autant plus lorsqu'il me dit :

— Nous pourrions aller au rez-de-chaussée et faire une partie.

D'échecs. Le moyen de pression. Je ressens un étrange désir à l'idée de m'amuser avec lui, de porter la plus jolie robe que j'ai jamais vue tout en faisant une partie de mon jeu préféré dans une magnifique bibliothèque. Ce serait un rendez-vous parfait. Avec la mauvaise personne.

Je donnerais n'importe quoi pour refaire une partie avec mon père.

Gabriel s'est débrouillé pour que ça ne se reproduise plus jamais. Non, il n'aura pas mon esprit. Il a payé pour mon corps. Je secoue la tête de droite à gauche.

— Ah, lâche-t-il comme si c'était prévu. Dans ce cas, nous irons au théâtre.

Oh, j'adore le théâtre ! J'arrive à ne pas sautiller sur place.

— Qu'allons-nous voir ?

— *My Fair Lady.*

L'histoire de cette pièce se base sur le mythe de Pygmalion, un sculpteur tombé amoureux de son œuvre d'art. Les dieux lui accordèrent son vœu, celui de transformer le marbre de sa création en chair.

— Je ne savais pas qu'elle passait en ce moment.

Il a l'air maussade. Y voit-il une symétrie avec notre relation ? L'homme qui détient tous les pouvoirs. La femme devenue réelle à cause de l'amour qu'il éprouve pour elle ? Bien sûr, il ne m'aime pas. Et surtout, il ne me change pas. *Sauf sexuellement parlant.*

— C'est la soirée d'inauguration, précise-t-il.

Je sens mon estomac tomber dans mes talons. Une soirée d'inauguration. Si c'était une représentation de théâtre classique, il serait facile de se fondre dans la foule. Nous trouverions nos places, les lumières s'éteindraient. Nous regarderions la pièce côte à côte, assis dans le noir.

Sauf que les soirées d'inauguration, c'est une autre histoire. En général, les places sont réservées par ceux qui ont des abonnements à l'année, s'il en reste après que les plus riches donateurs ont réclamé les leurs. Ou alors, ils les mettent à disposition à un prix plus élevé, sur invitation uniquement, et les bénéfices sont ensuite reversés à des œuvres de charité. Quoi qu'il en soit, certaines choses ne changent pas : seules les personnes les plus riches et les plus puissantes de la ville seront présentes. Et il y aura certainement de quoi boire et discuter avant le début de la représentation.

Il ne m'emmène pas au théâtre pour que nous puissions nous amuser. Ce n'est pas un faux rendez-vous où nous aurions tous les deux faits comme s'il ne payait pas pour profiter de ma compagnie. C'est une mise en scène, un exemple, tout comme l'agression de mon père. Je vais être exposée, comme un oiseau dans une cage dorée.

— Je vois, dis-je d'une voix égale.

Il a presque l'air d'éprouver des remords.

— Tu t'en sortiras très bien.

Sa pitié me brûle comme de l'acide. Même si je suis piégée dans cette cage, même si je vais être obligée de chanter, je devrai le faire en gardant la face. Sans trop savoir comment, j'affiche un petit sourire.

— Évidemment.

Tandis qu'il m'escorte au rez-de-chaussée, je lui tiens le bras, comme si je n'étais pas en route vers un simulacre de guillotine. J'arbore une expression neutre durant le trajet en limousine jusqu'au théâtre, comme si mon cœur n'affrontait pas un million de battements par minute. Il va y avoir beaucoup de gens, là-bas. D'anciens amis de mon père. Ils savent tous ce que Gabriel Miller lui a fait subir. Que penseront-ils lorsqu'ils me verront avec lui ?

Certains d'entre eux sont déjà au courant pour la vente aux enchères.

Une pensée pire encore me frappe. Certains d'entre eux ont peut-être assisté à cette vente.

CHAPITRE VINGT-TROIS

Les gens se mettent à chuchoter dès que nous entrons dans la salle.

Ils nous suivent du regard lorsque nous nous arrêtons pour être pris en photos au bas des marches et une nouvelle fois au bout du tapis – pas vraiment rouge, plutôt violet. Ils nous suivent du regard quand nous montons le grand escalier. Et encore jusqu'au bar, où Gabriel demande une coupe de champagne pour moi et un verre de whisky pur pour lui.

— J'aurais pu vouloir du whisky, murmuré-je, car je me dois de l'affronter.

Et je ne peux pas crier aux vieilles mégères d'arrêter de me montrer du doigt ni aux hommes de ne plus me mater les fesses.

— Je t'ai déjà vue ivre, me rappelle Gabriel d'une voix douce. Pas de whisky pour toi.

Oui, et ce n'est probablement pas une scène que nous voudrions reproduire en public. Pourtant, je ne peux pas nier que j'aimerais un petit remontant pour ne pas vivre aussi intensément les choses, là tout de suite, car je vois s'approcher plusieurs amis de mon père. L'un d'eux possède une grande entreprise d'aménagement urbain, l'autre une usine de tampons menstruels, entre autres choses. Ils sont toujours ensemble. Papa jouait tout le temps au poker avec eux.

Ils sourient avec un air aimable au moment où le *barman* termine de préparer nos verres.

— Miller ! Je suis content de vous voir ici.

Gabriel me tend ma flûte de champagne et je prends une gorgée revigorante – puis je plisse le nez quand les bulles me chatouillent de l'intérieur. J'entends l'amusement dans la voix de Gabriel lorsqu'il répond :

— Moi aussi, Bernard. Comment vont les affaires ?

— On a connu mieux, dit-il d'une voix solennelle. Mais nous avons des projets d'expansion.

Ne ris pas, Avery. J'arrive à garder une expression neutre lorsqu'il se tourne vers moi.

— Et comment ça se passe, à l'université ? Est-ce que tu es toujours en pause pour aider ton père ?

Techniquement, l'université a en effet catégorisé mon absence comme une simple pause, mais tout le monde sait que je n'ai pas les moyens d'y retourner. Et comme je suis aux côtés de Gabriel Miller, ce soir, ça leur suffit pour comprendre qu'il n'y a plus une once de cours magistral dans ma vie. Même l'argent de la vente aux enchères ne suffira pas pour que je puisse retourner au Smith College, une fois que j'aurai payé ce qu'il faut pour la maison et les infirmières de mon père. Je réponds d'une voix polie et distante :

— Oui, il se porte très bien.

— Bien, bien, intervient l'autre homme. J'espère que nous pourrons bientôt reprendre nos parties de poker.

J'ai envie de le gifler, car c'est clairement un mensonge. Il a été l'un des premiers à cesser de répondre à ses appels après que le scandale a éclaté. Et même si papa était capable de s'asseoir à une table de poker, il n'aurait rien pour miser. C'est le genre de mensonges que j'ai toujours détestés, mais c'est encore pire quand ça concerne ma famille.

— Bien sûr, dis-je entre mes dents serrées.

Apparemment, c'est devenu une réponse automatique lorsque j'ai besoin de m'empêcher de dire : « *va au diable, connard* ».

Gabriel sourit comme s'il savait exactement ce que j'ai en tête.

— Si vous voulez bien nous excuser, messieurs. Il y a quelque chose que je veux montrer à mademoiselle James.

Une main ferme dans le bas de mon dos me guide plus au fond du foyer. Nous sommes à peine à deux pas de ces salauds quand je les entends ricaner sur ce que Gabriel Miller va me *montrer.*

— Je les hais, murmuré-je, les larmes aux yeux.

Gabriel m'attire à sa suite et il a l'air presque amusé quand il ajoute :

— Connards de lèche-bottes.

Je le regarde, surprise.

— Je croyais que vous étiez amis.

— Ils ne sont amis avec personne. Si ton père y croyait, c'était une erreur.

Je crispe la mâchoire, car il a raison. Je déteste qu'il ait raison.

Damon Scott s'éloigne d'un groupe d'hommes et s'avance vers nous de sa sempiternelle démarche assurée. Il porte un costume trois-pièces différent de ce que je lui connais ; de petites fleurs de lys dorées sont cousues sur le tissu bleu de celui-ci.

— Bonsoir. Et moi qui me faisais du souci, mademoiselle James. Tu as l'air radieuse.

Radieuse ? J'arrive à afficher un léger sourire.

— Merci.

Damon se penche près de mon oreille.

— Comment Gabriel te traite-t-il ? Tu peux tout me dire.

L'étincelle dans son œil me dit qu'il s'agit là plus d'une curiosité perverse que du souci qu'il se ferait pour moi. Gabriel lâche un petit grognement, Damon glousse en retour. Ce sont des requins, je le sais. Des requins aux dents longues. Avec un goût prononcé pour le sang. Et je suis blessée.

— Est-ce que Candy est là ? demandé-je en espérant qu'Ivan Tabakov aime le théâtre.

J'aurais besoin de plus de conseils de sa part. Ces hommes sont peut-être des requins, mais elle a appris à les apprivoiser.

— Non, répond Damon avec un sourire en coin. Je pense qu'elle est au lit depuis longtemps.

Une femme salue Gabriel d'une main – une grande blonde aux longues jambes que je ne reconnais pas. J'ai envie de me convaincre qu'elle est beaucoup trop maquillée ou que sa robe révèle bien trop sa plastique, mais en réalité, elle est magnifique. Je déteste que Gabriel nous demande brièvement de l'excuser avant d'aller lui parler.

J'essaie de ne pas le fusiller du regard. Je n'ai pas le droit d'être jalouse. Pas *envie* d'être jalouse. Il s'agit d'un arrangement financier, aussi terrible soit-il.

— Alors, comment te traite-t-il, en réalité ? demande Damon d'une voix doucereuse.

— Bien, rétorqué-je sur un ton ferme en faisant semblant de ne pas observer la façon dont la femme touche le bras de Gabriel.

Je fixe plutôt la galerie en mezzanine et surprends quelques personnes qui nous regardent.

— Ne me dis pas que je vais devoir voler à ton secours. Je détesterais devoir lui rendre le pourcentage que j'ai touché sur la vente. En plus, mon armure est rouillée.

J'éclate d'un rire rauque, mes yeux me picotent.

— Non, je vais bien. J'imagine que je devrais vous

remercier. Si vous n'aviez pas fait tout ça, j'aurais perdu la maison familiale.

Il baisse la tête, l'air presque mutin.

— J'ai envie de dire que je me ferai un plaisir de réorganiser ça pour toi si besoin, mais j'imagine qu'il a déjà fait sauter le bouchon de cette merveilleuse bouteille de champagne que tu es.

Un rire étonné m'échappe. Quelle comparaison ! Si je devais être du champagne, je serais au moins une bouteille de Moët et Chandon, le genre de bouteille que papa avait sorti pour ma fête de fin d'études.

Bien sûr, techniquement, le bouchon n'a toujours pas sauté.

Mes joues chauffent lorsque je m'en rends compte.

— Bien.

— Je dois admettre que j'étais un peu nerveux lorsque Gabriel a suggéré cette vente aux enchères. Et davantage lorsqu'il a fait une offre sur toi. Mais on dirait que ça se passe bien.

Pourquoi était-il nerveux à l'idée que Gabriel m'achète ? Une autre personne tourne la tête dans ma direction, pour ensuite rapidement se détourner lorsque nos regards se croisent.

— Tout le monde me fixe.

Il balaie le foyer du regard.

— Pour être tout à fait juste, ils le feraient quelle que soit la femme qui se trouverait au bras de Gabriel.

— Sauf qu'ils sont au courant. Disons que certains d'entre eux savent pour la vente aux enchères. Il y avait tant de monde ! Sans compter les photos.

Il arque un sourcil.

— Les photos ?

— Vous savez, les photos qui ont été prises pour susciter l'intérêt des enchérisseurs. Le photographe qui est venu au Den.

Il marque une longue pause durant laquelle il a l'air perplexe. Ensuite, il s'exprime lentement, pensif.

— Il n'y avait pas de photos, mademoiselle James. Gabriel m'a dit que tu l'as laissé tomber, que tu ne pouvais pas aller au bout de la séance. Est-ce vrai ?

Mon cœur bat la chamade, je suis inquiète. Pourquoi lui a-t-il menti ? Personne n'a vu ces photos. J'essaie de ne pas montrer à quel point je suis soulagée. Personne ne les a vues, sauf Gabriel Miller.

— Oui.

Il esquisse un sourire.

— Non, je crois que je n'ai pas besoin de me faire du souci pour toi.

C'est alors que Gabriel revient vers nous, lèvres pincées.

Damon en profite pour s'éclipser, nous nous saluons avec jovialité.

— Il faut que j'aille parler à tous ces gens, tous ces hommes qui ont tant besoin de se délester de leur argent.

Il s'éloigne, faisant signe à un autre groupe de personnes. Il utilise clairement cette soirée pour faire des affaires. C'est aussi ce que fait Gabriel ? Pourtant, il ne semble pas disposé à discuter avec quelqu'un d'autre que moi. *Et il a menti sur les photos.*

— Si tu voulais en profiter pour faire la conversation, tu n'avais pas besoin de m'emmener.

Il fronce les sourcils.

— Pourquoi voudrais-je discuter avec ces gens ?

— Je ne sais pas. Pour faire des affaires ?

Je hausse les épaules.

— Comme Damon, vu qu'il est là pour ça.

— Il est ici parce qu'il convoite l'une des danseuses du spectacle. Et je ne fais pas d'affaires au théâtre.

— Où est-ce que vous faites ça, alors ? Dans une petite ruelle sombre ?

Dès que les mots s'échappent de ma bouche, j'aimerais pouvoir les effacer. Ce n'est pas une pique que je voulais lancer. Et personne ne s'en tire après avoir insulté Gabriel Miller ainsi.

Il rit sous cape.

— Qu'est-ce qui te fait croire que je suis un criminel ?

Sauf que c'est Gabriel Miller, l'homme qui place l'honnêteté au-dessus de tout. Et je me souviens de ce que Harper m'a dit : qu'il se montrerait également honnête avec moi. Il peut se dérober à la question, il peut refuser de répondre, mais tout ce qu'il dira sera vrai.

— Tu es ami avec Damon Scott.

— Ah, ça !

— Et tu es membre du Den.

— L'un de ses fondateurs, même, précise-t-il. Mais ton père a fait des affaires avec moi. Comment puis-je être quelqu'un de mauvais ?

Il respire la joie, car nous savons tous les deux que mon père a été impliqué dans de nombreuses transactions malhonnêtes. Je n'aurais jamais pu le deviner, mais tout a été révélé au tribunal. Les pots-de-vin, les sociétés factices. Seigneur ! Évidemment, Gabriel Miller a fait en sorte que son nom ne figure pas sur les documents fournis lors du procès, ne donnant au procureur que les preuves dont il avait besoin pour lancer son enquête.

Je fais un pas en avant pour me mettre hors de sa portée. Ensuite, je me tourne vers la fenêtre qui donne sur la ville. Une tempête surplombe les gratte-ciel, capturant dans ses filets gris les tours et les escaliers de secours. Quand nous partirons, il pleuvra.

— J'achète et je vends des choses, dit-il finalement. Comme la plupart des entreprises.

— Quel genre de choses ?

— D'autres entreprises, principalement.

Seulement, il n'y a pas que ça.

— De la drogue. Des armes ?

— Tant que ça paie bien, tout peut être vendu.

— Des êtres humains ?

— Je t'ai achetée, non ?

Il est derrière moi, me dominant par la chaleur de sa large silhouette, s'assurant que je ne m'échappe pas. Ou tenant à l'écart tous les autres ? Je n'en suis pas sûre, mais je sais qu'il n'est pas là pour me faciliter la vie. Il est là pour se servir de moi, exactement comme il m'a promis de le faire. Pour montrer à tout le monde à quel point mon père est tombé bien bas, pour qu'ils voient que même sa fille ne vaut plus rien.

— Qu'est-ce que mon père t'a acheté, d'ailleurs ? demandé-je malgré l'amertume qui teinte ma voix.

— C'est moi qui lui ai acheté quelque chose, en fait.

Je me retourne, surprise, en oubliant de garder une expression neutre.

— Sérieusement ?

Je n'ai jamais eu aucun détail sur cette affaire qui a tout gâché. Personne n'en a parlé durant le procès. Pourtant, toute la ville était au courant. Gabriel s'en est assuré.

— Sa compagnie maritime. Elle était en train de couler et il cherchait un acheteur. Je l'ai rencontré à plusieurs reprises. Mes avocats ont rencontré les siens. Nous avons fait une offre. Il l'a acceptée.

J'écarquille les yeux.

— Non !

Papa possédait plusieurs entreprises, mais son entreprise de transport maritime international était la plus importante de toutes. Son gagne-pain. L'essentiel de sa fortune. Il avait des problèmes d'argent, même avant son anicroche avec Gabriel Miller ? Je refuse d'y croire, car il aurait dû m'en parler. J'aurais dû le savoir.

Gabriel observe les nuages, ses yeux dorés reflétant la masse obscure.

— Ce n'est qu'après la signature des papiers que j'ai découvert qu'il avait secrètement vendu les actifs les plus précieux de sa société à d'autres *holdings*. Je venais donc de lui acheter une entreprise qui n'avait plus aucune valeur.

J'en reste bouche bée. Rien de ce que papa a fait ne devrait plus me surprendre, pourtant, c'est toujours le cas. Après toutes les leçons qu'il m'a faites au sujet de l'intégrité, de l'orgueil familial. Après m'avoir mis de la sauce pimentée sur les doigts. J'en étais venue à le considérer comme un géant, une sorte de parangon de moralité.

— Comment est-ce possible ? bafouillé-je.

Il hausse les épaules.

— Une vente à perte par-ci. Une vente à un million de dollars pour un bien qui vaut des clopinettes par-là. Il n'est pas le premier à essayer de me duper. Et il ne sera pas le dernier, même s'ils seront moins nombreux à tenter, maintenant qu'ils ont vu ce qui se passe lorsque ça arrive.

Je déglutis avec difficulté, car je ne veux pas penser à toutes les vies qu'il a ruinées.

— Tu n'aurais rien pu faire ?

Il affiche un sourire féroce, presque un rictus.

— Oh, j'avais beaucoup d'options. J'aurais pu contester le contrat devant un tribunal… et j'aurais gagné.

— Pourquoi est-ce que tu ne l'as pas fait ?

— Ça n'aurait pas été suffisant. J'aurais pu le faire tuer pour ce qu'il a fait.

Mon ventre se tord. Quelqu'un a failli le tuer, un soir, mais ils l'ont laissé en vie.

— Mais le tuer aurait fait de lui un martyr, poursuit-il. Il devait rester vivant. Vivant et souffrant, pour que tout le monde en ville puisse voir ce qui arrive lorsqu'on roule Gabriel Miller dans la farine.

— C'est pour ça que tu m'as amenée ici ?

Nous savons tous les deux que la réponse est oui.

Il esquisse un petit sourire. J'en vois le reflet dans la fenêtre, superposé aux nuages noirs.

— Tu joues aux échecs. Tu connais sûrement les nombreuses utilisations que l'on peut faire d'un pion.

Je tressaille, car je sais exactement ce que je suis pour lui. C'est mon rôle, dans son jeu : tomber quand le moment sera venu, protéger le roi jusqu'à ce que mon temps soit écoulé.

Me sacrifier au moment parfait.

— La ville est belle comme ça, dominée par le ciel,

murmure-t-il.

Seulement, quand j'observe son reflet, je constate que ce n'est pas la ville qu'il regarde. C'est moi.

CHAPITRE VINGT-QUATRE

Tout espoir d'echapper au feu des projecteurs mondains s'évanouit lorsqu'il me conduit du grand escalier, loin des balcons, vers les loges privées. Nos sièges nous offrent une vue parfaite de la scène, le rêve de tout amateur de théâtre. Malheureusement, ils permettent aussi à tous les spectateurs de nous observer sans problème. Je fais semblant de ne pas voir les gens se tordre le cou pour nous regarder.

Gabriel se conduit en parfait *gentleman* : il attend que je m'assoie sur le fauteuil de velours moelleux avant de prendre place à côté de moi. La lumière baisse pour offrir un éclairage tamisé, mais les chuchotements ne s'arrêtent pas pour autant. Je peux sentir leurs regards curieux grouiller sur ma peau.

C'est un peu le but.

Mes poignets pourraient tout aussi bien être retenus par des chaînes de métal plutôt que par un bracelet en or. Gabriel pourrait tout aussi bien m'attraper par les cheveux et me traîner partout avec lui plutôt que de me guider doucement en posant sa main au creux de mon dos. Car c'est ainsi qu'il montre à tout le monde à quel point il me domine. Voilà la puissance du message qu'il envoie. Il me possède.

Il m'a bien fait comprendre qu'il était mon ennemi, au cas où j'aurais encore des doutes. Je suis un pion et il est celui qui a réussi à me prendre. Et pourtant, il y a tous ces moments de tendresse que je ne peux faire semblant d'occulter. Des gouttes d'eau que je bois avec le désespoir d'une assoiffée.

Comme les photos qu'il n'a pas données à Damon Scott alors qu'il devait les utiliser pour la vente.

La représentation capte mon attention dès la première chanson et je me perds rapidement dans l'histoire, dans le fossé de douleurs qui sépare Eliza et Henry. Elle est à la fois effrontée et belle, avec son accent étranger tout à fait charmant. Évidemment, Henry la dépouille de tout ce qu'elle possède et essaie d'en faire une femme plus désirable. Et finit par la désirer. Mais alors, que reste-t-il de la femme qu'elle était ? Si l'on doit changer pour être aimé, combien vaut vraiment cet amour que l'on nous porte ?

Je ne sais pas qui serait mon professeur Higgins – Justin, qui souhaitait une épouse parfaite à présenter à la société ? Ou Gabriel Miller, qui ne veut qu'une esclave sexuelle ?

En fin de compte, aucun d'entre eux n'a le profil requis, car aucun d'entre eux ne m'aime. Ils peuvent me désirer autant qu'ils veulent, ils peuvent même coucher avec moi. Pour autant, aucun d'eux ne m'aime.

Le rideau tombe pour signifier le début de l'entracte.

Gabriel se lève et me tend la main.

— Viens. J'avais vraiment quelque chose à te montrer tout à l'heure.

Je m'interdis de lui balancer une centaine de commentaires sarcastiques – que je préférerais ne pas devoir me pavaner à ses côtés comme un trophée qu'il a remporté, que je n'ai pas la moindre envie de voir ce qu'il cache dans son pantalon. Finalement, je me contente de glisser ma main dans la sienne.

Cette fois, quand il me conduit dans le grand foyer, il ignore les mains qui se lèvent dans sa direction lorsque des gens essaient de lui parler. Cette fois, il ne me laisse pas aller me planter devant la fenêtre.

J'ai le souffle coupé quand je le vois... même si ce n'est que le coin supérieur droit de l'huile sur toile.

Une fois plus proche de l'œuvre, je lis la pancarte installée à côté du cordon en velours. Un tableau de Pygmalion et Galatée, de l'artiste Jean-Léon Gérôme, spécialement prêté par le musée Met pour la soirée d'inauguration. J'oublie un instant que je méprise Gabriel Miller et sa manière de montrer qu'il me possède en public.

— Est-ce que l'on peut entrer ?

L'amusement danse dans ses yeux.

— J'ai cru que tu allais refuser de m'accompagner

pendant l'entracte.

Car je pensais qu'il voulait faire quelque chose de sale. Pas qu'on allait faire *ça.*

— S'il te plaît.

Il fait un signe de tête au gardien, qui décroche la chaîne fixée au cordon en velours. Quand nous entrons, la foule se disperse presque immédiatement. Je ne sais pas pourquoi nous sommes autorisés à regarder le tableau presque seuls, même pour un court instant, mais je ne vais pas m'embêter à continuer de me poser la question.

Il y a des agents de sécurité postés de chaque côté du tableau, dont la présence a sans doute été exigée par le musée. Cela dit, ils se tiennent à distance, à l'extérieur des cordes qui encerclent la toile. Une femme vêtue d'un chino et d'une chemise blanche boutonnée jusqu'au cou se tient à côté de l'œuvre d'art. C'est une tenue un peu classique pour la soirée d'inauguration, mais il est clair, vu sa posture, les mains dans les poches, qu'elle n'est pas une simple invitée. Elle est ici pour présenter le tableau, sans être un guide bénévole pour autant.

— Bonjour, nous accueille-t-elle avec un air aimable. Si vous avez des questions, n'hésitez pas à me les poser.

Je veux qu'elle me dise tout ce qu'elle sait.

— Pourriez-vous me raconter l'origine de ce tableau ?

Ses yeux s'illuminent lorsqu'elle se met à me parler de l'histoire de la création de ce Gérôme – une série de tableaux, en fait, chacun représentant Pygmalion et sa statue s'embrassant sous un angle différent. Celui-ci a été acheté à l'artiste par un marchand en 1892, qui l'a ensuite vendu à un organisme privé aux États-Unis, où il est resté jusqu'en 1905.

— Pourquoi a-t-il fait autant de tableaux sur ce sujet ?

Je n'étais pas au courant de l'existence de ces peintures, en fait. Je ne connaissais que ses sculptures.

— Il pensait que le mythe de Pygmalion et Galatée était un sujet vu et revu. Il souhaitait le faire revivre, trouver un angle de vue nouveau à cette légende. Toutes ses toiles se focalisent sur l'instant où Galatée prend vie.

— Donc il peignait la sculpture et non la femme ?

Elle sourit.

— Savez-vous qu'il l'a sculptée, également ?

Je rougis, car il y a un an, j'aurais avoué que je me spécialisais en mythologie antique. Maintenant, je ne suis plus qu'une femme qui lit beaucoup de livres.

— Je m'intéresse beaucoup à la mythologie.

Elle sort une carte de visite d'une poche de son pantalon.

— Moi aussi. Si vous voulez en discuter, vous pouvez tout à fait m'envoyer un *e-mail.*

J'écarquille les yeux tandis que je lis l'intitulé de la carte. *Professeur de lettres classiques* à l'université d'État.

— Waouh.

Elle hausse les épaules avec plus ou moins de modestie, ce qui la rend attachante.

— Je me spécialise davantage sur le mythe et l'histoire représentée par ce tableau, plutôt que sur l'art européen du XIXe siècle.

J'ai déjà terriblement envie d'assimiler toutes les connaissances qu'elle pourrait m'apporter. Je suis passée d'une cascade de stimulation intellectuelle au sein de l'université à un véritable désert dans ma grande maison vide.

— Sur quoi travaillez-vous, en ce moment ?

— Je viens de revenir de Chypre, en fait. J'étudiais la mousse à Nicosie pour trouver des indices sur l'alimentation et les maladies de l'époque. Nous travaillons encore sur les échantillons au laboratoire.

— Vous êtes mon idole, à partir d'aujourd'hui, dis-je en serrant la carte entre mes doigts comme si c'était une bouée de sauvetage. Je vous écrirai. Et je regarderai sur internet pour lire tous les articles que vous avez écrits.

Elle éclate de rire.

— J'ai quelques piles de revues dans mon bureau que je pourrais vous donner, si ça vous intéresse.

— Je vendrais mon âme pour les avoir, dis-je avec un certain sérieux.

J'essaie de ne pas penser au fait que j'ai déjà vendu mon âme – ou du moins mon corps – pour un million de dollars. Ou au fait que mon acheteur se trouve à un mètre derrière moi, à écouter l'ensemble de notre échange.

Est-ce qu'il se moque de moi en silence, comme les autres hommes présents à la vente aux enchères ? Comme si ma curiosité et tout ce que j'ai jamais accompli n'étaient qu'une vaste blague pour eux ?

Et je ne pourrais même pas me défendre, car c'est moi qui me trouvais sur l'estrade. C'est moi qui étais à vendre.

La professeure se lance dans une anecdote, nous racontant la rencontre malheureuse de son collègue avec une chèvre sauvage lors de leur dernier voyage, mais la honte que j'éprouve de nouveau me distrait.

CHAPITRE VINGT-CINQ

ALORS QUE NOUS montons l'escalier, je me rends compte qu'il passe par un chemin différent pour rejoindre la loge. Sauf que nous ne nous dirigeons plus vers la loge, en fait.

— Gabriel ?

Il pousse une porte qui s'ouvre sur une pièce sombre et se retourne pour me faire face.

— Après toi.

J'écarquille les yeux quand j'aperçois la forme étrange des ombres à l'intérieur. Des accessoires. C'est une sorte de salle de stockage pour le matériel dédié aux représentations. Nous ne sommes pas censés nous trouver là. Et il n'y a qu'une seule raison pour laquelle Gabriel Miller aurait envie de m'entraîner dans un endroit aussi peu fréquenté.

Je sens ce tressaillement qui ne me submerge qu'en *sa* présence, que lorsque je sens son désir dans l'air. Je sais ce qu'il va se passer. Un millier de positions différentes, un million de façons différentes de coucher. Et tout ça avant même qu'il ne prenne ma virginité à proprement parler. Savoir que c'est inévitable n'efface pas la peur que j'éprouve. À quel point vais-je avoir mal ? À quel point va-t-il *faire délibérément en sorte* que j'aie mal, pour m'humilier ?

— Entre là-dedans, ma petite vierge.

Il se montre d'une patience infinie, même si l'entracte ne dure que quinze minutes. Combien de temps avons-nous passé devant le tableau ? Cinq ? Dix ? Il n'a pas l'air pressé, cependant. Il a juste l'air d'un homme sûr de son pouvoir, un roi debout près du plan de bataille tandis que ses sujets font la guerre.

J'entre dans la salle de stockage, inspirant l'odeur de cèdre et de lin. Et d'autre chose, quelque chose de métallique. Peut-être de la rouille. Il y a une sacrée collection d'objets étranges dans cette pièce. Je distingue la forme d'un chêne dans un coin et ses branches qui s'étirent de tous les côtés. À l'opposé, j'aperçois une rangée de gradins, comme ceux que l'on trouve autour d'un stade de football dans un lycée. Sans compter un tipi amérindien et un *stand* de limonade.

Gabriel ferme la porte, faisant disparaître le peu de lumière qui pénétrait la pièce.

Il se tient derrière moi, une solide présence. Inébranlable.

— Pas d'escalier, cette fois, chuchoté-je.

Il me fait avancer comme s'il pouvait voir dans l'obscurité. Je suis aveuglée, je papillonne des paupières dans l'obscurité, et la poussière me pique les yeux. Mon

Dieu, et si nous tombions sur quelque chose ? Et si nous trébuchions et nous affalions quelque part ? Pourtant, les mains qui guident mes bras sont fermes et assurées, ses mouvements sont focalisés vers un seul but.

Quand je sens enfin quelque chose de moelleux, mais d'immobile heurter l'avant de mes cuisses, il s'arrête. Une grande main se pose sur mon dos. Ensuite, il me pousse en avant. Je me retrouve penchée sur quelque chose d'arrondi. Je sens du cuir lisse et capitonné sous mes doigts. Un canapé. Le genre qu'utiliserait un psychiatre.

J'ai les fesses en l'air, complètement vulnérable devant lui, ce qui est d'autant plus clair, et presque douloureux, lorsqu'il remonte ma robe. Ses grandes mains caressent ma culotte avant de la faire glisser vers le bas.

Tout se passe si vite, trop vite. Je respire de plus en plus rapidement. La poussière emplit mes poumons. Je vais étouffer, comme ça. *Oh, Seigneur !*

— Respire, me dit-il en me caressant les flancs.

Je suis un cheval et il est mon dresseur. C'est gênant de constater à quel point ça marche bien, à quel point je me calme facilement à son contact. J'ai entendu dire que certaines personnes ont cet effet sur d'autres. Comme un instinct qui nous souffle que l'on peut leur faire confiance. L'homme qui murmurait à l'oreille des vierges.

Sauf que cet instinct me souffle des mensonges. Cet homme m'a achetée dans un seul but : me briser.

Ma respiration s'est calmée et je pose ma joue contre le cuir frais.

— C'est ça, murmure-t-il. Ça ne sera pas douloureux. Tu as tellement peur d'avoir mal, hein ? Pourquoi t'attends-tu toujours au pire, ma petite vierge ?

Parce que tu es un monstre !

Mais l'est-il vraiment ? Ces moments passés dans l'escalier en colimaçon ne m'ont fait aucun mal. Peut-être que ce sera comme ça chaque fois – intime et coquin. Et agréable, aussi. Il m'a fait jouir si intensément que mon corps a continué de vibrer des heures durant. Toute la nuit.

Toutefois, il conserve ma virginité pour la fin. Et comme il l'a dit, je sais jouer aux échecs. Je sais comment se déplacent les pièces sur le plateau, comment planifier le coup final des dizaines de coups à l'avance. Comment faire croire à son adversaire qu'il est en sécurité. Ou comme il l'a si bien dit : savoir utiliser un pion correctement. Je finirai par avoir mal. C'est la seule façon pour lui de gagner. Et un homme comme Gabriel Miller ne perd jamais.

Il passe sa main sur mes fesses nues, doucement, avec un geste assuré.

— La sauce pimentée. Ça, ça a vraiment fait des dégâts… au point d'associer le sexe à la douleur dans ta tête.

Il éclate d'un rire brutal.

— Et moi qui pensais que j'étais quelqu'un de pervers !

Je tressaille dans l'obscurité, car ce que papa a fait n'était pas quelque chose de pervers. Impossible, car je suis sa fille. Il a fait ça pour moi.

— Il essayait de me protéger.

Deux doigts se glissent entre mes jambes, cherchant mon intimité entre les replis de ma chair.

— Et est-ce que ça a fonctionné ?

Terriblement, puisqu'il me pince maintenant le clitoris. Je pince les lèvres, tentant de retenir un gémissement. Sauf que ses doigts sont impitoyables et habiles, ils jouent avec moi jusqu'à ce que je halète, que je gémisse.

— Oh, mon Dieu !

— C'est ça, murmure-t-il. Ce n'est pas obligé de faire mal. Tout ce que tu as à faire, c'est de céder au plaisir.

Je ne peux pas céder. Céder, ça signifie devoir vivre dans le Labyrinthe, tout perdre, y *mourir*. Ça signifie aussi lâcher la ficelle, qui est ma seule bouée de secours. Peut-être que la sauce pimentée m'a perturbée. La masturbation. Devoir attendre le mariage. Sauf que depuis la vente aux enchères, c'est Gabriel Miller qui m'embrouille l'esprit, me poussant à avoir envie de choses que je ne devrais pas vouloir.

— S'il te plaît.

— Je devrais te fesser pour ça, pour m'avoir affronté comme ça.

— Je n'ai rien fait, rétorqué-je, la mâchoire serrée.

Bien sûr, il a raison. Je lutte, mais pas à coups de poing ou de pied. Je me bats pour conserver ma santé mentale.

— Ça te plairait, n'est-ce pas ? Une fessée ? Je pourrais te marquer de bleus qui resteraient sur ta peau pendant des jours. Alors, tu pourrais vraiment penser que je suis le grand méchant loup.

J'entends une fermeture éclair que l'on baisse, derrière moi, mais sa main sur mon clitoris ne cesse pas ses caresses.

— Je vais devoir te faire jouir, à la place.

Un carillon retentit au loin, signalant que l'entracte touche à sa fin.

— Il faut y aller… je le préviens d'une voix essoufflée en essayant de me relever.

Il n'a même pas besoin de me retenir. Seuls ses doigts sur mon clitoris me maintiennent clouée à ce canapé. C'est presque cruel, la manière dont il les fait tourner en cercle. Sans trop appuyer, sans que ça soit douloureux. Il sait que ça ne fonctionnerait pas avec moi. Alors, il se montre patient, infiniment patient, tandis que la pression dans mon corps augmente de plus en plus. Tous mes muscles se crispent, je m'appuie sur l'accoudoir du canapé, à tressaillir contre sa main. Malgré moi, j'en ai envie et son rire de baryton me laisse entendre que c'est le but de la manœuvre.

Je sens autre chose, un mouvement en rythme avec celui de ses doigts. Je me rends compte que c'est sa main. Il se masturbe. En même temps qu'il décrit des cercles autour de mon clitoris, en suivant la même cadence. *Ce sera comme ça quand il sera en moi.*

Même comme ça, je ne peux pas atteindre le septième ciel, et mon corps tremble encore et encore. Ça me fait mal, comme ça, et j'ai presque envie de jouir pour en finir. Je suis prise de spasmes, la bouche ouverte en un cri impuissant et silencieux.

— Jouis, ma petite vierge, ordonne-t-il d'une voix étouffée.

Quelque chose de chaud éclabousse l'arrière de mes cuisses. *Son sperme.*

L'orgasme me submerge comme un raz-de-marée, me retourne dans tous les sens, m'emplit le nez d'eau salée, colore tout mon monde d'un bleu foncé et flou. Je perds pied sans trop savoir de quel côté se trouve la surface. Mes poumons me brûlent, j'ai besoin d'air.

Quand je remonte à la surface, Gabriel est effondré sur moi. Il halète dans mes cheveux en marmonnant :

— Seigneur ! Seigneur !

J'ai replié mes mains contre le cuir, humide de sueur. L'odeur du sexe parfume l'air, comme un mélange d'eau de mer et d'épices fortes. Nous restons collés l'un à l'autre comme de l'argile, respirant sur le même rythme, revenant à la vie ensemble.

Il se relève et utilise quelque chose – un mouchoir – pour essuyer son sperme sur mes jambes. Même quand je me remets debout, je peux sentir ce qu'il reste de son plaisir sécher contre ma peau. Je suis marquée.

Il ne me reste que quelques secondes affolées pour remonter ma culotte et baisser mon jupon.

Puis il ouvre la porte.

J'émerge comme un faon tout juste né, chancelant et papillonnant des paupières devant la lumière aveuglante après avoir passé tant de temps dans le ventre de sa mère. Je me serais effondrée sur ce fin tapis magenta si Gabriel n'avait pas passé une main autour de ma taille, l'autre sous mon coude.

Nous passons à côté d'un homme et je baisse la tête, essayant de ne pas croiser son regard.

Jusqu'à ce que j'entende sa voix, qui me semble étrangement familière.

— Eh bien, Gabriel ! Quel bel usage tu fais de ton achat !

Je lève les yeux pour découvrir l'homme aux cheveux gris qui avait une belle blonde au bras lors de la vente aux enchères. Aujourd'hui, une autre femme est avec lui, celle-là a des cheveux auburn, brillants. Combien de femmes différentes achète-t-il ? Il me sourit avec cruauté, l'air de tout savoir dans les moindres détails. La honte me retourne l'estomac.

— Bonsoir, répond Gabriel en m'enjoignant à monter l'escalier devant lui.

La représentation a déjà repris. Ils ne devraient même pas nous laisser entrer dans le théâtre, maintenant. C'est contraire au règlement. Mais bien sûr, c'est Gabriel Miller. Il possède une loge privée. Un placeur nous ouvre la porte et nous lance un sourire poli, comme si nous n'étions pas tout échevelés et haletants, que nous ne sentions pas le sexe à plein nez. Nous entrons dans la loge en vacillant.

Je m'assois le plus vite possible, mais il est impossible d'éviter les regards et les chuchotements. Ils gâchent la belle danse de salon qui se déroule sur scène. J'observe les artistes tourbillonner, le décor démesuré, comme si je n'avais absolument pas remarqué que tout le monde parle de nous.

Finalement, je jette un coup d'œil à Gabriel. Il est confortablement affalé dans son fauteuil, comme un roi qui surveille ses sujets. Il a l'air satisfait, mais toujours aussi dangereux. Un lion dans la jungle. Quiconque le surprend dans cet état sait qu'il vient de s'envoyer en l'air. Peut-être pas au sens propre du terme, vu qu'il ne m'a pas pénétrée, mais c'est tout comme.

Cela dit, ils le sauraient également rien qu'en me regardant. Le petit oiseau dans sa cage dorée.

Pourquoi en garder un près de soi, si ce n'est pour l'entendre chanter ?

CHAPITRE VINGT-SIX

Mes cheveux sont encore humides.

Je ne suis au lit que depuis quelques heures. Bien sûr, je me suis douchée dès que nous sommes rentrés du théâtre, avec de l'eau brûlante, en frottant la partie de mes cuisses sur laquelle il a éjaculé. Il ne reste plus aucune trace, mais je peux encore sentir les jets chauds, la vague de plaisir intense qu'il a déclenchée en jouissant.

Peut-être que je ne me sentirais pas si sale s'il avait pris ma virginité le premier soir. Si nous avions eu un rapport sexuel tout de suite. Même en m'éjaculant dessus, aussi brusque et intime que ça puisse être, j'aurais pu résister.

C'est à cause de ces orgasmes qu'il m'arrache, j'ai l'impression qu'il transgresse quelque chose en faisant ça.

C'est ainsi que je me retrouve à sortir du lit à deux heures du matin, à ouvrir le robinet à fond sur CHAUD. Je reste sous le jet durant des secondes, des minutes, des heures. Je n'ai pas besoin de savon, pas de savon physique, en tout cas. Je dois juste oublier ses doigts tournant autour de mon clitoris, son souffle sur ma nuque.

Le chauffe-eau de cette énorme maison doit être immense, mais il finit par me lâcher. Ou peut-être qu'il arrête de fournir de l'eau chaude passé un certain temps. *Ça ne va pas m'aider,* me murmure l'eau froide en me donnant la chair de poule. Je reste là aussi longtemps que je peux le supporter, jusqu'à ce que mes dents claquent et que ma peau soit toute fripée.

Finalement, je sors de la douche pour redécouvrir le carrelage chaud. Mon Dieu, même le carrelage de la salle de bains a son propre système de chauffage ! Tout dans ce lieu est parfaitement pensé pour le confort de celui qui y habite. Pour le confort de Gabriel Miller.

Je coupe l'eau de la douche et me sèche. Un bruit étrange s'élève de la pièce. Mes cheveux se dressent sur ma nuque, pas à cause du froid, mais à cause de l'appréhension. Un instinct animal, tout le contraire de lorsque Gabriel pose ses mains sur mes hanches.

En enroulant la serviette autour de moi, je jette un œil par la porte de la salle de bains.

Rien.

Peut-être l'ai-je imaginé, tout comme j'ai imaginé la sensation d'avoir encore le sperme de Gabriel sur mes cuisses alors que je l'avais déjà lavé, tout comme je peux encore entendre les murmures et sentir les regards de tous les spectateurs au théâtre.

Ensuite, je l'entends à nouveau, un bruit de cliquetis. Pas au niveau de la porte. De l'autre côté de la pièce. À la fenêtre. Un visage pâle. Des yeux sombres. *Quelqu'un m'observe par la fenêtre.*

Je pousse un cri avant de reconnaître l'intrus, avant de pouvoir ralentir mon rythme cardiaque. Seigneur !

Puis je suis à l'autre bout de la pièce, à ouvrir la vitre, le grondant dans un murmure :

— Justin ! Qu'est-ce que tu fais ici ?

— Je vais te sortir de là, dit-il d'une voix sinistre.

Il me semble différent de la dernière fois que je l'ai vu. Il n'a jamais été gros, mais il avait les joues pleines typiques du garçon qui n'avait jamais eu à travailler très dur. Même naviguer ne l'avait pas fait mincir.

Il a maintenant l'air plus maigre, les yeux cernés.

— Par la fenêtre ? C'est de la folie.

Il cligne des yeux.

— Ce qui est fou, c'est de te mettre aux enchères.

Son regard papillonne sur mon corps et je me rends compte avec horreur du peu de peau que la serviette blanche couvre. Ça n'avait aucune importance quand je pensais encore être seule dans ma chambre. Maintenant, il peut voir le haut de ma poitrine et la majeure partie de mes jambes.

— S'il te plaît, le supplié-je, sans trop savoir pourquoi.

Pour qu'il s'en aille ? Pour qu'il me comprenne ? Il ne le fera jamais.

— Je n'avais pas le choix.

Il détourne le regard un instant et je comprends qu'il est perché sur une échelle. Une échelle. Où l'a-t-il trouvée ? Dans un abri de jardin ? Ou peut-être qu'il l'a apportée lui-même. C'est une tentative de sauvetage insensée, sauf que je n'ai pas besoin d'être secourue.

Non, c'est un mensonge. J'ai besoin d'être secourue, mais j'ai encore plus besoin de l'argent qui dort sur ce compte en séquestre.

Ses narines frémissent.

— Seigneur, Avery ! Pourquoi est-ce que tu ne m'as pas appelé ?

— Tu as rompu avec moi !

— Et alors ? s'exclame-t-il, bouillonnant de rage. C'est Gabriel Miller ! L'homme qui a ruiné ton père.

Le rouge me monte aux joues, descend sur ma poitrine.

— Je sais. Je n'avais pas le loisir de choisir celui qui remporterait l'enchère.

— Je ne peux pas croire que tu l'aies laissé te toucher. Il a remis de fausses preuves au procureur. Et ensuite, il a envoyé des hommes agresser ton père ! C'est à cause de lui que ton père a besoin d'une infirmière nuit et jour auprès de lui.

Mon cœur se serre.

— Non. Ce n'est pas lui qui les a envoyés.

— Tu lui as posé la question ?

Oui, mais je ne suis pas sûre d'y croire. Et j'ai peur

d'en savoir plus. Peur de découvrir que c'est bien lui qui les a envoyés. Parce qu'il a remporté l'enchère, de toute façon. Que nous avons dans tous les cas besoin de cet argent. C'est du grand n'importe quoi, c'est malsain, comme la sauce pimentée sur mes doigts. Sauf que, parfois, il faut agir ainsi pour aider les gens qu'on aime.

— Ça n'a aucune importance, je reprends. La vente aux enchères est terminée. Il l'a remportée.

— Tu vas partir de là, rétorque-t-il sur un ton catégorique.

— Et renoncer à ce million de dollars ? Papa a besoin de cet argent.

Et j'ai plus que jamais besoin de pouvoir conserver la maison familiale. C'est tout ce qu'il reste de ma mère. Elle aurait su quoi faire, quoi dire, mais elle n'est plus là. Tout ce qu'il reste d'elle, c'est l'endroit où elle a vécu. Ce lieu qu'elle a aimé.

— Il n'a pas besoin de l'aide de Gabriel Miller. Cet homme est un putain de criminel.

— Je le sais, dis-je tandis que mon ventre se tord. Mais papa n'était pas une blanche colombe non plus. C'est ce qui est ressorti du procès.

Justin s'ébroue.

— Le procès. C'était une putain de mascarade. Miller a tout le bureau du procureur dans sa poche.

C'est impossible, non ? Papa a clamé son innocence jusqu'à la fin. Jusqu'à son agression, où il a perdu presque toutes ses capacités de locution. Pourtant, il y avait tellement de preuves contre lui !

Et Gabriel Miller a plus d'argent que Dieu. Il peut tout faire.

Sauf que l'honnêteté est la chose qui lui importe le plus au monde. Il garde la dernière bouteille de gnôle de son père pour lui rappeler combien il croit en l'importance d'être sincère. Il n'aurait pas donné de faux documents. Il ne m'aurait pas menti.

À moins que tout ça ne soit un mensonge, même sa prétendue sacro-sainte croyance en l'importance d'être honnête.

Je fais un pas en arrière.

— Il faut que tu partes.

— Tu m'écoutes ? demande-t-il avec un regard fou. Cet homme est un putain de monstre.

Cette pensée m'a traversé l'esprit au théâtre, mais c'est différent lorsque c'est Justin qui le dit. Plus offensant. Moins vrai.

— Tu ne le connais pas.

— Oh putain ! ricane-t-il. Tu ne craques pas pour lui, hein ?

J'ai l'impression que je manque d'oxygène, soudain, car je suis terrifiée à l'idée qu'il ait raison. C'est horrible. Impossible.

— Bien sûr que non ! Mais nous avons passé un accord. Et ils prennent leurs promesses au sérieux, dans la pègre. C'est ce qui a mis papa dans ce pétrin.

— Selon quel chef d'accusation penses-tu qu'il va te poursuivre, pour ta virginité ? Elle a disparu, putain ! C'est fini. Même Gabriel Miller ne traînera pas sa pute au tribunal.

Je tressaille. C'est l'homme que je devais épouser. *Pute.*

— Pars, Justin.

Je resserre la serviette autour de moi.

— Maintenant.

Il semble se rendre compte de ce qu'il vient de dire.

— Avery…

— Non. Je sais que tu voulais bien faire, mais ça ne fonctionne pas comme ça. J'ai besoin de l'argent de la vente aux enchères. Papa en a besoin. Et si Gabriel te trouve ici, il va être furieux.

— Furieux, grogne une voix basse dans mon dos. C'est un euphémisme.

Je fais volte-face pour découvrir un Gabriel Miller enragé, le visage tordu en un rictus. Je lève automatiquement les mains pour me défendre. Je ne pense pas qu'il va me faire du mal, mais il pourrait en faire à Justin. Même s'il m'a trahie en rompant nos fiançailles, il ne mérite pas qu'on l'agresse.

— S'il te plaît.

Gabriel a l'air incrédule.

— Tu me supplies pour épargner sa vie ?

La panique me serre la poitrine. Gabriel le tuerait-il ?

— Il n'a rien fait.

— Il est entré sur ma propriété. Il a essayé de prendre ce qui m'appartient.

Moi. Il parle de moi. J'ai le tournis.

— Je suis toujours là. S'il te plaît.

Il m'enserre le poignet, d'une prise ferme et dure. Il m'écarte de son chemin et je virevolte pour quitter son emprise. La serviette tombe et je me couvre à deux mains.

Deux pas. Il ne suffit que de deux pas pour que Gabriel attrape par le collet un Justin le visage soudain rouge, perché sur l'échelle avec un équilibre tout juste précaire. J'accours vers eux, ma pudeur oubliée, en tirant sur le bras de Gabriel.

— Laisse-le partir !

Gabriel pousse un grognement.

— Je vais l'enterrer dans les bois. Non, je vais l'abandonner à même le sol et laisser les loups s'occuper de lui. Personne ne retrouvera jamais son corps.

Justin écarquille des yeux pleins de peur.

— Arrêtez, dit-il d'une voix sifflante. *La vérité.*

— La vérité ? demande Gabriel sur un ton doucereux, comme une promesse de mort.

Seigneur, Justin n'a pas idée qu'il frôle la mort ? Menacer Gabriel Miller de me dire la vérité ne fera que le mettre encore plus en colère. Peu importe ce qui s'est passé avec mon père, je sais qu'il est honnête.

Et Justin s'en rend compte lui aussi, alors que la vie lui échappe peu à peu. Ses yeux deviennent vitreux. Gabriel n'a même pas besoin de l'étouffer. Il n'a qu'à lâcher prise. Désorienté, étourdi, Justin chuterait mortellement.

— Je serai sage… je promets à voix basse et avec sérieux.

Je m'accroche à la chemise blanche de Gabriel – il ne s'est pas changé, je m'en rends compte, depuis que nous sommes revenus du théâtre. Il porte toujours sa chemise de smoking. Peu importe la force avec laquelle je tire dessus, je n'arriverai jamais à le faire bouger. Il est fait de pierre.

Que puis-je faire ?

Que puis-je lui offrir ?

La ficelle. Ma santé mentale, s'il le faut.

— Je ferai une partie avec toi. Je jouerai aux échecs avec toi.

La respiration de Justin est terriblement sifflante, ses membres tressautent. Pendant un horrible moment, je crois qu'il va tomber, mais la prise de Gabriel sur le col de sa chemise le maintient sur l'échelle.

Il a dû desserrer sa poigne, car les yeux de Justin retrouvent, même si son visage reste rouge et bouffi.

— Espèce de salaud ! halète-t-il.

Mon Dieu ! il n'a aucun instinct de survie.

— Va-t'en, chuchoté-je.

Il me regarde, puis se tourne vers Gabriel et en arrive à la meilleure des conclusions. Sur des jambes flageolantes, il descend l'échelle. Je le regarde courir sur la pelouse, puis à travers les bois par lesquels il a dû entrer. Pendant un moment, je m'inquiète des loups, jusqu'à ce que je réalise que j'ai mon propre animal sauvage à gérer.

Gabriel se tourne vers moi.

— C'est toi qui l'as appelé ?

— Quoi ? Non ! Vérifie les relevés téléphoniques si tu ne me crois pas.

— Oh, je l'ai déjà fait, dit-il avec un air sinistre. Monsieur Stewart. Et Harper St. Claire, ton amie de lycée. Tu auras pu lui faire passer un message par son intermédiaire.

Je tremble de colère, je me rends compte qu'il a regardé mes relevés téléphoniques. Pour autant que je sache, il y a peut-être aussi une caméra planquée dans la pièce. Il ne respecte rien.

Qu'en est-il de la vérité ? Est-ce que ça, au moins, il le respecte ? Aurait-il fabriqué des preuves de toute pièce pour que le procureur puisse inculper mon père ? Aurait-il distribué des pots-de-vin pour s'assurer que mon père soit condamné ?

Mon père est peut-être innocent, après tout !

Gabriel claque la fenêtre et la verrouille.

— Nous ferons une partie demain.

CHAPITRE VINGT-SEPT

Je me reveille avec une note qui n'indique qu'une chose : *quinze heures.*

Ce qui veut dire que j'ai le reste de la journée pour réfléchir à ma stratégie de jeu. Je préférerais lire un livre ou regarder un film. Je préférerais regarder l'herbe pousser, mais comme avec la professeure du musée, j'ai bien trop envie de stimulation intellectuelle. Mon cerveau a décidé de gagner, quoi qu'il en soit.

Enfin, je dirais que je n'ai pas envie de perdre. Mais ce n'est pas vraiment de ça qu'il s'agit. Il s'agit de lui donner un morceau de moi, de m'ouvrir bien au-delà du niveau physique. Il existe une centaine de mythes sur la façon dont une partie d'échecs révèle la véritable identité d'une personne – un fils perdu depuis longtemps qui retrouve son père grâce à une même stratégie d'échecs inhabituelle. Des messages écrits que l'on peut décrypter dans le bois noir et blanc, suivant un nombre infini de coups.

Je vais jouer avec Gabriel. Je jouerai pour gagner, mais je ne renoncerai pas à tous les secrets que je dois garder.

Quand j'arrive dans la bibliothèque, il est déjà assis dans l'un des fauteuils. Les pièces sont déjà en place, les noires sont en face de lui. Il se lève lorsque j'entre dans la pièce, une vieille politesse qui convient à un jeu datant de plus de mille ans.

— Bonjour, lance-t-il.

Je le regarde avec méfiance en faisant le tour du fauteuil opposé, me demandant s'il est toujours en colère contre Justin. Probablement, mais il n'a pas l'air en colère aujourd'hui. Il a la même expression neutre et soucieuse qui cache tout ce qu'il pense. Un parfait visage impossible.

Je me tords les mains.

— À propos de Justin.

Les traits de son visage ne bougent pas d'un millimètre, mais je sens une bulle de rage bouillonner près de la surface.

— Oui ?

— J'ai besoin que tu me promettes que tu ne lui feras rien.

Il parle avec ce ton dangereusement doucereux qu'il prend quand il a envie de tuer.

— Qu'est-ce que je ferais à quelqu'un comme lui ?

Je me force à rassembler mon courage, car je ne pourrais plus me regarder dans le miroir s'il arrivait quelque chose de grave à Justin. S'il finissait comme mon père. Les hommes les plus importants de ma vie vont déjà assez mal comme ça.

— Envoyer des hommes pour le tabasser.

Il se tait un moment et je n'entends plus rien que le faible crépitement du feu.

— C'est ce que tu penses que j'ai fait à ton père ?

Mon courage faiblit, mais je me force à redresser mes épaules.

— Est-ce que c'est ce que tu as fait ?

— Je n'envoie pas de gens faire mon sale boulot. Si je veux réduire quelqu'un en bouillie, je le fais moi-même.

Ce qui ne me dit pas vraiment si oui ou non il a fait du mal à mon père. Sauf que celui-ci disait qu'il ne connaissait pas ses agresseurs. Qu'il y avait plusieurs hommes et qu'ils portaient des masques. M'a-t-il dit la vérité ? Ou bien était-ce Gabriel Miller ?

Il prend un air grave.

— Et je n'ai aucune envie de tabasser un vieil homme.

Le soulagement que j'éprouve est plus profond que d'apprendre que je ne me trouve pas dans la même pièce que l'agresseur de mon père. C'est à propos de Gabriel lui-même. De mes sentiments pour lui.

— Tu as donné des preuves sur mon père au procureur.

— C'était la façon la plus évidente de le traîner dans la boue, de le ruiner.

Effectivement. Il était suffisamment faible pour que

quelqu'un d'autre se sente prêt à envoyer des hommes rouer mon père de coups dans une ruelle sombre. Peut-être que ça n'a aucune importance que Gabriel ne l'ait pas touché lui-même. Il est à l'origine de la suite d'événements qui a conduit mon père à rester alité, branché à un million de machines différentes.

— Tout comme acheter sa fille, dis-je, la voix légèrement tremblante. Durant une vente aux enchères publique. C'est ton idée, je m'en souviens.

— L'une de mes meilleures idées.

Je ne tressaille pas. À l'intérieur, j'ai la nausée, car je me rends compte que je me soucie d'un homme qui me manipule comme une pièce d'échecs. Mon père ? Gabriel ? Ils ont cela en commun, leurs mains lourdes qui me déplacent sur l'échiquier.

Les pièces sont parfaitement alignées, polies. Un merveilleux champ de bataille avant le carnage.

— Je suis les blancs.

— C'est toi qui as commencé, lance-t-il car c'est moi qui me suis rendue au Den cette nuit-là.

Il a raison sur ce point. Si je n'avais pas fait ça, je n'aurais pas rencontré Gabriel, je n'aurais pas été mise aux enchères, je ne serais pas chez lui. Est-ce que je changerais les choses, si je le pouvais ? Je perdrais la maison, le seul lien qu'il me reste avec ma mère. Il m'aurait fallu accepter la demande en mariage de l'oncle Landon, m'enfermant dans une union avec un homme qui est à la fois un membre de la famille et un tricheur – un homme qui aurait acheté une vierge pour en profiter durant un mois alors même que nous aurions été fiancés.

Je m'assieds et étudie l'échiquier. Les pièces sont brillantes, bien polies, dénuées du moindre grain de poussière. Évidemment, elles sont sculptées à la main, luxueuses, mais sans marque particulière, malgré la richesse de Gabriel. Certes, il peut acheter tout ce qu'il veut, mais je crois que je peux déduire davantage de choses.

— Quand as-tu reçu ce jeu ?

Il affiche un bref sourire.

— La veille de ton arrivée. Je l'ai commandé le lendemain de ta visite au Den. Enfin, quelques jours plus tard. Une fois que Damon a mis la main sur la lettre de ton professeur d'échecs.

J'écarquille les yeux.

— Impossible que qui que ce soit ait pu le fabriquer aussi rapidement.

— J'ai payé une prime d'urgence. Je ne suis pas certain que l'artiste ait beaucoup dormi.

Je regarde l'échiquier sous un nouvel angle. Personne n'a jamais joué avec. Le symbolisme de cette partie me touche plus que je ne le souhaite. C'est un jeu vierge. Comme moi.

— Pourquoi ?

— Je suis quelqu'un d'extravagant.

Il l'est, mais il est aussi méthodique, intelligent. Un fin stratège. Tout ce qu'il fait, il le fait dans un but précis. Il a dû prévoir qu'il allait enchérir sur moi dès le moment où il a suggéré cette vente. Une honte publique. La vengeance ultime. Je devrais le détester, mais je ne peux pas, pas plus que je ne peux détester mon père d'avoir tout perdu.

Je déplace mon pion en e4, une ouverture simple. Ça ne lui donne aucun indice sur moi, mais je dois apprendre des choses sur lui si je veux gagner.

Il ne réfléchit qu'une seconde avant de déplacer un pion en c5. La défense sicilienne. Ça ne me dit pas grand-chose sur lui non plus, si ce n'est qu'il n'est pas un débutant. S'il avait fait le gambit du roi, j'aurais peut-être pu le mener par le bout du nez, lui faire croire qu'il avait une chance de gagner avant de mettre un terme à la partie. Il en sait assez pour me défier.

— C'est un jeu intéressant pour une étudiante en mythologie, murmure-t-il en me regardant. Un peu agressif. Mathématique.

S'il essaie de me distraire, ça ne marchera pas. Je déplace mon cavalier en f3, ce qui lui permet de jouer ses coups avant que je ne le surprenne.

— En fait, les échecs sont profondément ancrés dans la mythologie. Dans tous ces récits qui tentent de retracer sa création à travers les guerres gagnées et perdues à cause d'eux. Des philosophes, des rois, des poètes. Des gens de tous horizons ont utilisé les échecs pour expliquer les choses.

Il sourit et joue à nouveau.

— Tu ne crois pas qu'ils aient été inventés par Moïse, alors ?

Moïse est l'un des nombreux inventeurs présumés des échecs. Le guerrier grec Palamède l'aurait créé pour mettre sur pied des stratégies de combat. Un philosophe indien l'aurait conçu pour dire à la reine que son fils unique avait été assassiné. Je m'intéresse à la vérité, mais les histoires nous en disent aussi beaucoup sur les personnalités qui ont traversé l'histoire.

Je joue à nouveau.

— Je ne m'intéresse pas seulement aux mythes qui entourent les échecs. Les échecs eux-mêmes sont un mythe, tu sais ? Un jeu sur la hiérarchie, sur la guerre. C'est quelque chose que les gens utilisent depuis des millénaires pour expliquer certaines notions complexes. Les mathématiques, effectivement. La géométrie. Le commerce. La philosophie. Et même l'amour.

— L'amour, répète-t-il en faisant un gambit du roi. Dans un jeu de guerre.

Je ne peux pas dire s'il réfute cette possibilité ou s'en étonne. De toute façon, je ne suis pas sûre de pouvoir discuter d'amour avec un homme qui m'a achetée comme du bétail. Ou peut-être que, tout comme la brutalité contenue dans le jeu d'échecs, le fait qu'il me possède est le mythe parfait pour en apprendre plus sur lui.

Je prends son cavalier.

— Et si tu crois que les archéologues ne sont pas violents, c'est que tu n'en as jamais vu se battre pour avoir la primeur d'une nouvelle découverte, terminé-je.

Nos prochains coups se font en silence, alors que nous nous battons pour prendre le contrôle de l'échiquier, pour atteindre le centre, pour ériger nos défenses, là où se déroulera la bataille finale.

CHAPITRE VINGT-HUIT

Nous en sommes au milieu de la partie, et j'ai déjà sécurisé mon roi dans un coin, protégé par la dame, mes tours, mes cavaliers et des pions placés stratégiquement. C'est une position forte qui répond à la règle la plus importante : protéger le roi.

En revanche, les pièces de Gabriel mordent sur mes plates-bandes – ses fous, ses cavaliers. Mon Dieu, même sa dame est en g5, sur mon territoire. Elle semble vulnérable, mais je ne peux pas l'attaquer.

Son roi n'est protégé que par une seule tour et un pion.

Je serais terrifiée par ce peu de protection, mais Gabriel semble confiant et sûr de lui, comme d'habitude. Il est clair que sa stratégie est élaborée. Et aussi peu protégé que soit son roi, je ne peux pas l'atteindre non plus.

— Devrions-nous rendre cette partie plus intéressante ? demande-t-il.

Des enjeux. Des paris.

— Que pourrais-je avoir que tu veuilles ?

— Tu le sais, ma petite vierge.

Mon visage s'enflamme.

— Tu m'as déjà achetée, tu te souviens ?

— Je parle d'un échange favorable.

Je jette un regard suspicieux sur l'échiquier. Me suis-je mise en danger ?

— Ma dame contre ta tour ?

Il sourit.

— Non, ma dame contre ta tour.

Ça le mettrait dans une situation encore plus périlleuse.

— Pourquoi est-ce que tu ferais ça ?

— Car c'est ta maison. C'est important pour toi.

— C'est ma maison. La maison familiale.

— C'est bien plus que ça. Explique-moi pourquoi.

— J'y ai grandi. Mon père s'y sent bien et c'est peut-être les derniers mois qu'il lui reste à vivre.

Je ne lui ai pas tout dit et il le sait.

— Il peut se sentir bien ailleurs.

Je fixe l'échiquier, essayant de réfléchir à la façon dont je peux prendre sa dame sans lui répondre. Je ne peux pas. Mes poings se serrent sous le coup de l'impuissance. C'est ce que je ne voulais pas, être aspirée dans une bataille personnelle avec Gabriel Miller. Exposer mes points faibles, là où il peut me faire le plus de mal. Mais c'est là tout l'intérêt du jeu d'échecs.

C'est aussi tout l'intérêt d'une vente aux enchères où il pouvait acheter ma virginité.

— Ma mère s'est suicidée.

Il prend une vive inspiration.

— Je suis désolé.

— Mon père a dit à tout le monde que c'était un accident. Une nuit d'orage. Des freins défectueux. Personne n'a remis sa version des faits en question. Mais j'ai entendu le chef de la police discuter avec lui cette nuit-là. Ses freins étaient en très bon état. Et les traces sur la route... leurs experts scientifiques ont réussi à déterminer que c'était un acte délibéré.

Ton esprit. Ton âme. C'est ça, ton moyen de pression.

Et j'y renonce en échange de la vérité.

— Avery.

— Ils ont passé ça sous silence parce que sa famille, mes grands-parents, ils sont catholiques. Ils voulaient qu'elle soit enterrée dans la crypte familiale. Ils n'auraient pas pu le faire si...

Si les gens avaient su qu'elle s'était suicidée.

— Avery, je suis vraiment désolé.

Je me suis demandé et je me demande encore pourquoi elle est morte. Avait-elle peur ? Était-elle en colère ? Je suis une femme adulte, maintenant, mais une partie de moi sera toujours cette petite fille brisée qui se demande pourquoi sa mère l'a quittée, qui pense qu'elle ne comptait pas suffisamment pour la maintenir en vie.

— Il a construit cette maison pour ma mère, révélé-je enfin. Elle s'est entretenue avec l'architecte, qui l'a conçue pour elle. Je ne sais pas... Je ne sais pas pourquoi elle souhaitait faire les choses de cette façon. Ou ce que ça signifie, dans tous les cas. Mais c'est la seule chose qui me reste d'elle.

— Son propre échiquier, dit Gabriel d'une petite voix.

Ses mots me surprennent. Il met ensuite sa dame en danger.

— Oui.

Il est là depuis son mariage avec mon père, quand elle était encore pleine d'espoir et amoureuse. C'était ça, son ouverture. Et je sais déjà comment les choses se sont terminées. Ce qu'il s'est passé entre les deux, sur le terrain sombre de sa vie, je n'en ai aucune idée. C'est quelque chose de trop important pour faire des théories fumeuses. Qu'a-t-il bien pu lui arriver ?

Je saisis ma tour en la tenant bien fermement. Les stries du bois s'enfoncent dans ma peau, une douleur que je trouve réconfortante. Puis je pousse sa dame sur le côté, la capturant parce qu'il me l'a permis.

Nous jouons la fin de la partie au son du feu qui crépite durant quelques minutes. La dame m'a donné un avantage et je pourrais peut-être le mettre échec et mat. Même si, vu son niveau, il pourrait faire traîner les choses un certain temps, et même renverser la situation. C'est peu probable.

J'ai envie d'égaliser. La dame n'était pas un échange équitable pour lui.

— Un échange favorable, lancé-je.

Il hausse les sourcils.

— Ta dame ?

— Contre ta tour. Pourquoi voulais-tu acheter l'entreprise de mon père, si elle était en si mauvaise posture ?

Il est si surpris que son émotion se répercute dans toute la pièce, comme une vague aussi puissante que le feu, que le bruit du bois contre le bois. Son étonnement est presque tangible. Il est réticent à répondre. Mais il veut ma dame.

— Je t'ai vue, dit-il lentement. À ta fête de fin d'études.

J'écarquille les yeux.

— Tu y étais ?

— Ton père m'a invité. C'était plus discret que je fasse mon entrée au milieu de la foule. Car si on me voyait traiter directement avec lui, les gens auraient pensé que nous travaillions ensemble.

Je me souviens du gâteau en forme de mortier, de mon exaltation d'avoir enfin fini avec ces uniformes que j'avais portés quatre ans durant en école préparatoire, de mon excitation à l'idée d'aller à l'université. Si pleine d'espoir. Je n'avais aucune idée que peu de temps après, je serais mise aux enchères.

Et je me souviens de l'homme dans l'escalier.

— Je t'ai vu aussi.

— Et je t'ai désirée tout de suite, me révèle-t-il.

Mon souffle se coupe sous la lumière crue de la vérité. Il s'ouvre à moi. Ça vaut tellement plus que ma dame !

— Qu'as-tu fait ?

— Je ne suis pas un monstre, malgré ce que tu peux penser. J'aurais pu t'avoir. J'aurais pu te forcer la main, même à ce moment-là. Mais je voulais que tu viennes à moi.

Oh, mais il m'a forcé la main ! Patiemment, en employant la ruse. Il a déplacé ses pièces d'échecs, me bloquant suffisamment pour qu'il ne me reste qu'un chemin à emprunter.

Je déplace ma tour, qui n'est alors plus en sécurité.

— C'est pour ça que tu as ruiné mon père, chuchoté-je.

— Je suis patient, quand il le faut.

Il capture ma dame, transformant cette fin de partie en une course effrénée.

— Lorsque l'entreprise de ton père était en difficulté, il a eu besoin de trouver un acheteur. C'est lui qui a choisi de me trahir.

— Ça n'explique pas pourquoi il t'a invité à ma fête de fin d'études en premier lieu. Sur quoi travailliez-vous avec lui ? Qu'est-ce qu'il ne voulait pas que les gens sachent ?

Gabriel étudie l'échiquier.

— Qu'est-ce que tu sais, au sujet de ton père ?

— Je suis allée au procès.

Même si j'ai eu l'impression de recevoir un coup de poing dans le ventre à chaque terrible révélation à son sujet, à chaque fois que l'un de ses anciens collègues s'est levé pour témoigner contre lui. Tant de secrets.

— Je sais ce qu'il a fait.

— Pas tout.

— C'est-à-dire ?

— Ton fou, dit-il doucement.

Je regarde l'échiquier, ressentant le déni jusque dans mes mains, dans mes bras. Dans ma poitrine comprimée. Je peux encore gagner. Je sais que je le peux et je pense qu'il le sait aussi. Sauf que si je lui laisse mon fou, mon roi sera exposé. Il me fera échec et mat en deux coups. Je vais perdre. Que valent ces informations, pour moi ?

Mon cœur bat à un rythme effréné quand je prends ma décision.

Je mets mon fou à découvert.

— Je connais ton père depuis des années. Je sais qui il est. Mais je n'avais jamais travaillé avec lui auparavant. Il m'a invité à ta fête de fin d'études pour voir si je serais prêt à travailler avec lui, comme mon père l'avait fait avant moi.

La peur enroule ses doigts glacés autour de mon cœur.

— Que faisait ton père avec lui ?

— Il achetait des choses. En vendait d'autres.

Gabriel utilise son cavalier pour prendre ma dame. Un seul mouvement de plus et il aura mon roi.

— Comme la plupart des hommes d'affaires.

Sauf que son père était un menteur, ce qui explique pourquoi il le détestait tant.

— De la drogue. Des armes ?

Son regard doré croise le mien.

— Des gens.

Je prends une vive inspiration, horrifiée, incrédule.

— Non !

Il est en train de dire que son père était impliqué dans le trafic d'êtres humains. Que mon père aussi.

— Joue, m'ordonne Gabriel d'une voix douce.

Mes doigts sont engourdis quand je pousse un pion vers l'avant. Je devrais simplement renverser mon roi. Je sais ce qui va arriver, mais j'ai besoin de l'entendre le dire. J'ai besoin de connaître la vérité. Peut-être que je suis comme Gabriel Miller, après tout. Les mythes en disent beaucoup sur ceux qui les créent, qui y croient, mais c'est la vérité qui compte, au fond.

Sa tour traverse l'échiquier jusqu'au premier rang. *Échec et mat.*

L'expression vient de l'ancien persan. Certains disent que ça signifie « Le roi est mort », mais la réelle traduction de cette locution est un peu moins terrible selon la façon dont on l'appréhende. Le roi est impuissant. Le roi est vaincu. Lorsqu'il n'y a plus de coups à jouer, sa seule option est de se rendre.

— Je ne fais pas de trafic d'êtres humains, continue-t-il. Je me suis fait cette promesse à la mort de mon père. Jamais. Absolument jamais. Et puis tu es arrivée, désespérée et fauchée. Mon Dieu, tu avais tellement maigri !

— Tu aurais pu m'aider !

— Ce n'est pas comme ça que ça fonctionne.

La vente aux enchères a été violente pour moi. Être achetée comme un objet. Les brefs moments de gentillesse qu'il m'a accordés.

— Tu m'as achetée, mais tu ne m'as pas encore faite tienne.

— L'attente te tue ? Imagines-tu le pire des scénarios dans ton beau cerveau de stratège ? Est-ce que tu préférerais que je pénètre dans ta chambre ce soir et que je te brise, ma petite vierge ?

Oui, par pitié. Je n'arrive pas à dire quoi que ce soit et je lâche un sanglot à la place. C'était mon père, le monstre du Labyrinthe, depuis le début. C'est pour cette personne que j'ai mis ma virginité aux enchères, pour quelqu'un qui a acheté et vendu des gens. C'est avec cet argent qu'il a payé mes frais de scolarité, mes robes de luxe. J'ai la nausée. Ma mère était-elle au courant ? Est-ce que c'est pour ça qu'elle s'est suicidée ?

La dernière chose que je vois avant de m'enfuir de la pièce est mon roi, effondré sur l'échiquier.

CHAPITRE VINGT-NEUF

J'APPUIE MON FRONT contre le verre froid, fixant la forêt sombre. Justin a bravé ces bois, et peut-être de vrais loups, pour me sauver. C'était en fait assez galant, voire très urbain de sa part. Gabriel se serait vengé publiquement de lui, sans lésiner sur les moyens.

Et j'aurais dû renoncer à un million de dollars. Peut-être que ça aurait valu la peine de faire ça par amour. Sauf que Justin m'a prouvé que ce n'était pas de l'amour quand il a rompu avec moi à cause de ce que mon père a fait.

Je suis donc toujours là, toujours enfermée dans ma tour cernée par un dragon.

Gabriel a raison quand il dit que mon esprit peut imaginer le pire des scénarios. Une centaine de stratégies, un million de possibilités. Toutes les choses qu'il pourrait me faire.

Pourquoi est-ce que j'attends qu'il vienne à moi ?

Il m'a donné les blancs parce que j'ai fait le premier pas. C'est ce que je devrais faire pour le sexe. C'est un avantage – un petit avantage, mais j'ai besoin de tous les avantages que je peux avoir. Aux échecs, nous nous débrouillons bien. J'ai quand même perdu, en sacrifiant mon jeu pour obtenir des informations qui m'ont brisé le cœur. Toutefois, quand il s'agit de sexe, il m'est de loin supérieur. Je suis une novice. Je ne suis rien.

Cela dit, je vais terminer cette partie comme je l'ai commencée – avec courage.

Je sais exactement dans quelle pièce le trouver. La seule porte qui soit fermée à clef. Qui ferme sa chambre à clef dans sa propre maison ? Une personne qui a quelque chose à cacher.

J'avance à pas de loup sur le tapis oriental dans le couloir. Mes coups contre la porte résonnent, c'en est presque incongru. C'est un son agressif. C'est ce qu'il a dit à propos des échecs. Agressif et mathématique. C'est ce que je ressens en ce moment, comme si je faisais un pacte avec le diable.

Il ouvre la porte, l'air incrédule.

— Toi ?

Il a retroussé les manches de sa chemise, son pantalon de ville laissant apparaître des chaussettes noires. J'ai l'impression de le surprendre dans un moment intime, lorsque je vois ces chaussettes noires. J'ai déjà vu beaucoup plus de son corps – en tout cas, dans la pénombre de l'escalier en colimaçon –, mais le voir en chaussettes, comme si nous étions proches, me semble un moment important.

— Est-ce que je peux entrer ?

Il éclate de rire et laisse la porte ouverte tout en retournant dans sa chambre. C'est à ce moment-là que je me rends compte qu'il est ivre. Il y a une bouteille sur la table, près de la cheminée. Je reconnais l'encre effacée par le temps, le liquide clair. De la gnôle.

J'entre et ferme la porte derrière nous.

Il soulève un verre à moitié vide en guise de faux *toast*.

— Tu en veux ?

— Ce serait peut-être mieux que l'un d'entre nous reste sobre.

Sa pomme d'Adam s'agite lorsqu'il en prend une longue gorgée.

— Je ne suis pas si soûl que ça. Pas suffisamment pour m'empêcher de la lever, si c'est pour ça que tu es venue.

Je cligne des yeux. Il me faut une, deux, trois secondes pour comprendre ce qu'il entend par *la* et *lever*. Ça m'embarrasse d'apprendre que l'on peut être trop ivre pour bander.

— Bien.

Il éclate d'un rire rauque.

— Oh, ma petite vierge. Tu es si délicieuse ! Tu le sais ?

Mes joues chauffent et je me détourne.

— Plus pour longtemps.

Un *tintement* doux résonne ; il doit avoir posé son

verre. Un mouvement d'air quand il s'approche. Puis il m'offre la plus douce des caresses du revers des doigts contre ma joue.

— Tu seras toujours délicieuse.

Je croise son regard.

— Mais je ne serai plus vierge.

— Non, répond-il avec un air pensif. Je ne pense pas que tu le resteras très longtemps. Tu es venue pour faire affaire ? Un échange favorable ?

— Je n'ai plus rien à marchander.

Il a pris mon corps de toutes les manières possibles, sauf celle-ci. Et il a pris ce que j'avais juré de ne jamais lui donner : mon esprit, mon âme. La pelote de laine qui m'aurait permis de sortir du labyrinthe. Il n'y a plus rien.

Il sort quelque chose de sa poche et l'examine. Le bois pâle brille à la lueur du feu. Un pion. Il a dû le rapporter de l'échiquier. Je me souviens de sa forme, de la surface lisse sous le bout de mes doigts.

— Si petite, dit-il d'une voix pâteuse. Pourquoi ne puis-je pas te laisser partir ?

Il doit être plus ivre qu'il ne le pense s'il parle à un morceau de bois sculpté. À moins qu'il ne parle de moi.

— Je suis là.

Son regard doré se focalise sur moi.

— Oui, ma petite vierge. Est-ce que tu veux bien te déshabiller pour moi ? Écarter les cuisses ? Me laisser te baiser jusqu'à ce que tu saignes comme une putain de martyre ?

Un tremblement naît au plus profond de ma poitrine et s'étend dans tous mes membres.

— Je sais que tu peux rendre ça agréable.

— Tu ne veux pas que ce soit *agréable*, dit-il comme si le mot lui-même était sale. Tu veux que je te baise. C'est pour ça que tu es venue ici. Dis-le.

Ma voix n'est plus qu'un murmure.

— Je suis venue ici pour que tu me baises.

Il désigne le lit d'un doigt.

— Assieds-toi.

Je m'assieds sur le bord du lit, ne me rendant compte que lorsque mes pieds pendent dans le vide qu'il est très élevé. Je me sens petite et impuissante, ce qui était probablement le but de la manœuvre. Je suis sur les nerfs. C'est totalement le but.

C'est là que je réalise ce qu'il est en train de faire. J'ai fait le premier pas. Il aurait pu en faire autant, mais ça aurait été trop facile. Au lieu de ça, il fait prendre une direction différente à notre jeu, élargit le cercle de notre combat. La défense sicilienne. C'est ce qu'il a fait avec la vente aux enchères et c'est ce qu'il fait là tout de suite.

Il vient se placer devant moi, sa grande main jouant avec les froufrous de ma chemise de nuit.

— Qu'est-ce que c'est ?

Je me mords la lèvre, gênée.

— Mes autres pyjamas ont… enfin, des imprimés.

Des licornes. Des arcs-en-ciel.

Je ne suis pas si enfantine que ça, mais ils sont drôles. Marrants. Cette chemise de nuit de couleur crème possède un petit nœud rose au niveau du cou. Trop simple pour séduire qui que ce soit, mais toujours mieux que les singes avec lunettes de soleil.

Il étudie les froufrous comme s'il ne les avait jamais vus auparavant. Il pourrait tout aussi bien être en train de réfléchir à un nouveau coup à jouer, car ça lui demande beaucoup de concentration – le petit tourbillon de tissu, la peau de ma cuisse juste en dessous.

— Tu me fais souffrir, tu sais.

— Quoi ?

— Chaque fois que je pense à toi, je souffre.

Il pose une main sur sa poitrine.

— Là.

Pendant une seconde, je crois qu'il se moque sans doute de moi, comme l'ont fait les hommes présents à la vente aux enchères. Ça n'aurait pas dû arriver, mais ça calme sévèrement mes ardeurs. Pour autant, il a l'air très sérieux.

Et il dit toujours la vérité.

— C'est la gnôle qui te fait dire ça, dis-je en serrant mes genoux l'un contre l'autre.

Il trace une ligne le long de mes jambes, là où elles se touchent.

— C'est la chose la plus *sexy* que j'aie jamais vue.

Pas mes seins ni mes fesses. C'est la jointure de mes jambes, la ligne qui l'empêche d'entrer en moi.

Il veut faire une partie d'échecs. C'est pour ça qu'il m'a achetée. C'est pour ça qu'il a attendu pour prendre ma virginité. Je ne sais pas si les autres hommes voulaient mon corps ou mon âme, mais cet homme… il aime les défis.

Je détourne le regard, car c'est encore plus effrayant d'entrer dans son jeu. *N'affronte pas celui qui t'achètera, oppose-toi à lui. Qu'il soit prêt à tout pour te posséder davantage.* C'est ce que Candy m'a conseillé de faire. Je me souviens du regard complice qu'elle avait dans les yeux, de la lueur de défi. Elle savait à quel point ce serait difficile de jouer le jeu plutôt que de l'affronter directement. D'essayer de gagner en sachant que j'allais très probablement perdre la partie.

Je veux être une martyre, comme il l'a dit. J'ai besoin de ça, parce que c'est la seule façon que j'aie trouvée pour pouvoir le haïr. Fais-moi saigner. Fais-moi pleurer. Je te mépriserai enfin, une pure et légitime fureur.

C'est à sa gentillesse que je ne peux pas faire confiance.

Du pouce, il tourne mon visage pour que je lui fasse face.

— Ma petite vierge.
— Gabriel.
— Écarte les jambes.

Mon cœur bat la chamade.

— Force-moi.

Il ressort de nouveau le pion. Il passe le doigt dessus d'une manière qui devrait être tout sauf sensuelle, mais qui l'est pourtant. Il fait ça encore et encore, jusqu'à ce que la tête lisse et incurvée semble être un endroit de mon propre corps. Jusqu'à ce que chaque mouvement de son pouce me fasse serrer les cuisses.

— Tu n'as pas envie de ça ? murmure-t-il.

Il lui serait facile d'enfoncer sa main entre mes jambes, de les écarter à ma place. Je ne pourrais pas l'arrêter. Je n'essaierais pas. Seulement, il veut que je cède. Il veut aligner toutes ses pièces et me mettre en échec. Il aimerait également que je mette ma dame en danger, juste parce qu'il me le demande.

— Non.

Il éclate d'un petit rire en fixant la tête arrondie du pion.

— Une si petite chose. Mais si puissante. Tu ne crois pas ?

Il se lèche le pouce, avant de le glisser à nouveau sur le pion. Il brille de sa salive. Puis il fait quelque chose d'obscène, de choquant : il pose le pion contre ses lèvres. Un baiser. Le soupçon d'un coup de langue.

— Ouvre-les.

Mes jambes tremblent tant je lutte pour les maintenir l'une contre l'autre. Les muscles à l'intérieur de mes cuisses se contractent et se relâchent, j'ai des spasmes lorsque je le regarde sucer la petite tête du pion.

Mon souffle se prend dans ma gorge.

— Je ne peux pas...

Toutes les cellules de mon corps me hurlent d'ouvrir mes cuisses, mais ce n'est pas seulement son pouce qui va me toucher. Pas seulement ses lèvres ou sa langue. Il va me baiser ce soir. Cette promesse brûle dans son regard.

— Il le faut, ma petite vierge. C'est la seule façon de prendre du plaisir. Il te suffit de céder.

Se mettre à découvert. Être capturée. Si simple et pourtant si difficile à faire. *Abandonner.*

Mes poings se crispent sur les draps derrière moi. Lentement, centimètre par centimètre, j'ouvre mes jambes pour lui. Deux de ses doigts soulèvent les froufrous qui bordent ma chemise de nuit, m'étudiant clairement d'une manière humiliante.

— Ta si jolie chatte. Est-elle jolie parce que personne ne l'a encore baisée ? Ou est-elle baisable parce qu'elle est si jolie ?

Je ne peux m'empêcher de rire.

— Ça, c'est bien la gnôle qui parle.

Il affiche un sombre sourire enjoué. Séduisant.

— La gnôle est une bonne excuse pour pouvoir te dire ce que je pense. Seigneur, ma petite vierge ! Si tu savais ce que j'ai pensé quand je te regardais dans ta petite robe dorée, dans ton foutu pantalon de yoga.

Quand tu te pavanais dans la maison comme si tu étais en sécurité. Je peux t'abattre comme une putain de gazelle dans le parc national du Serengeti.

J'écarquille les yeux, ma respiration s'accélère. Mes jambes s'écartent un tout petit peu plus.

— Ne bouge pas tes mains des draps, dit-il doucement.

— D'accord, lâché-je, le souffle coupé.

— Oui, monsieur.

Je ressens ma lutte intérieure. *La ficelle, accroche-toi à la ficelle !* En même temps, j'ai tellement envie de m'abandonner à lui. Je dois le faire. Mes yeux se ferment tandis que je soupire.

— Oui, monsieur.

Du bout des doigts, il pousse encore plus ma cuisse sur le côté. Je suis tellement exposée à lui comme ça ! Vulnérable. Puis il me touche le clitoris, comme je le désirais. Mon corps frissonne sous ses caresses.

Sauf que ça me semble différent. Plus dur. Plus froid.

Je jette un regard vers le bas et le vois avec le pion en main ; il le presse contre moi.

— Oh mon Dieu ! chuchoté-je.

— J'adore ces ridicules froufrous, mais j'ai besoin que tu retires tout ça maintenant. À moins que tu ne veuilles que je jouisse dessus.

C'est dur de bouger, de respirer, quand il bouge la pièce d'échec contre mon clitoris. Maladroitement, je parvins à retirer ma chemise de nuit. Elle glisse contre mon visage rouge, sans même que je me soucie de la nudité qui s'ensuit, de son regard affamé sur mes seins. Tout ça alimente l'intense pression qui augmente entre mes jambes, qui ne tient qu'à cette horrible petite pièce d'échecs. Celle qu'il a caressée. *Celle qu'il a léchée.*

Mon corps réagit à la dureté du bois, à la courbe de la tête, mais j'ai besoin d'autre chose. De la chaleur. De la douceur. De son corps musclé et poilu. Le pion me paraît trop impersonnel, humiliant et, mon Dieu ! encore plus excitant pour toutes ces raisons. Il y a quelque chose de terriblement séduisant de savoir qu'il me l'a capturé un peu plus tôt. Le pion est un outil, tout comme moi. Ma tête se révulse, mes yeux ne fixent plus rien, mes hanches ondulent contre la pièce d'échec.

— C'est ça, murmure-t-il. Jouis sur ce pion. Mouille-le de tes fluides si doux. J'ai envie de te lécher comme ça. Je veux que tu sois bien prête pour ce qui va suivre.

Ce qui va suivre, ce qui va suivre. Les mots tournent dans ma tête, insignifiants. Jusqu'à ce que le bruit d'une fermeture éclair déchire l'air. Puis mon regard se porte sur son pantalon, d'où il a sorti sa verge. Il la caresse. Elle est grosse. Massive. Un million de fois plus grosse que le pion. Comment est-ce qu'elle va pouvoir entre en moi ? Pourquoi la petite tête de bois sur mon clito ne m'a-t-elle pas satisfaite ? J'ai l'impression qu'il a une matraque en main.

— Attends, lancé-je d'une voix rendue tremblante par l'imminence de mon orgasme. Attends, s'il te plaît.

— Ma vilaine petite vierge. Il n'est plus temps d'attendre.

Il fait les cercles plus vite, plus concentriques, en appuyant avec le pion là où il faut. Alors je hurle, je gémis, je le supplie d'arrêter, de me donner plus, non, encore plus, *s'il te plaît.*

Mon corps est toujours secoué de spasmes bien après qu'il a éloigné la pièce d'échecs. Il ne se contente pas de le lécher. Il met toute la tête du pion dans sa bouche, se délectant du fluide, avant de le balancer plus loin.

Ensuite, quelque chose d'épais et de lisse se présente à l'entrée de ma vulve.

— Comment ? demandé-je, affolée.

Comment est-ce que ça va pouvoir entrer ? Comment en suis-je arrivé là ? Comment vais-je pouvoir continuer de vivre après ça, en sachant que j'ai vendu mon âme au diable ?

Il ne me répond pas, mais s'enfonce à l'intérieur d'un seul et brusque coup de hanches.

Le cri qui m'échappe résonne d'une douleur primaire, celle de perdre quelque chose. La douleur de la transgression.

— Gabriel.

— Encore un peu, dit-il entre ses dents serrées.

C'est là que je me rends compte qu'il n'est pas tout

entier à l'intérieur.

— Oh mon Dieu ! Je ne peux pas en supporter plus.

— Tu savais que ça ferait mal, murmure-t-il, la mâchoire serrée, les yeux fermés comme s'il essayait de toutes ses forces de garder le contrôle.

Je ne devrais pas me soucier de lui, je ne devrais pas aimer ce qu'il me fait. C'est comme ça qu'il m'a brisée. C'est bien pire que l'agonie déchirante de mon corps. C'est tellement plus difficile que de savoir que tout s'arrêtera après ça !

— Vas-y, chuchoté-je.

Il répond à mon invitation par un brusque hochement de tête. Ses muscles se tendent légèrement. Je le sens entre mes jambes. C'est le seul avertissement que j'ai avant qu'il ne s'enfonce encore plus, plongeant au plus profond de moi. Je peux le sentir à l'intérieur, me remplir, *me faire mal.*

— Comment est-ce que les gens supportent ça ?

Il me paraît presque peiné quand il éclate de rire.

— Toi seule peux me faire sourire dans un moment comme celui-ci.

Je grimace.

— Est-ce que c'est fini ?

Il se penche et utilise son pouce comme il l'a promis, caressant mon clitoris comme avec la tête lisse du pion. En esquissant des cercles d'infinis plaisirs, encore et encore. Petit à petit, j'arrive à me détendre. J'ai quand même l'impression d'être trop pleine. Je sens encore la brûlure de ce moment où il est entré en moi. Pourtant, mes muscles vibrent comme si je prenais un certain plaisir.

Ensuite, il se retire et me pénètre à nouveau, tapant contre un point en moi qui me fait cambrer le dos ; ma tête part en arrière, mes dents claquent violemment.

— C'est ça, ma petite vierge, dit-il, prononçant une syllabe entre chaque va-et-vient.

Je me transforme en une autre créature, de plus en plus, à chaque fois qu'il bute contre ce point si particulier en moi. Tout mon corps se liquéfie. La pression monte encore et encore en moi, comme quand il touche mon clitoris, mais différemment.

— Je ne suis plus... vierge... désormais.

Il est en moi, si profondément en moi.

Un coup et il est en moi jusqu'aux bourses. Je peux sentir ses poils rugueux chatouiller ma peau nue et sensible. Il agite les hanches dans cette position et mes yeux se révulsent.

— Tu pensais vraiment que ça allait s'arrêter ? marmonne-t-il d'une voix rauque. Tu pensais que je te baiserais et que tu arrêterais d'être ma petite vierge ?

Je ne réponds pas. Je ne peux pas. Il caresse mon clitoris avec tout son corps et je m'approche du précipice. J'appuie mes talons dans son dos, prête à tout pour m'accrocher au bord avant de chuter dans un gouffre de plaisir.

— Non, j'ai acheté ta virginité. Je te l'ai prise. Elle est à moi, ma petite vierge. Tout comme toi, tu es à moi.

Ma bouche s'ouvre, je respire difficilement. Il agite ses hanches contre les miennes, une revendication brute que mon corps saisit mieux que moi. L'orgasme me submerge et je chute dans le gouffre, tout étourdie, la tête en bas... Je sens presque le vent contre mon visage. Je peux voir la haute corniche sur laquelle je me tenais avant de chuter et de m'écraser au sol.

Gabriel me saisit la nuque d'une main, puis la hanche de l'autre. Il s'accroche à plus que mon corps, je me rends compte maintenant que je lui ai aussi offert mon âme. Une. Deux. Trois profondes pénétrations et il jouit, gémissant comme s'il souffrait, marmonnant mon prénom encore et encore – *Avery, Avery. Putain, Avery !*

Il s'effondre sur moi, roule sur le côté tout en me tirant avec lui.

Et puis, il lâche un dernier « putain » d'une voix cassée.

— Je ne savais pas, murmuré-je.

J'ai l'impression que c'est une terrible injustice qu'il m'ait fallu attendre vingt ans pour découvrir toutes ces sensations. En même temps, c'est une découverte parfaite.

— Je ne savais pas qu'on pouvait si profondément pénétrer quelqu'un.

Je ressens un étrange vide lorsqu'il se retire, quelque chose d'humide contre ma cuisse. Je suis sur lui, à reprendre mon souffle contre sa large poitrine, ébranlée par ce qu'il vient de se passer.

CHAPITRE TRENTE

Je respire encore avec difficulté quand il se lève.

Il touche quelque chose sur les draps. Du sang, brillant et étalé sur ses draps blancs. Ça me paraît barbare. C'est sorti de mon corps. De sa revendication brutale de tout mon être.

Il serre le poing.

— Gabriel ?

Sans un mot, il va dans la salle de bains. Je m'attends presque à ce qu'il me fasse couler un bain, comme il l'a fait auparavant. Ou peut-être qu'il revienne avec une serviette humide. Je peux la sentir entre mes jambes.

La douleur. Et ça saigne, apparemment.

La sueur sur mon corps se refroidit et je frissonne sur le lit. Seule.

Je me sens un peu désorientée, comme si j'avais bu une bouteille entière de cette gnôle. Qu'est-ce qui vient de se passer ? Du sexe. Je viens de coucher avec Gabriel Miller. J'ai perdu ma virginité avec lui.

Mes jambes vacillent quand je me lève, utilisant la table de chevet pour rester debout jusqu'à ce que mes genoux se stabilisent. Ensuite, je me dirige vers la salle de bains, dont la porte est ouverte. Gabriel se tient là, nu, désinvolte, les mains crispées sur le rebord du lavabo, son étrange regard doré ancré au miroir. Il se dévisage. Que voit-il ?

— Gabriel ?

Il ne bouge pas.

— Qu'est-ce que tu veux ?

La froideur de sa voix me blesse.

— Tu reviens au lit ?

J'ai apprécié la façon dont il m'a prise dans ses bras la dernière fois, dont il s'est blotti contre moi pour me protéger pendant que je m'endormais. J'ai besoin qu'il le refasse, surtout avec l'expression étrange et lointaine qui fige ses traits.

— C'est mon lit, rétorque-t-il brusquement. C'est ma place. Pas la tienne.

Je prends une vive inspiration.

— Pourquoi est-ce que tu te conduis comme ça ?

— Comme quoi ?

— Comme un connard !

— Désolé, j'espère que tu ne t'attendais pas à autre chose, mademoiselle James. Je t'ai achetée. Je me suis servi de toi. Maintenant, j'ai fini.

Piquée au vif, je fais un pas en arrière.

— Donc, je suis censée retourner dans ma chambre et y rester jusqu'à ce que tu veuilles à nouveau te *servir* de moi, c'est ça ?

Il fait volte-face et se rapproche.

— Non, je ne veux plus me servir de toi. Maintenant que je t'ai eue, j'en ai fini avec toi. Tu peux partir.

J'en reste bouche bée.

— Mais… un mois…

Son regard détaille mon corps, à la fois admiratif et cruel.

— Tu es belle, mais il y a beaucoup de belles femmes en ville. La seule chose qui te rendait spéciale était ta virginité, et maintenant, elle a disparu.

J'ai l'impression de recevoir un bloc de béton en pleine poitrine, qui me la comprime et m'empêche de respirer.

— Tu ne le penses pas.

— Pourquoi donc ? demande-t-il avec un air moqueur. Est-ce que tu as vraiment une si haute opinion de toi-même ? Je te prends une fois et je devrais continuer à te baiser pour l'éternité ? C'est une chatte sacrément fabuleuse que tu dois avoir, dis donc !

La rage que j'éprouve est tellement plus agréable que la douleur !

— Bien. Fais comme s'il n'y avait rien entre nous. Fais comme si tu n'aimais pas les échecs et le… le sexe avec moi !

Deux pas de plus et il est face à moi. Ensuite, il m'agrippe par les cheveux. Il me penche la tête en arrière pour me forcer à le regarder.

— Mettons les choses au clair, mademoiselle James. J'ai aimé jouer aux échecs avec toi. J'ai encore plus aimé coucher avec toi. Mais tu n'étais qu'un moyen pour moi d'arriver à mes fins. Un pion.

Je cligne des yeux, mais il m'est impossible de lutter contre mes larmes. Elles m'emplissent les yeux et roulent en gouttes chargées de honte sur mes joues. Il me lâche les cheveux en grognant.

— On s'est trop rapprochés, toi et moi, dis-je d'une voix inégale. Tu as peur parce que…

— Trouve-moi des excuses si tu veux. Vu que mon père tenait un bordel, je n'ai jamais appris à aimer, c'est ça ? Explique-moi, ma petite vierge. Tu imaginais pouvoir me réparer ? Tu pensais que si tu me battais aux échecs, j'apprendrais la leçon ? Sauf que j'ai gagné, non ? Tu as perdu.

À travers les larmes, je vois le pion beige échoué sur le tapis. Rejeté. Il n'a plus aucune utilité. C'est ce que je suis – la fille de mon père, achetée pour envoyer un message clair aux autres. Baisée pour faire passer ce message à ma famille. Il est terriblement minutieux. Et maintenant, à quoi lui servirais-je ? À rien, c'est terminé.

Je fixe son dos lorsqu'il retourne dans la chambre, me signifiant par là que je peux disposer.

Il ramasse la bouteille de gnôle à moitié vide sur la table.

Comment ai-je pu me faire du souci pour lui ? Ça n'a

plus aucune importance. Je me soucie toujours de lui, même maintenant que je sais qu'il est bien le monstre que je craignais. Le cœur est l'ennemi le plus cruel de tous.

Le cœur dans la gorge, je m'apprête à partir. Je reste debout, la main sur la poignée, pour essayer de donner un sens à tout ça. J'ai passé tellement de temps à réfléchir à la manière dont je pourrais vaincre le Minotaure que je n'ai jamais pensé qu'il pourrait me laisser partir.

Je n'ai pas non plus imaginé que j'aurais envie de rester.

Une partie de moi veut le rejoindre, lui demander de m'expliquer pourquoi il me congédie, lui prouver qu'il y a quelque chose de plus profond entre nous. Sauf que j'en suis à peine sûre moi-même. C'est un choc de réaliser que j'en suis venue à m'inquiéter pour lui, cet homme fait de métal précieux et de vengeance, de bois sculpté et de chagrin.

Je suis censée le détester.

De l'autre côté de la pièce, un terrible bruit d'explosion me fait sursauter. Je me retourne pour voir l'épaisse bouteille de gnôle éclatée contre la grille en fer de la cheminée, tel un navire échoué sur des rochers aiguisés, vaincu par la tempête.

Gabriel l'a détruit, ce dernier souvenir de son père.

Comment ai-je pu oublier la brutalité dont il était capable ? Pourquoi ai-je été si certaine qu'il ne serait pas violent avec moi ? La peur me glace les sangs. Je ne déteste peut-être pas Gabriel Miller, mais j'ai toujours peur de lui. Après ça, je cours dans les couloirs, essayant de retrouver mon chemin, essayant de trouver la sortie.

CHAPITRE TRENTE ET UN

J'AIMERAIS M'ECLIPSER EN silence, mais je n'ai pas de voiture. Je ne connais pas non plus l'adresse de Gabriel, donc je ne peux pas appeler de taxi. J'envisage d'utiliser la localisation de mon téléphone pour commander un Uber, mais je suis presque certaine qu'une clôture ceint la propriété. Je n'ai pas besoin d'une autre confrontation comme celle que j'ai eue avec Justin.

Alors, pleine de honte, je descends au rez-de-chaussée.

La cuisine est vide, mais je trouve madame Burchett dans une pièce, un livre à la main. Elle se lève dès qu'elle me voit.

— Oh, bonjour, ma chérie. Vous avez faim ? Je peux aller réchauffer…

Puis ses yeux de lynx lisent mon expression. Elle fait claquer sa langue.

— De quoi avez-vous besoin, ma petite ?

— D'un taxi… je crois.

Je rougis. J'ai honte parce que mes cheveux et mes vêtements froissés trahissent sûrement ce que je viens de faire. Je sens même probablement l'odeur du sexe.

— Il a dit que je devais partir.

Elle secoue la tête comme pour réprimander Gabriel.

— Je vais appeler une voiture.

— Non, juste un taxi…

Elle pince les lèvres.

— Il va vouloir s'assurer que vous êtes en sécurité.

— Je ne compterais pas là-dessus, murmuré-je.

Elle tape quelque chose sur son téléphone, aussi douée avec un iPhone qu'avec un rouleau à pâtisserie.

— Je sais qu'il peut se conduire comme un ours, parfois, mais il se soucie de vous.

Je sursaute. Il vient d'affirmer très clairement que ce n'est pas le cas, mais je n'ai pas envie de le préciser à madame Burchett. *C'est une chatte sacrément fabuleuse que tu dois avoir, dis donc !*

— Ça n'a aucune importance.

— Oh, mais bien sûr que si, insiste-t-elle. Il a veillé à ce que votre père soit pris en charge. Ça a failli le tuer de devoir attendre cette nuit-là pour envoyer quelqu'un vous aider.

— Il devait le faire. La vente aux enchères…

— Gabriel Miller ne *doit* rien faire. Il a fixé ses conditions parce qu'il savait que vous aviez besoin d'aide. C'est pour ça qu'il a envoyé quelqu'un pour veiller sur vous dès qu'il a entendu dire que l'on vous surveillait.

Elle jette un regard inquiet sur la nuit noire.

— J'imagine qu'il va faire la même chose maintenant

que vous retourniez là-bas.

— Vous avez tort. Cet agent de sécurité, c'est Damon qui l'a envoyé pour protéger son investissement.

Il est assez clair qu'elle ne me croit pas.

— Soyez quand même prudente. Il y a des gens dangereux partout, mademoiselle James.

Des phares clignotent dans l'allée.

C'est comme ça que me retrouve dans une limousine deux heures après avoir perdu ma virginité.

Le chauffeur ne me pose aucune question, ce dont je lui suis reconnaissante. Je croise les bras sur ma poitrine, me tenant fermement, comme si je pouvais m'empêcher d'éclater en mille morceaux.

Je ne suis pas certaine de ce que je pensais retrouver après avoir quitté la vente aux enchères. Une chance d'avoir une vie normale ? L'université ? Un mariage ? Tout ça me semble si lointain ! Des mots qui n'existent pas. J'ai perdu la pelote de laine quelque part en chemin. Je vais peut-être rentrer chez moi, mais je suis toujours perdue dans le labyrinthe.

Tout ce que j'ai avec moi, c'est mon sac à main. Madame Burchett m'a assuré que mes vêtements et mes affaires me seraient livrés demain. *Il va faire en sorte que tu reçoives tout le plus vite possible.* Ou peut-être qu'il va tout jeter au feu comme la gnôle de son père.

Je prends mon téléphone en essayant de faire comme si je ne cherchais pas son nom. Je veux qu'il m'appelle et me dise qu'il est désolé. Il ne le fait pas. J'ai beaucoup d'appels manqués. Aucun de lui.

Il m'est presque impensable d'appuyer sur son nom de famille. Harper.

— Où étais-tu ? me demande-t-elle.

— Je...

Ma voix se brise, parce que je ne sais pas comment expliquer. Je ne comprends pas moi-même. Presque tous les mythes font référence à l'amour, à la trahison. Au cœur brisé. Des histoires universelles que j'ai lues des milliers de fois, mais que je ne comprends toujours pas. Rien ne peut expliquer cette douleur qui me semble bien trop intense pour que mon corps résiste.

— Justin a disparu.

Je réalise petit à petit ce qu'elle vient de me dire, comme une marée, lente, mais inévitable.

— Qu'est-ce que tu veux dire par là ?

— Je veux dire qu'il n'est jamais retourné à Yale. Je connais quelques gars là-bas. Dont celui qui est dans la même équipe de voile que lui. Il a déserté.

— Il est venu me voir, mais...

Gabriel m'a juré qu'il ne lui ferait pas de mal. Ou lui en a-t-il fait, finalement ? Je ne suis pas certaine qu'il me l'ait vraiment promis. Où serait allé Justin, s'il n'était pas retourné à l'université ? Il aurait pu aller chez ses parents à Tanglewood, mais il aurait au moins envoyé des SMS à ses coéquipiers. Car même avec l'hiver qui arrive, ils continuent à naviguer.

Je pose le téléphone sur le siège. Il glisse sur le sol lorsque la limousine freine.

Lorsqu'elle s'arrête devant le portail, il est déjà ouvert.

Dans la maison, les lumières sont allumées alors que les soins du soir de mon père devraient être terminés. Personne ne devrait être là. Un homme en costume apparaît à la porte d'entrée. Je cours vers la maison, le cœur battant, terrifiée à nouveau.

— Mademoiselle James ?

— Oui, c'est moi. Que se passe-t-il ?

J'essaie d'entrer, mais il me bloque le passage.

— Où est mon père ?

— Je suis monsieur Stewart. Nous nous sommes parlé au téléphone.

Il a soudain toute mon attention. En occultant la panique, je me concentre sur lui, sur l'expression solennelle dans son regard. Il a l'air aussi gentil qu'il l'était au téléphone. Et inquiet.

— Oh mon Dieu ! Non !

— Votre père a fait un infarctus, ce soir. Il a été emmené à l'hôpital de Tanglewood. Je n'ai pas plus de détails, mais notre personnel d'urgence est en contact avec les médecins sur place pour s'assurer qu'il reçoit les meilleurs soins.

Il se tient devant la porte, mais lorsque je tourne la

tête, j'aperçois quelque chose de jaune fixé sur le bois dense. Je m'en rapproche, presque comme si j'étais hypnotisée. Monsieur Stewart continue de parler, une histoire de complications et d'interventions chirurgicales, mais ce n'est plus qu'un bruit de fond.

Le papier jaune indique en caractères gras AVIS DE CONFISCATION PÉNALE.

— Comment est-ce possible ? chuchoté-je.

La maison sous fidéicommis, le mien. Oncle Landon a dit que je ne craignais rien. Dès le début, il me l'a dit. Qu'elle serait protégée des crimes de mon père. La vente aux enchères devait couvrir la taxe foncière, l'entretien – sauf qu'il est trop tard.

Sans trop savoir comment, je suis arrivée trop tard.

L'expression de compassion sur le visage de monsieur Stewart est la pire chose que j'aie jamais vue. Pire que le regard cruel de Gabriel lorsqu'il a prononcé les mots « *chatte sacrément fabuleuse* ».

— Nous avons reçu un appel hier qui nous ordonnait d'évacuer les lieux.

— Papa était-il au courant ?

Ma voix se brise.

— Est-ce qu'il savait que nous avions perdu la maison ?

Il marque une sinistre pause.

— Il le savait.

Je n'ai qu'une seule question.

— Qui ?

Oncle Landon a-t-il trouvé le moyen de passer outre le fidéicommis, est-ce sa revanche parce que j'ai choisi la vente aux enchères plutôt que sa proposition ? J'ai mal rien que d'y penser, mais ce n'est peut-être pas ça, la réponse. C'est peut-être bien plus évident – et bien plus douloureux. Gabriel Miller a-t-il trouvé un moyen de contourner mon fidéicommis et de s'approprier ma maison ?

Je regarde la feuille de papier jaune, déjà froissée entre mes poings serrés. Je l'ouvre comme si c'était un parchemin ancien dévoilant les secrets d'un trésor perdu. Il y a du jargon juridique qui explique que nous devons quitter les lieux – c'est ce à quoi l'héritage de ma mère a été réduit, de simples lieux.

Et puis je le vois, le nom de la *holding* imprimé au-dessus d'une adresse postale.

Miller Industries.

L'entreprise de Gabriel Miller. Ce qui signifie qu'il possède cette maison, maintenant. Est-ce lui qui a organisé tout ça ? Une acquisition cruelle… qui n'a rien de commercial. C'est personnel. Il savait sur quoi j'allais tomber en revenant ici.

Et c'est également lui qui a engagé monsieur Stewart. Gabriel était peut-être aussi au courant de l'infarctus de mon père. À moins qu'il m'ait renvoyée chez moi par bonté, même si c'est tordu, car il savait que mon père allait avoir besoin de moi ?

Sauf que j'ai gagné, non ? Tu as perdu.

Non, Gabriel ne sait pas ce qu'est la bonté.

Je me raccroche au seul espoir que j'aie.

— Il doit bien y avoir quelque chose que nous puissions faire. S'y opposer. Faire appel. C'est ma *maison*. La maison de ma mère.

Monsieur Stewart secoue la tête de droite à gauche.

— Vous devriez en parler avec un avocat.

Un avocat comme celui qui n'a pas réussi à sauver mon père de la disgrâce. Comme celui qui s'est assuré qu'il paie chaque *cent* de ses dommages et intérêts. Ils ne nous aideront pas.

— Que s'est-il passé ? dis-je avec désespoir, maintenant. Vous avez dû voir ça avant aujourd'hui. Que va devenir la maison ?

— Ça dépend, répondit-il lentement. Dans ce genre de cas, lorsque la maison est saisie pour régler des impayés, elle est mise en vente. Mise aux enchères.

Mon cœur se serre violemment. Mise aux enchères, comme mon corps. Comme tout ce qui concerne ma vie, elle va être vendue au plus offrant. J'ai déjà vendu ma virginité, mais ça n'a plus aucune importance. J'ai quand même perdu la maison familiale. Et mon père risque de mourir.

Échec et mat.

✧ ✧ ✧

Merci d'avoir lu Le Pion, le roman court qui introduit la série Le Maître du Jeu ! J'espère que vous avez apprécié votre rencontre avec Gabriel et Avery…

Le pouvoir du plaisir…

Gabriel Miller m'a tout pris. Ma famille. Mon innocence. Mon foyer. La seule chose qu'il me reste, c'est la détermination à retrouver ce qui m'appartient.

Il croit m'avoir vaincue. Il croit avoir gagné. Ce dont il n'a pas conscience, c'est que chaque pion peut toujours devenir une reine.

Et la partie vient à peine de commencer.

Découvrez dès maintenant Le Cavalier !

Le Cavalier est le deuxième tome de la série Le Maître du Jeu par Skye Warren, auteure de best-sellers au classement du New York Times. Il y est question de vengeance et de séduction dans le grand jeu de l'amour. Le Pion et Le Cavalier sont des best-sellers au classement du USA Today !

N'hésitez pas à vous inscrire à ma newsletter pour en savoir plus sur mes nouvelles parutions :
www.skyewarren.com/newsletter

Vous pouvez également rejoindre mon groupe Facebook en anglais, Skye Warren's Dark Room, pour discuter de la série *Le Maître du Jeu* et de mes autres livres.

Merci de m'aider à me faire connaître, notamment en parlant de mes livres autour de vous. Les avis et commentaires sont très utiles pour aider les lecteurs à découvrir de nouveaux titres ! Merci de laisser un avis sur vos sites préférés.

Autres livres de Skye Warren

(en français)

Série Le Maître du Jeu
Le Pion
Le Cavalier
La Tour

Série Le Club Grand
L'Amour que l'on se donne
Les Vérités que l'on se cache
Le Mal que l'on se fait
Les Choix que l'on s'impose
Les Larmes que l'on verse
Ce Noël qui m'a conquise

(en anglais)

Série Masterpiece
The King
The Queen

Série Trust Fund
Survival of the Richest
The Evolution of Man
Mating Theory

À PROPOS DE L'AUTEURE

Skye Warren est une auteure de best-sellers classés au *New York Times*. Elle écrit des romances contemporaines, dont les séries *Le Maître du Jeu* et *Le Club Grand* en français. On parle de ses livres chez Jezebel, Buzzfeed, USA Today Happily Ever After, Glamour et le magazine Elle. Elle vit au Texas avec son adorable famille, deux gentils chiens et un chat méchant.

Inscrivez-vous à la newsletter de Skye :
www.skyewarren.com/newsletter

Suivez Skye Warren sur TikTok :
www.tiktok.com/@skyewarrenbooks

Rejoignez le groupe de lecture de Skye Warren, Dark Room :
skyewarren.com/darkroom

Suivez Skye Warren sur Instagram :
instagram.com/skyewarrenbooks

Visitez le site web de Skye pour connaître sa bibliographie :
www.skyewarren.com

Tous droits réservés

Ceci est une œuvre de fiction. Toute ressemblance avec des personnes réelles, existantes ou ayant existé, des entreprises, des événements ou des lieux, ne serait qu'entière coïncidence. Tous droits réservés. À l'exception d'une citation dans le cadre d'une critique, la reproduction et l'utilisation de cette œuvre, toute ou partie, sont interdites sans la permission écrite de l'auteur.

The Pawn © 2016 par Skye Warren
Print Édition